Base Vénus
4

ARTHUR C. CLARKE

LA CITÉ ET LES ASTRES	
LES ENFANTS D'ICARE	*J'ai lu* 799/**3**
2001, L'ODYSSÉE DE L'ESPACE	*J'ai lu* 349/**2**
S.O.S. LUNE	
NAUFRAGÉS DE LA LUNE	
ÎLES DE L'ESPACE	
L'EXPLORATION DE L'ESPACE	
L'ÎLE DES DAUPHINS	
RENDEZ-VOUS AVEC RAMA	*J'ai lu* 1047/**3**
TERRE, PLANÈTE IMPÉRIALE	*J'ai lu* 904/**4**
AVANT, L'EDEN	*J'ai lu* 830/**3**
DEMAIN, MOISSON D'ÉTOILES	
LES SABLES DE MARS	
PRÉLUDE À L'ESPACE	
LES PRAIRIES BLEUES	
LUMIÈRE CENDRÉE	
L'ÉTOILE	*J'ai lu* 966/**3**
LES FONTAINES DU PARADIS	*J'ai lu* 1304/**3**
2010 : ODYSSÉE DEUX	*J'ai lu* 1721/**3**
CHANTS DE LA TERRE LOINTAINE	*J'ai lu* 2262/**4**
RAMA II	*J'ai lu* 3204/**7**
BASE VÉNUS-1 : POINT DE RUPTURE	*J'ai lu* 2668/**4**
BASE VÉNUS-2 : MAELSTRÖM	*J'ai lu* 2679/**4**
BASE VÉNUS-3 : CACHE-CACHE	*J'ai lu* 3006/**4**
BASE VÉNUS-4 : MÉDUSE	*J'ai lu* 3224/**4**
BASE VÉNUS-5 : LA LUNE DE DIAMANT	*J'ai lu* 3350/**4** *(déc. 92)*
2061 : ODYSSÉE TROIS	*J'ai lu* 3075/**3**

ARTHUR C. CLARKE

Base Vénus

Méduse

PAUL PREUSS

TRADUIT DE L'AMÉRICAIN
PAR JEAN-PIERRE PUGI

ÉDITIONS J'AI LU

Collection créée et dirigée
par Jacques Sadoul

Je remercie Stephana McClaran qui m'a aimablement confié les journaux et les photographies de ses voyages au Népal et en Inde.

Titre original :

ARTHUR C. CLARKE'S VENUS PRIME
Vol. 4 : THE MEDUSA ENCOUNTER
is an original publication of Avon Books

PROLOGUE

Elle était allongée sur la table du bloc opératoire, offerte aux hommes et aux femmes ensachés dans des combinaisons de plastique stérile qui se penchaient vers elle avec des instruments chirurgicaux. Une odeur âcre proche de celle des oignons menaçait de la suffoquer. Dans son esprit défilait la formule complexe du soufre et à l'aplomb de son corps le cercle des projecteurs dorés entamait une ronde.

Ce n'est qu'une enfant, William.

Les ténèbres envahissaient son champ de vision et elle serra avec plus de force la main qu'elle agrippait pour se raccrocher à la vie.

S'opposer à nous, c'est s'opposer à la Connaissance.

La spirale lumineuse l'aspirait, et elle se sentit partir à la dérive. Ses doigts lâchèrent prise. Autour d'elle, les silhouettes essaimèrent dans le tourbillon. Les formes jusqu'alors indistinctes devinrent des signes, des symboles...

Leur signification la terrassa. Elle voulut crier, lancer un avertissement. Mais elle se retrouvait enchâssée dans une gangue d'obscurité où ne subsistait qu'une seule image : celle de nuages rouges, jaunes et blancs en ébullition dans un maelström si démesuré qu'il aurait pu engloutir une planète. Puis elle laissa derrière elle la partie matérielle de son être et entama une chute sans fin...

Blake ne pouvait suivre l'intervention car ils avaient tendu un paravent qui lui dissimulait le corps d'Ellen. Quand la main de la jeune femme était devenue flasque et avait lâché la sienne pour retomber sur le drap, il avait un instant redouté qu'elle n'eût cessé de vivre.

Mais il voyait une veine bleutée battre dans son cou, sa poitrine s'enfler et s'affaisser sous la chemise de toile rêche. Autour de lui, tous poursuivaient leurs préparatifs comme si de rien n'était.

– Elle dort, annonça un assistant.

Blake dut lutter contre un étourdissement lorsqu'il vit les clamps et les pinces, le scalpel et les ciseaux en acier inoxydable brillant disparaître derrière la séparation puis remonter tachés de sang. Le chirurgien qui s'affairait avec rapidité et précision dans l'abdomen d'Ellen se figea brusquement.

– Qu'est-ce que c'est, bon Dieu ? grommela-t-il d'une voix qu'étouffait son masque transparent.

Blake remarqua le regard qu'un assistant nerveux lui adressait. Le médecin se tourna pour le fixer. Ils s'étaient tout d'abord opposés à ce qu'un tiers fût présent lors de l'intervention, mais Ellen avait exigé de l'avoir à ses côtés. L'homme utilisa des pinces pour saisir une chose visqueuse et argentée comme un poisson qu'il lâcha sur un plateau.

– Biopsie. Je veux savoir ce que c'est avant de refermer.

Un tech emporta le prélèvement. Le chirurgien se remit à l'ouvrage et retira d'autres fragments de cette étrange matière qu'il déposa sur un autre plateau. Blake regardait avec fascination ces choses irisées et frémissantes qui lui faisaient penser à une méduse échouée sur une plage.

Le médecin était toujours à l'ouvrage quand le tech revint avec les résultats des analyses. Blake put entrevoir des graphiques, des colonnes de rapports et de poids moléculaires, des images stéréoscopiques en couleurs artificielles.

– C'est bon, nous pouvons refermer, déclara le chirurgien. Mais je veux que cette femme reste sous surveillance intensive tant que le comité de recherche ne nous aura pas communiqué ses conclusions.

Blake baissa les yeux sur la cité de verre miroitante et le Noctis Labyrinthus visible au-delà : un dédale d'aiguilles rocheuses et de gorges profondes, bleu nuit sous l'éclat régulier des étoiles.

Ellen dormait sous un drap rêche. Des cheveux blonds très courts encadraient son visage sans ride et ses lèvres pleines s'entrouvraient légèrement, comme pour goûter l'air ambiant. Aucun tube ou câble n'était relié à son corps élancé. Les sondes de surveillance flottaient au-dessus d'elle sans seulement effleurer son crâne, sa poitrine menue et son ventre plat. Les graphiques qui s'affichaient sur les vidéoplaques murales étaient rassurants car toutes les fonctions vitales paraissaient normales et il régnait dans cette chambre une douce chaleur et un silence apaisant.

Une grande silhouette apparut sur le seuil de la pièce et masqua la lumière du couloir. Blake vit son reflet sur la paroi de verre et se tourna vers celui qu'il prenait pour un médecin.

– Vous !

– Il faut la faire sortir d'ici au plus vite. C'est une question de vie ou de mort.

Les yeux bleus du nouveau venu étaient mis en relief par le hâle profond de son visage. Ses cheveux gris avaient été taillés en brosse à quelques millimètres de son crâne et il portait l'uniforme bleu d'un officier du Bureau du Contrôle spatial.

– Non.

– Je vais essayer de vous ramener à la raison, Blake.

– Vous êtes trop aimable !

– Mais je ne dispose que de deux ou trois minutes pour vous convaincre. Avez-vous vu ce qu'ils ont retiré de son corps ?

– Je... oui. Mais j'ignore ce que c'est.

– Vous savez qu'Ellen n'est pas une femme comme les autres.

– C'est secondaire. Ce dont elle a surtout besoin, c'est de repos.

– Ici, elle est trop vulnérable. Elle ne doit pas rester sur Mars. Il sera indiqué dans son dossier qu'après avoir subi une banale appendicectomie l'inspecteur Troy a passé les huit heures de convalescence prévues dans cet hôpital puis est repartie par ses propres moyens. Les médecins confirmeront cette version des faits.

L'expression de Blake s'assombrit.

– Vous savez trouver des arguments de poids, commandant : Obéissez, sinon...

– Je vous ai déjà proposé des choix. Pensez-vous avoir eu tort de m'accorder votre confiance ?

Une brève hésitation.

– Pas à Paris, sans doute.

– J'ai pris l'engagement de vous conduire jusqu'à elle et j'ai tenu parole. Agir ainsi a permis de sauver de nombreuses vies humaines. Fiez-vous à moi.

– Vous vous fichez pas mal de ce que je pense, déclara Blake en haussant les épaules. Vous savez que je ne peux pas vous empêcher d'agir à votre guise. Mais je resterai près d'elle.

Ils l'évacuèrent dans une ambulance pressurisée, par une route que les touristes venus visiter Labyrinth City n'avaient jamais eu l'occasion d'emprunter : le tunnel de service menant au port des navettes. Ils la transférèrent avec rapidité et discrétion dans la cabine d'un spatiojet. Pour la ménager, cet appareil s'éleva dans l'atmosphère ténue de Mars sous une accélération réduite et en suivant une trajectoire basse qui les plaça finalement sur l'orbite de Station Mars.

Mais l'engin n'y apponta pas. Un cutter blanc armorié de la bande bleue et de l'étoile dorée du Bureau du Contrôle spatial restait “à l'amarre” à un demi-kilomètre de la cale tribord de la station géante. Le spatiojet s'en rapprocha en utilisant ses propulseurs auxiliaires, puis un manchon de liaison pressurisé sortit en ondoyant de l'écoutille du cutter pour venir se coller à son sas.

Seuls Ellen, Blake et le commandant l'empruntèrent. Ensuite, l'équipage de l'appareil du Bureau spatial prit son temps pour effectuer les contrôles de sécurité. Le compte à rebours dura une demiheure. Ellen dormait toujours.

Juste avant l'appareillage, Blake tenta de faire abstraction du ressentiment que lui inspirait le commandant pour lui demander :

– Où allons-nous ?

– Sur la Terre.

– Où, plus exactement ?

– Pour des raisons que vous ne tarderez guère à comprendre, c'est une information que je ne peux pas vous communiquer.

PREMIÈRE PARTIE

LA FIN D'UNE REINE

1

Ils se dressaient au sommet d'un à-plomb de roche noire qui surplombait un large fleuve. L'air était vif et le ciel bleu pâle et dégagé.

La clarté ambiante avait la couleur de l'automne et mettait en relief sa courte chevelure blond paille. Un manteau de laine sombre à col montant dissimulait la totalité de son corps, des bottes à la nuque. Seul un foulard bleu outremer où s'entrelaçaient des filets rouges et jaunes rompait l'austérité de sa tenue. La jeune femme gardait ses mains puissantes mais menues refermées sur les extrémités de cette bande de soie écrue.

Elle se tourna vers l'homme dressé près d'elle et lui adressa un sourire si timide et doux qu'il sentit sa gorge se serrer.

– Resteras-tu toujours auprès de moi ? s'enquit-elle en un murmure.

– Toujours, lui promit Blake.

La brise s'empara de ses cheveux auburn et rabattit une mèche sur son front. Une ombre froide assombrit son visage, mais ses yeux verts ne perdirent pas leur éclat chaleureux.

– Si tu le souhaites, cela va de soi.

– Je le veux.

Le reflet du soleil dansait sur l'onde, et si des sons avaient été associés à la lumière, ils auraient entendu les tintements cristallins d'un carillon à vent. Sparta prit la main de Blake et la tira. Elle repartit le long du muret, et il l'accompagna en la tenant ainsi, le regard levé vers le haut de l'éminence que surmontait une vaste demeure.

La résidence du roi de l'acier couronnait une colline sur la berge de l'Hudson. Cette construction de basalte décoré de granite et de grès du Vermont et de l'Indiana était percée de fenêtres garnies de vitraux et surmontée d'un toit d'ardoise. L'homme qui avait fait construire cette maison s'était enrichi à une autre époque, et il eût sans doute été surpris mais pas nécessairement mécontent de savoir quelle était à présent sa destination.

L'habitation était cernée de pelouses vertes, bien entretenues et miroitantes d'humidité sous le soleil d'octobre, qui descendaient en pente douce jusqu'au bord de la falaise et l'orée des bois. Du côté de la façade, une allée de gravier serpentait entre les arbres pour s'achever en boucle devant l'entrée principale.

Nul n'aurait pu se douter que derrière le muret de pierre qui ceignait ce domaine, dissimulés au sein de la forêt parée des teintes chaudes de l'automne, il y avait des canons laser, des tranchées et des batteries antiaériennes...

*

La limousine grise suivait l'allée avec lenteur et les crissements de ses pneumatiques sur le gravier étaient plus bruyants que les murmures de ses turbines. Le véhicule robotisé stoppa et les grandes portes de la demeure s'ouvrirent sur le commandant. Quand l'homme de plus petite taille s'extirpa de la banquette arrière, le militaire s'autorisa un sourire, à peine esquissé mais sincère.

– Jozsef !

Il descendit l'escalier, la main tendue.

Ils se rejoignirent au milieu des marches.

– Comme c'est agréable de vous revoir.

Leur poignée de main fut le prélude d'une accolade, brève mais énergique.

Ils avaient le même âge mais étaient différents dans tous les autres domaines. L'ensemble en tweed du visiteur avait des pièces rapportées aux coudes et des poches aux genoux. Sa tenue et son accent d'Europe centrale faisaient de lui l'archétype de l'intellectuel exilé, l'érudit qui passait son temps dans les salles de cours et les bibliothèques. Le militaire portait une chemise à carreaux et un jean délavé, et cette tenue indiquait qu'il préférait quant à lui la vie au grand air.

– Je suis surpris que vous soyez venu en personne, déclara le commandant.

Il avait un léger accent canadien et le timbre de sa voix faisait penser au crissement des galets sur une plage battue par les vagues.

– Et sacrément heureux de vous voir.

– Après avoir analysé ce que vous m'avez envoyé, j'ai préféré venir vous faire part de vive voix de certaines de mes conclusions. Et je... j'ai apporté un nouveau produit.

– Entrez.

– Est-elle à l'intérieur ?

– Non, ils sont allés se promener dans la propriété. Désirez-vous la rencontrer ?

– Je... pas encore. Et il ne faudrait pas qu'elle remarque la voiture, ajouta Jozsef.

Le commandant murmura quelques paroles dans son com de poignet et la limousine robotisée redémarra en direction du garage. Les deux hommes gravirent les marches du perron et entrèrent dans la demeure.

Ils empruntèrent un couloir lambrissé où se réverbéraient leurs pas, en direction de la bibliothèque. Les membres du personnel en tenue blanche qu'ils croisaient les saluaient de la tête avec déférence et s'écartaient de leur passage.

– Trois semaines se sont déjà écoulées depuis que vous êtes allé la sauver sur Mars, commenta Jozsef. C'est fou comme le temps passe.

– La sauver ? Sans doute serait-il plus juste de dire que je l'ai enlevée. Et que j'ai "persuadé" Redfield de nous accompagner.

– Vous n'avez pas pris cette peine avec les médecins.

– Ce chirurgien ne m'était guère sympathique.

– Eh bien... son arrogance ne l'a pas empêché de faire du bon travail. Elle paraît bien se porter.

– Sur le plan physique.

– Ses rêves ne sont pas symptomatiques d'une maladie mais la clé de ce que nous devons affronter.

– Auriez-vous décrypté leur sens ?

– Une fois que nous aurons compris ce qu'elle sait – mais qu'elle ignore connaître –, la victoire sera à notre portée.

– Lui révélerez-vous alors votre existence ?

– J'attends ce jour avec impatience.

– Vous savez que vous pouvez compter sur moi, Jozsef.

Le militaire dirigea ses yeux bleu de glace vers l'homme plus âgé pour ajouter :

– Quoi qu'il puisse m'en coûter.

*

Les cimes des arbres qui poussaient au bas de la falaise s'élevaient à la hauteur du petit mur surplombant le fleuve. Dissimulé par ces bois, un magnéplane passa en sifflant sur la voie qui longeait le cours d'eau. Un faucon se posa au sommet d'un chêne roux et replia avec soin ses ailes sans prêter attention au couple qui se promenait à seulement quelques mètres de lui, au niveau de ses yeux.

– Qu'as-tu répondu, quand il t'a demandé de te joindre à leur groupe ?

– Non, comme les fois précédentes.

– Il est rare que tu ne justifies pas tes décisions.

– Oh, je ne m'en suis pas privé ! répondit Blake en souriant. Je lui ai précisé que comme la plupart des gosses de riches j'étais un enfant gâté, un garnement insupportable, désobéissant et allergique aux ordres donnés par une bande de... d'individus qui ne sont pas – jusqu'à preuve du contraire – plus intelligents, plus expérimentés ou plus sages que moi. J'ai ajouté que je n'avais plus rien à apprendre dans le domaine des arts martiaux, du déguisement, du sabotage, etc., et que je leur donnerais bien volontiers un coup de main de temps en temps à condition de conserver une complète indépendance car je n'étais aucunement tenté par une nouvelle formation, le port d'un uniforme et un salaire de misère.

– Ce qui a dû l'impressionner fortement, commenta-t-elle sur un ton sarcastique.

– J'ai exprimé mon point de vue, c'est tout. J'ai bien précisé que je n'avais pas envie de jouer au petit soldat, pas plus que de tuer ou être tué.

– Mon héros, se moqua Sparta en l'attirant vers elle. Qu'est-ce qui t'intéresse, alors ?

– Tu le sais. Les vieux livres.

– Et les bouquins poussiéreux exceptés ?

Il sourit.

– Il m'arrive de me distraire d'un rien, un peu de bruit et de fumée.

– Et en plus de jouer avec des explosifs ?

– Ne rien négliger pour nous permettre de rester en vie.

Elle jeta un coup d'œil à un bosquet touffu d'ormes et de chênes avant de sourire.

– Viens, lui murmura-t-elle. Je ressens le besoin

impérieux de partager avec toi certaines joies de l'existence...

*

Les hautes fenêtres de la bibliothèque donnaient sur la pelouse.

– Qu'allons-nous faire, à son sujet ?

Jozsef se détourna. Il avait regardé les deux jeunes gens longer le mur.

– Lui donner une dernière chance puis lui rendre sa liberté, répondit le commandant.

Il se dressait près de la cheminée pour profiter de la chaleur des bûches qui crépitaient dans l'âtre.

– Vous pensiez pouvoir recruter ce Redfield...

– J'ai essayé, mais il tient trop à son indépendance. Il a été à bonne école.

– N'est-il pas dangereux de le laisser partir ?

– Il ne voudrait jamais mettre en danger qui vous savez.

– Me diriez-vous qu'il en est amoureux ?

Jozsef se découpait contre la haute fenêtre et la clarté du jour dissimulait son expression au militaire.

– Sait-il seulement à quoi elle est vulnérable ?

– Et nous, le savons-nous ?

Il régnait une température agréable dans cette pièce au plafond élevé, mais le commandant tendait malgré tout ses paumes vers les flammes.

– Eh bien...

Jozsef tirailla son double menton et se racla la gorge.

– Si nous le laissons repartir, il faudra prendre des mesures de précaution.

– Je m'en charge.

– Me garantissez-vous qu'il ne nous attirera pas d'ennuis ?

– Je ne peux être catégorique, mais nos choix

sont limités. Reste la possibilité de lui fournir des explications et de lui demander de se joindre...

– Lui révéler plus de choses qu'il n'en sait déjà serait trop risqué. Même *elle* doit ignorer le reste.

– Je pense qu'elle acceptera d'exécuter cette mission, et il essaiera sans doute de la faire revenir sur sa décision.

– En cas de refus, nous devrons...

– Ces drogues m'inspirent un profond dégoût... s'emporta le commandant. J'ai *horreur* d'utiliser ces saloperies. C'est contraire à tous les principes que vous m'avez enseignés.

– Nous participons à un combat qui...

– La mémoire d'un homme ou d'une femme qui lui devient infidèle, qui lui *ment*... c'est pire qu'une amnésie totale.

Jozsef dévisagea le militaire qui restait debout à côté des flammes sans pouvoir apparemment se réchauffer. Quel hiver issu de ses souvenirs revivait-il ?

– Entendu, grommela finalement le commandant. S'il ne se joint pas à nous pour ceci – l'affaire Falcon –, je l'écarterai de notre chemin.

Jozsef hocha la tête et se tourna à nouveau vers la fenêtre. Le couple qui avait jusqu'alors longé le muret venait de disparaître derrière des arbres.

*

Ils roulaient dans les feuilles mortes en riant tels des enfants. L'odeur de moisissure était aussi puissante que dans un cellier et elle les enivrait, les emplissait de joie de vivre. Leur haleine se métamorphosait en vapeur au contact de l'air vif. Puis vint l'instant où leurs émotions modifièrent leur métabolisme et ils cessèrent d'avoir un comportement puéril. Le corps de danseuse parfaitement proportionné de la jeune femme se découpait sur son manteau noir désormais étalé sur le lit de feuilles.

Des caméras et des micros miniatures étaient disséminés dans ce bosquet, et partout ailleurs dans la propriété. Sparta le savait et pensait que Blake devait l'ignorer. Elle vit un objectif briller tel un cristal sur l'écorce grise d'un arbre. Elle le lorgna par-dessus l'épaule de son compagnon.

Et elle révéla sa nudité à ceux qui les observaient et les écoutaient. Par provocation, mais surtout par amour pour Blake. Elle refusait de renoncer à se donner à lui parce qu'elle ne pouvait le faire autrement que devant témoins.

*

Allongé contre elle, il la caressait, le visage rougi par un bonheur qu'il avait souvent imaginé mais ne découvrait qu'à présent. Un de ses bras servait de coussin à sa compagne, l'autre était tendu au-dessus de son corps et recevait la chaleur qu'il irradiait. Du majeur, il suivit la balafre rosée qui reliait le sternum de Sparta à son nombril.

– Elle a presque disparu, dit-il. Dans une semaine...

– J'aurai à nouveau l'aspect d'un être humain, fit-elle d'une voix plate.

Elle fixait un point situé derrière lui. Elle regardait la voûte céleste entre les feuilles colorées qui formaient un dais au-dessus d'eux.

– Et nous pourrons alors partir loin d'ici.

– Ellen... comprends-tu ce qui se passe ?

Il lui était désormais plus facile de l'appeler ainsi, même si elle restait pour lui Linda, l'enfant qu'il avait connue autrefois.

Elle seule se donnait le nom de Sparta. C'était son secret.

– Je pense que le commandant tiendra parole. Ne

vient-il pas de m'accorder la perm qu'il m'a promise il y a si longtemps ?

Il sourit.

– La perm... comme c'est charmant.

Il se pencha pour déposer un baiser à la commissure de ses lèvres charnues constamment entrouvertes.

– Un repos réparateur. Mais pourquoi refuse-t-il de nous révéler où nous sommes ?

– Nous le savons... la réserve naturelle Hendrik Hudson. Nous pourrions la situer sur n'importe quelle carte.

– C'est exact, mais pourquoi ne veut-il pas l'admettre ? Et pourquoi ne nous laisse-t-il pas aller et venir librement ? Le soir de notre arrivée, alors que tu dormais, il m'a déclaré que je pourrais partir dès que j'en exprimerais le désir mais qu'ensuite il me serait impossible de revenir. Pourquoi tant de mystères ? Nous sommes dans le même camp, non ?

– Tu en es certain.

Ce n'était pas une question, mais il considéra ses propos comme tels et en fut surpris.

– C'est toi qui...

Sparta l'attira vers elle, pour se dissimuler derrière son corps et bénéficier de sa chaleur.

– Je ne sais en fait qu'une seule chose, l'interrompit-elle. Et c'est que je t'aime.

2

– L'auteur du projet *Kon-Tiki* est Howard Falcon, dit le commandant. Et il pilotera lui-même cette sonde au-dessus de Jupiter.

C'était la même matinée radieuse mais rien ne l'indiquait dans cette salle de réunion aménagée dans le sous-sol de la demeure, un lieu sombre et silencieux aux parois, au plafond et au sol tapissés d'un épais revêtement brun. Les uniques sources de clarté étaient des lampes aux abat-jour en cuivre posées sur des tables basses à côté des fauteuils de cuir dans lesquels Sparta, Blake et le commandant avaient pris place.

– Comment un homme seul peut-il avoir l'influence nécessaire pour faire aboutir un tel projet ? voulut savoir Blake.

– Disons que Falcon est... quelqu'un d'assez particulier. Ceci devrait vous aider à comprendre.

La pièce s'assombrit alors qu'une image tridimensionnelle se matérialisait en son centre, une vue en plongée des hauts plateaux de l'Arizona.

– Les faits que nous avons reconstitués se sont déroulés il y a huit ans.

*

Le *Queen Elizabeth* survolait le Grand Canyon à cinq mille mètres d'altitude. Le dirigeable se déplaçait à une allure constante de 300 kilomètres à l'heure, quand Howard Falcon vit de la passerelle le module de prise de vues approcher par tribord. Il n'en fut pas étonné, car rien d'autre n'avait été autorisé à emprunter ce couloir aérien, mais cette compagnie l'irritait. Bien que flatté par une telle manifestation d'intérêt à son égard, il eût aimé avoir le ciel pour lui seul. Après tout, n'était-il pas le premier homme à piloter un appareil long de plus d'un demi-kilomètre ?

Pour l'instant, ce vol d'essai se déroulait à merveille. Ironie du destin, leurs uniques problèmes avaient été posés par le *Timonier Mao*, un porte-avions vieux d'un demi-siècle emprunté au musée naval de San Diego pour leur servir de base flottante. Un seul des quatre réacteurs nucléaires de ce navire fonctionnait encore et il n'atteignait trente nœuds qu'avec peine. Par chance, la vitesse du vent au niveau de la mer était inférieure de moitié, et maintenir une allure relative nulle sur le pont d'envol s'était avéré relativement aisé. Des bourrasques avaient été à l'origine de quelques frayeurs mais sitôt après le largage de ses amarres le dirigeable était monté dans le ciel comme emporté par un ascenseur invisible. Sauf imprévu, le *Queen Elizabeth IV* ne retrouverait le *Timonier Mao* qu'une semaine plus tard.

La situation était sous contrôle. Les données affichées sur les instruments de bord indiquaient que tout se déroulait normalement. Le commandant Falcon décida d'aller assister au rendez-vous depuis un point d'observation plus élevé. Il laissa la barre à son second et s'engagea dans le tube transparent qui conduisait au cœur de l'aérostat. Une fois là, il fut comme toujours impressionné par la vision du plus vaste espace clos jamais créé par des humains sur la Terre et dans son atmosphère.

Les dix réservoirs sphériques de plus de trente mètres de diamètre s'alignaient les uns derrière les autres tel un chapelet de bulles de savon gigantesques. La transparence de leur enveloppe de plastique était telle qu'il voyait au travers l'extrémité opposée et pouvait même discerner l'ascenseur de poupe, à cinq cents mètres de là. Il était à l'intérieur du labyrinthe tridimensionnel de l'armature de ce léviathan du ciel : les poutrelles longitudinales démesurées qui reliaient une extrémité à l'autre, les quinze arceaux de différents diamètres qui constituaient le squelette de ce géant et dessinaient son profil aux courbes gracieuses et aérodynamiques.

A cette vitesse peu élevée tout était presque silencieux et il n'entendait que les bruissements de l'air sur l'enveloppe extérieure et les craquements sporadiques des points de fixation des côtes et des longerons de titane et de polycarbonates qui ployaient sous les contraintes leur étant imposées. La clarté des ampoules alignées loin dans les hauteurs effaçait les ombres et communiquait à la scène une étrange atmosphère sous-marine...

...un effet renforcé par la vision des réservoirs sphériques translucides. Autrefois, lors d'une plongée, Falcon avait croisé un banc de méduses inoffensives mais démesurées qui se déplaçaient au-dessus de récifs coralliens tropicaux, et les bulles de plastique qui apportaient au *Queen Elizabeth* son statut de plus léger que l'air lui rappelaient ces cœlentérés... surtout quand des variations de pression les faisaient onduler en modifiant la réflexion de la lumière.

Il suivit l'axe du vaisseau jusqu'à l'ascenseur de proue et monta vers le pont d'observation, incommodé par la température élevée.

Le *Queen Elizabeth* devait près du quart de sa force ascensionnelle à la chaleur dégagée par sa centrale de fusion "froide" miniature. En fait, lors de ce vol d'essai où ils transportaient un fret peu important, seuls six des dix ballons contenaient de l'hélium, un gaz rare et coûteux. Les autres étaient pleins d'air chaud. Et ils avaient un ballast de 200 tonnes d'eau.

Le fait d'emplir ces réservoirs d'air chaud posait des problèmes techniques de réfrigération des voies d'accès, et chercher un système plus efficace s'imposait. Falcon utilisa son enregistreur de poche pour prendre quelques notes.

Une bouffée d'air plus frais cingla son visage lorsqu'il atteignit le pont d'observation illuminé par le soleil visible au-delà du toit acrylique transparent. Il avait sous les yeux une scène de chaos maintenu sous contrôle. Une demi-douzaine d'ouvriers et un nombre égal de superchimps installaient le parquet de la salle de bal, des circuits électriques, le mobilier et le système compliqué des jalousies de la verrière. Falcon ne pouvait croire que tout serait prêt pour le voyage inaugural qui aurait lieu dans seulement un mois.

Mais ce n'était pas *son* problème. Il n'était après tout que le capitaine de ce vaisseau.

Les hommes le saluèrent de la main et les singes lui firent des sourires. Tous étaient impeccables, ainsi vêtus de combinaisons bleues et blanches fournies par les armateurs. Il traversa cette confusion ordonnée et gravit le petit escalier en hélice du salon panoramique quant à lui achevé. C'était le lieu qu'il préférait de tout l'appareil, mais il savait qu'une fois l'aérostat en service il ne pourrait plus jamais en profiter seul. Il ne comptait s'accorder que cinq minutes de détente.

Il brancha son com pour informer la passerelle que tout était en ordre puis s'installa dans un des fauteuils pivotants confortables.

La courbe harmonieuse de l'enveloppe argentée du dirigeable se profilait en contrebas. Il se retrouvait au point le plus élevé de la moitié antérieure de l'appareil et surplombait le plus gros engin jamais construit pour défier la gravité d'une planète. Dans tout le système solaire, les seuls appareils encore plus démesurés étaient les cargos spatiaux qui effectuaient des navettes entre les stations spatiales de Vénus, la Terre, Mars, les lunes et la Grande Ceinture. En apesanteur, rien n'imposait un carcan aux rêves de grandeur.

Et quand Falcon se lassa d'admirer les lignes du *Queen Elizabeth*, il n'eut qu'à se tourner pour embrasser du regard le paysage grandiose et fantastique que la Colorado River avait creusé dans le sol de la planète en un demi-milliard d'années de lente érosion.

A l'exception du module de prise de vues radiocommandé qui reculait vers la poupe pour filmer le centre de l'aérostat, Falcon avait le ciel pour lui seul. Il était bleu et limpide, sauf à l'horizon où il devenait opaque et brun-pourpre, cette teinte devenue caractéristique des couches inférieures de l'atmosphère terrestre. Loin au sud et au nord il était strié par les traînées montantes et descendantes des spatiojets intercontinentaux, chassés des couloirs aériens surplombant le désert qui avaient été réservés au *Queen* pour l'occasion.

Un jour, des centrales à fusion bon marché fourniraient l'énergie à la place des carburants fossiles dont dépendait actuellement la Terre pour sa survie économique, et des aérostats semblables à celui-ci sillonneraient son atmosphère sans bruit ni pollution, avec à leur bord un fret important et de nombreux passagers. Le ciel appartiendrait alors seulement aux oiseaux, aux nuages et aux grands dirigeables. Mais ce n'était pas pour un avenir proche.

Comme l'avaient déclaré les pionniers du début du XXe siècle, il s'agissait du moyen de transport idéal : on voyageait confortablement et sans bruit dans l'air pur du milieu traversé et non en vase clos, assez près du sol pour pouvoir admirer la beauté en métamorphose constante des terres et des mers de ce monde. Les jets subsoniques de la fin du siècle précédent avaient été semblables à des bétaillères, avec leurs centaines de passagers alignés par rangées de dix. A présent, cent ans plus tard, tout permettait d'espérer qu'un nombre bien plus grand d'individus se déplaceraient sous peu dans le luxe, à une vitesse comparable et à un prix de revient bien moindre.

Pas à bord du *Queen*, toutefois. Cet aérostat et ses frères n'avaient pas une telle vocation. Pour l'instant, seuls quelques privilégiés connaîtraient le plaisir procuré par le fait de traverser silencieusement le ciel dans un luxe inouï, en dégustant du champagne aux accents d'un orchestre symphonique installé sur l'estrade du pont d'observation. Mais une société dans l'ensemble prospère pouvait s'autoriser de telles folies et avait même besoin de nouveautés et de distractions de ce genre pour oublier l'agressivité du milieu des affaires interplanétaires qui menaçait constamment de déboucher sur des guerres économiques. Et la Terre devait compter plus d'un million d'individus dont les revenus annuels étaient supérieurs à un millier de "nouveaux dollars" : soit un million de ces dollars ordinaires débités des cartes de crédit du commun des mortels. Bien que réservé à une élite, le *Queen* ne manquerait pas de passagers.

Un bip sonore émis par son com rompit le fil de ses pensées. Le copilote l'appelait de la passerelle.

– Etes-vous prêt pour le rendez-vous, capitaine ? Nous avons récolté toutes les données que nous voulions obtenir lors de cet essai et les médias s'impatientent.

Falcon jeta un coup d'œil au module de prise de vues qui filait désormais aux mêmes vitesse et altitude qu'eux, à deux cent cinquante mètres de distance.

– C'est bon, effectuez la manœuvre sans moi.

Il descendit l'escalier en hélice du salon panoramique et traversa à nouveau le chaos du pont d'observation afin d'avoir une vue plus dégagée du milieu du vaisseau. A chaque pas, il sentait le rythme des vibrations se modifier sous ses semelles. Les turbines silencieuses ralentissaient, le *Queen* allait stopper. Le temps d'atteindre l'arrière du pont, l'aérostat s'était immobilisé en plein ciel.

Falcon utilisa sa clé pour ouvrir la porte de la petite plate-forme qui saillait à la poupe. Une demi-douzaine d'individus auraient pu s'y regrouper, uniquement séparés par un garde-fou de l'immense enveloppe... et du sol qui s'étendait à des milliers de mètres sous cet horizon artificiel incurvé. Se dresser sur ce balcon était exaltant, et sans danger même quand le *Queen* se déplaçait à une vitesse plus élevée, car la bulle dorsale du pont d'observation le protégeait. Mais les simples passagers n'y auraient pas accès... la vue était trop vertigineuse.

En proue, les capots de l'écoutille de la cale de fret venaient de s'ouvrir. Le module de prise de vues surplombait cette trappe et s'apprêtait à descendre. Dans les années à venir, des milliers d'êtres humains et des tonnes de marchandises emprunteraient le même chemin. Le *Queen* ne devrait qu'en de très rares occasions se poser sur sa base flottante.

Une rafale de vent cingla Falcon qui referma instinctivement les doigts sur le garde-fou. La région du Grand Canyon était propice aux turbulences, même si l'altitude importante réduisait leur violence. Sans s'inquiéter outre mesure, il reporta son attention sur l'engin qui poursuivait sa descente et n'était plus qu'à une cinquantaine de mètres du vaisseau. L'homme d'équipage chargé de guider par radio ce module depuis la passerelle du *Queen* était expérimenté et avait déjà effectué de telles manœuvres une bonne douzaine de fois. Qu'il ne fût pas à la hauteur de sa tâche était impensable.

Mais il semblait lent à réagir. Une rafale déporta l'engin qui s'écarta de l'axe de l'écoutille.

Il aurait déjà dû compenser...

Son émetteur était-il défectueux ? Improbable. Des circuits de secours prenaient automatiquement le relais en cas de défaillance d'un composant... ou de leur totalité. Nul incident de ce genre n'avait jamais été signalé.

Mais la plate-forme repartait sur la gauche. Son pilote était-il ivre ? C'était inconcevable, et pourtant...

Falcon brancha son com.

– Passerelle, passez-moi...

Une bourrasque d'air glacé lui cingla le visage, mais ce ne fut pas ce qui lui coupa la parole. Il prêtait à peine attention au vent, horrifié par ce qui arrivait au module de prise de vues. L'homme qui le guidait avait d'évidentes difficultés à en reprendre le contrôle et à équilibrer la poussée des propulseurs. Chacune de ses interventions ne faisait au contraire qu'aggraver la situation. Les balancements étaient de plus en plus importants... vingt degrés, quarante, soixante.

Falcon retrouva sa voix.

– Passez sur automatique, pauvre idiot ! hurla-t-il dans son com. Vous n'avez pas compris que la commande manuelle ne fonctionne plus ?

Le module bascula et se retourna. Les propulseurs cessèrent de le soutenir pour s'allier à la gravité et le précipiter vers le bas.

Falcon n'entendit pas l'impact, mais il le sentit alors qu'il traversait le pont d'observation au pas de course en direction de l'ascenseur qui le ramènerait sur la passerelle. Des ouvriers l'interpellèrent. Ils voulaient savoir ce qui se passait.

Des questions dont il ne découvrirait les réponses que bien des mois plus tard.

Il allait entrer dans la cabine quand il se ravisa. Que se passerait-il, en cas de panne de courant ? La prudence s'imposait, même si elle lui faisait perdre de précieuses secondes alors que le facteur temps était capital.

Il dévala l'escalier en hélice qui suivait le pourtour du puits circulaire de l'ascenseur. À mi-chemin, il fit une pause pour évaluer les dégâts. De son point d'observation il voyait tout l'intérieur de l'aérostat et son cœur rata un battement. Ce maudit module avait traversé l'enveloppe de part en part, de haut en bas, en perforant au passage deux réservoirs qui s'affaissaient lentement.

Falcon ne redoutait pas la réduction de la force ascensionnelle, car avec huit ballons toujours intacts le largage du ballast suffirait largement à la compenser, mais il pensait aux dommages subis par l'armature. Il entendait déjà la structure de polycarbonates et de titane gémir sous les contraintes excessives. Bien que solides et flexibles, longerons et poutrelles ne résisteraient pas plus longtemps que leurs points d'assemblage.

La force ascensionnelle n'était pas tout. En l'absence d'une répartition équilibrée des ballons, le vaisseau finirait par se briser.

Falcon repartit. Il venait de dévaler quelques autres marches quand un superchimp, un des assistants des ouvriers du pont d'observation, se mit à descendre le long de la cage d'ascenseur. Il hurlait de terreur et se déplaçait avec une rapidité impensable vers le bas du treillis métallique. Pris de panique, le malheureux animal avait arraché l'uniforme de sa société, peut-être dans l'espoir inconscient de recouvrer la liberté perdue par ses proches ancêtres.

Falcon mit le pied sur la marche inférieure en surveillant avec inquiétude la créature qui approchait. Les chimps étaient très forts et ils pouvaient s'avérer dangereux lorsqu'ils avaient peur, surtout quand leur terreur devenait plus puissante que le conditionnement qui les empêchait de s'en prendre à des humains.

L'animal le rattrapait en débitant un chapelet de cris. Mais les mots étaient inintelligibles et Falcon ne reconnut que des "patron" plaintifs et répétés sans cesse. Même en des circonstances aussi dramatiques ce chimp s'adressait à un homme pour lui demander conseil, et Falcon fut pris de pitié pour cette malheureuse créature victime d'une catastrophe qui dépassait sa compréhension et dont elle n'était pas responsable.

Le chimp s'arrêta en face de lui, de l'autre côté de la cage. Il aurait pu traverser aisément le puits vertical, et il décida de le faire, ses lèvres étroites retroussées sur des crocs jaunâtres, terrorisé.

Seuls quelques centimètres les séparaient encore et Falcon était fasciné par la peur qu'il lisait dans les yeux de l'animal. Il n'avait encore jamais eu l'occasion d'être si proche d'un chimp et en voyant sa face en détail, il ressentait l'étrange malaise qu'éprouvent les hommes face au miroir du temps.

La présence de l'humain sembla calmer le singe. Falcon désigna le haut du puits et le pont d'observation avant de lui dire posément, en articulant chaque parole :

– Patron. Patron. *Va !*

A son grand soulagement, le chimp parut comprendre. Il lui fit une grimace qui pouvait être un sourire et remonta aussitôt. Falcon lui avait donné le meilleur des conseils. S'il existait un lieu où les dangers étaient moindres, c'était dans cette direction, au sein des structures supérieures du *Queen*.

Mais son devoir l'appelait du côté opposé.

Il avait presquc attcint le bas de la spirale de marches quand l'éclairage s'éteignit brusquement. Dans un fracas de polymères déchirés le vaisseau piqua proue la première. Falcon voyait toujours ce qui l'entourait car un rayon de soleil pénétrait par l'écoutille béante et l'immense accroc de l'enveloppe. Bien des années plus tôt il s'était dressé dans la nef d'une grande cathédrale pour admirer la lumière qui traversait les vitraux et créait des flaques multicolores sur les vieilles dalles du sol. Le trait de clarté éblouissante qui empalait la déchirure lui rappelait cet instant.

Il était dans une cathédrale de plastique et de polymères en chute libre dans le ciel.

Quand il atteignit la passerelle et qu'il put regarder au-dehors, il fut horrifié de constater que l'aérostat était si proche du sol. Les mesas et le fleuve de boue rougeâtre qui continuait de se creuser un lit dans le passé ne se trouvaient qu'à un millier de mètres en contrebas. Il ne voyait nulle part une surface plane où un appareil aussi volumineux que le *Queen Elizabeth* aurait pu se poser.

Un regard au panneau de contrôle l'informa qu'ils avaient déjà largué leur ballast. Mais leur vitesse s'était réduite à quelques mètres par seconde et il leur restait un espoir.

Il s'installa dans le siège de pilotage et utilisa les commandes qui lui obéissaient encore. Les instruments de bord l'informaient de tout ce qu'il voulait savoir et il ne disait pas un mot car tout commentaire eût été superflu.

Il entendait en arrière-plan l'officier des communications fournir un rapport par radio. Toutes les chaînes de télévision de la Terre et des mondes habités avaient dû entre-temps interrompre leurs programmes et il pouvait aisément imaginer la frustration de leurs responsables. Un des naufrages les plus spectaculaires de l'histoire se produisait sans qu'il y eût une seule caméra pour retransmettre l'événement en direct ! Un jour, les derniers instants du *Queen* empliraient des millions d'êtres humains d'angoisse et de terreur, comme la fin du *Hindenburg* l'avait fait un siècle et demi plus tôt, mais en différé.

Le sol n'était plus qu'à environ quatre cents mètres et se rapprochait lentement. Falcon disposait toujours de la force de propulsion de l'appareil mais il n'osait l'utiliser de peur de faire céder sa structure affaiblie. Il finit par comprendre qu'il n'avait plus le choix. Le vent les emportait vers une fourche du canyon où le fleuve était scindé par un coin de roche semblable à la proue d'un gigantesque navire de pierre fossilisé. Si le *Queen* gardait son cap actuel, il percuterait le plateau triangulaire et s'immobiliserait avec au moins un tiers de sa longueur au-dessus du néant avant de se rompre telle une brindille pourrie.

Falcon mit en marche les propulseurs latéraux, et les bourdonnements familiers de leurs turbines vinrent se mêler aux gémissements de l'armature qui se gauchissait et aux sifflements des gaz qui s'échappaient des réservoirs. Le léviathan du ciel vacilla et s'inclina vers bâbord.

Les hurlements du métal ne s'interrompaient plus et la vitesse de chute devenait angoissante. Un coup d'œil au panneau de contrôle l'informa que le ballon numéro cinq venait de céder à son tour.

Le sol n'était plus qu'à quelques mètres. Falcon ignorait toujours quel serait le résultat de sa manœuvre. Il fit basculer les propulseurs à la verticale pour ralentir la descente et amortir le choc.

La prise de contact parut durer une éternité. L'impact ne fut pas violent mais interminable et irrésistible. Tout l'univers paraissait s'effondrer autour d'eux.

Le grondement du plastique déchiré et du métal broyé se rapprochait, comme si un énorme fauve dévorait les entrailles du vaisseau à l'agonie pour s'y ouvrir un passagc.

Puis le sol et le plafond se refermèrent sur lui tels les mors d'un étau.

*

L'hologramme disparut du centre de la salle de réunion. Sparta, Blake et le commandant restèrent assis dans le noir, sans rien dire.

Finalement, Sparta déclara :

– C'est une reconstitution très réaliste et convaincante.

– Ouais, approuva Blake en changeant de position dans son fauteuil. Je me rappelle avoir vu des vids de cette catastrophe quand j'étais gosse. Elles étaient bien différentes. Là, j'ai eu l'impression de me retrouver dans la peau de ce type.

– L'événement a été couvert par plusieurs enregistreurs de vol mais la plupart des informations sont top secret, expliqua le militaire. Et vous avez vu juste, nous avons également eu accès à ce qu'a vécu Falcon.

– Un interrogatoire sous sondage profond ? voulut savoir Sparta.

– C'est exact.

Les yeux pâles du commandant reflétaient la lumière, dans la pénombre.

Elle le fixa et utilisa sa vision télescopique pour agrandir douze fois son visage. Les déplacements nerveux de ses globes oculaires le trahissaient. Son odeur également. Elle sut que le commandant et ses collègues employaient sur elle les mêmes techniques de sondage moléculaire pour enregistrer ses rêves, ses cauchemars, afin de procéder à des reconstitutions... qui risquaient d'être aussi terrifiantes, sinon plus, que ce “documentaire”.

Le militaire lorgna Blake avant de reporter son attention sur elle. Il avait perçu ses soupçons et tentait de lui faire comprendre qu'il ne pouvait se permettre de communiquer trop d'informations devant un tiers.

– J'aimerais revoir le passage de l'incident avec le chimp, déclara-t-elle.

Le commandant se plia à ses désirs et effleura des touches de l'holoprojecteur. Ils furent presque instantanément de retour à bord du *Queen*, cette cathédrale de plastique et de métal qui s'effondrait lentement...

Falcon mit le pied sur la marche inférieure en surveillant avec inquiétude la créature qui approchait. Les chimps étaient très forts et ils pouvaient s'avérer dangereux lorsqu'ils avaient peur, surtout quand leur terreur devenait plus puissante que le conditionnement qui les empêchait de s'en prendre à des humains.

L'animal le rattrapait en débitant un chapelet de cris. Mais les mots étaient inintelligibles et Falcon ne reconnut que des “patron” plaintifs et répétés sans cesse...

– Arrêtez, ordonna-t-elle.

L'hologramme se figea.

– Avez-vous analysé les propos de cet animal ? s'enquit-elle.

– Les enquêteurs ont essayé, mais les souvenirs de Falcon n'étaient pas assez précis. Pas suffisamment pour qu'il soit possible de reconstituer les mots.

– C'est bon, on repart.

Même en des circonstances aussi dramatiques ce chimp s'adressait à un homme pour lui demander conseil, et Falcon fut pris de pitié pour cette malheureuse créature victime d'une catastrophe qui dépassait sa compréhension et dont elle n'était aucunement responsable.

Le chimp s'arrêta en face de lui, de l'autre côté de la cage. Il aurait pu traverser aisément le puits vertical, et il décida de le faire, ses lèvres étroites retroussées sur des crocs jaunâtres, terrorisé.

Seuls quelques centimètres les séparaient encore et Falcon était fasciné par la peur qu'il lisait dans les yeux de l'animal. Il n'avait encore jamais eu l'occasion d'être si proche d'un chimp et en voyant sa face en détail, il ressentait l'étrange malaise qu'éprouvent tous les hommes face au miroir du temps.

La présence de l'humain sembla calmer le singe. Falcon désigna le haut du puits et le pont d'observation avant de lui dire posément, en articulant chaque parole :

– *Patron. Patron.* Va !

A son grand soulagement, le chimp parut comprendre. Il lui fit une grimace qui pouvait être un sourire et remonta aussitôt...

– C'est bon, dit Sparta. Vous pouvez arrêter.

– Pauvres bêtes, commenta Blake.

– Quelle analogie peut-on établir, commandant ? ajouta Sparta sur un ton moqueur. Existe-t-il un rapport avec le fait qu'après cette catastrophe il ne subsistait de Falcon pas plus de choses qu'il n'en restait de moi après qu'ils eurent essayé de m'éliminer ?

– De quoi parles-tu ? demanda Blake, exaspéré de ne pouvoir comprendre.

Le militaire éluda la question.

– La séquence suivante est plus récente. Elle a été enregistrée il y a seulement deux ans dans les locaux du Bureau du Contrôle spatial de Terre Central. Il va de soi que les intéressés ignorent... (il toussa)... que j'ai eu accès à cette puce.

*

– *Pourquoi Jupiter ?*

– Comme l'a dit Springer en partant pour Pluton, “parce que ce monde existe”.

– Merci. Et après ce détour sur une voie de garage, pourriez-vous me révéler vos véritables motivations ?

Howard Falcon adressa à son interlocuteur une grimace que seuls des proches auraient pu interpréter comme un sourire.

Brandt Webster le connaissait bien. Chef adjoint du service des projets à long terme du Bureau du Contrôle spatial, il avait partagé avec lui vingt années de triomphes et de catastrophes, dont le plus grand désastre de tous, la disparition du *Queen*.

– Le cliché de Springer... commença Falcon.

– Je crois qu'il n'était pas le premier à tenir de tels propos, l'interrompit Webster.

– ... est toujours valable. Nous avons atteint et exploré toutes les planètes solides et d'innombrables astéroïdes pour y bâtir des cités et des stations orbitales, mais les géantes gazeuses restent vierges. Elles représentent le seul véritable défi que nous ayons encore à relever à l'intérieur du système solaire.

– Un défi très coûteux. Je présume que vous avez calculé le prix d'une telle expédition.

– C'est à la portée du premier venu. Vous n'avez qu'à vous pencher vers cet écran pour connaître ces estimations.

– Mmm.

Webster consulta l'ordinateur.

Falcon se redressa.

– Il convient de garder à l'esprit que ce moyen de transport est réutilisable, mon ami. Une fois que nous aurons démontré sa fiabilité il nous donnera non seulement accès à Jupiter mais à *toutes* les géantes.

– Certes, certes...

Webster prit connaissance des chiffres et s'autorisa un sifflement qui n'avait rien de joyeux.

– Pourquoi ne pas commencer par une planète plus facile d'accès... Uranus, par exemple ? Une gravité réduite de moitié, et une vitesse de libération encore plus faible. Un climat plus paisible, si ce terme convient.

Webster avait étudié la question. Ce n'était pas la première fois que le Bureau spatial s'intéressait à ces mondes.

– L'économie serait négligeable, si on tient compte de la distance supplémentaire à parcourir pour arriver sur place et du soutien logistique nécessaire, rétorqua Falcon. Nous devrions établir des bases de ravitaillement au-delà de Saturne, alors que pour Jupiter nous avons déjà les installations de Ganymède.

– Si les Indo-Asiatiques veulent bien les mettre à notre disposition.

– Cette expédition sera organisée par le Conseil des Mondes et non par des sociétés privées. Elle ne représente donc pas une menace commerciale et le Bureau spatial n'aura aucune difficulté à obtenir tout ce dont nous aurons besoin sur Ganymède.

– Vous auriez intérêt à recruter dès à présent un équipage d'Orientaux, en ce cas. Nos amis sont très pointilleux et ils ne devraient pas apprécier de voir des Européens envahir leur domaine, car c'est ainsi qu'ils considèrent les lunes joviennes.

– Certains de ces Européens *sont* en fait des

Asiatiques, Web. Je réside toujours officiellement à New Delhi. Je ne crois pas que ce soit un véritable problème.

– Non, sans doute.

Webster fixa Falcon, et ses pensées étaient évidentes. L'argument de son interlocuteur en faveur de Jupiter paraissait logique, mais il n'y avait pas que cela. C'était la reine des planètes du système solaire et il n'aurait pu s'enthousiasmer pour une entreprise moins grandiose.

– En outre, continua Falcon, ce monde est à l'origine d'un scandale scientifique impensable. Voilà plus d'un siècle que ses tempêtes radio ont été découvertes, mais nous ignorons encore leurs causes. Le mystère de la grande tache rouge n'a pas été élucidé, sauf pour ceux qui croient que la théorie du chaos fournit une réponse à toutes les questions restées en suspens. Voilà pourquoi je pense que les Indo-Asiatiques s'empresseront de nous apporter leur soutien. Savez-vous combien de sondes ils ont lâchées dans son atmosphère ?

– Dans les deux cents, je crois.

– Seulement au cours des cinquante dernières années. Depuis *Galilée*, trois cent vingt-six sondes ont été envoyées vers Jupiter... avec un taux d'échec proche de vingt-cinq pour cent. Nous avons appris beaucoup de choses mais en nous contentant d'effleurer cette planète. Connaissez-vous ses dimensions, Web ?

– Son diamètre équatorial est dix fois plus important que celui de la Terre.

– Certes... mais êtes-vous conscient de ce que représente ce rapport ?

Webster sourit.

– Pourquoi ne pas me le dire, Howard ?

Quatre globes planétaires étaient alignés contre la paroi du bureau : les mondes habités et la Lune. Falcon désigna la Terre.

– Regardez l'Inde... elle paraît minuscule. Eh

bien, si la Terre était une orange et qu'on la pelait, sa peau étalée sur la surface de Jupiter, terres et océans compris, serait à peu près grande comme ce pays par rapport à notre monde.

Il y eut un long silence pendant que Webster réfléchissait à l'équation : Jupiter est à la Terre ce que la Terre est à l'Inde. Il se leva et alla vers le globe terrestre.

– Le choix de cet exemple n'est pas fortuit, je présume ?

Falcon vint se placer devant lui pour dire :

– C'est très différent de ce que nous avons entrepris il y a neuf ans, mais les points communs sont nombreux. Notre essai a eu lieu trois ans avant le premier et dernier vol du *Queen*.

– Vous n'étiez encore que lieutenant, à l'époque.

– C'est exact.

– Et vous vouliez me donner un avant-goût de la grande aventure... un voyage de trois jours au gré des vents au-dessus des plaines du nord de l'Inde. Une vue magnifique sur l'Himalaya. Sans aucun danger, aviez-vous affirmé. Vous disiez que ça me changerait de la bureaucratie et m'apprendrait quels étaient les tenants et les aboutissants d'une telle expérience.

– Avez-vous été déçu ?

– Vous connaissez la réponse. A l'exception de mon premier voyage sur la Lune, c'est sans doute ce qui m'a le plus marqué de toute mon existence. Et vous aviez raison... sans danger, sans imprévus.

Ce souvenir sembla adoucir le masque de Falcon.

– J'avais fait en sorte que tout soit idéal, Web. Nous nous sommes envolés de Srinagar juste avant l'aube car j'ai toujours trouvé le spectacle magnifique, quand les premiers rayons du soleil embrasent la grosse bulle argentée...

– Ce qui m'a le plus frappé, c'est sans doute le silence. Il n'y avait pas le rugissement des brûleurs comme à bord des anciens ballons gonflés à l'air chaud. J'ai été impressionné que vous ayez réussi à installer une centrale à fusion à bord d'un appareil de ce type, Howard, mais c'est surtout le fait qu'elle ne fasse aucun bruit, ainsi suspendue au-dessus de nos têtes et se déclenchant dix fois par seconde, qui m'a donné l'impression d'assister à un miracle.

– Quand je pense à ce survol de l'Inde, je me rappelle les sons qui montaient jusqu'à nous, dit Falcon. Les aboiements des chiens, les cris des gens qui levaient les yeux, les tintements des cloches. Nous les avons entendus tout au long de l'ascension, et même quand ce paysage cuit par le soleil est entré en expansion et que nous avons atteint l'altitude où régnait une fraîcheur agréable – à environ cinq mille mètres – et qu'il a fallu mettre nos masques à oxygène. Mais nous pouvions admirer le spectacle à loisir car l'ordinateur du bord se chargeait du reste.

– Y compris enregistrer les données nécessaires à la mise au point de l'autre aérostat, le *Queen Elizabeth*.

– Nous ne lui avions pas encore donné un nom, à l'époque.

– Non, confirma Webster avec de la tristesse dans la voix. C'était une journée parfaite, Howard. Pas un nuage dans le ciel.

– La mousson n'arriverait qu'un mois plus tard.

– Le temps avait cessé de s'écouler.

– Bien qu'habitué à de tels vols, j'ai ressenti la même chose. Mon irritation était grande, quand les rapports radio horaires venaient briser ce calme...

– Je vais vous faire une confidence. Il m'arrive encore de rêver de ces paysages anciens et...

Il chercha le mot juste.

– ...infinis, ce patchwork de villages, de champs, de temples, de lacs et de canaux d'irrigation, cette terre immergée dans l'histoire qui s'étendait jusqu'à l'horizon, à perte de vue...

Webster s'éloigna de la mappemonde, ce qui rompit le charme hypnotique.

– Eh bien, Howard, vous m'avez converti au plus léger que l'air. Et cela m'a permis de percevoir à quel point l'Inde est immense. De telles choses nous échappent, quand nous pensons que les satellites en orbite basse font le tour de notre planète en quatre-vingt-dix minutes.

Une esquisse de sourire étira les traits de Falcon.

– Et cependant, l'Inde est à la Terre...

– Ce que la Terre est à Jupiter. Oui, oui.

Webster regagna son bureau et regarda l'écran sur lequel apparaissaient les estimations du coût de la mission. Au bout d'un moment, il leva les yeux.

– En admettant la validité de vos arguments, et en supposant que nous puissions trouver des fonds et bénéficier de la coopération des Indo-Asiatiques, il vous reste à répondre à une question.

– Laquelle ?

– Pourquoi pensez-vous pouvoir faire mieux que les trois cent vingt-six sondes qui ont déjà effectué ce voyage ?

– Parce que je suis plus qualifié comme observateur et comme pilote. *Surtout* en tant que pilote. Dans tout le système solaire, nul ne peut se vanter d'avoir une expérience du vol à bord des plus légers que l'air égale à la mienne.

– Vous pourriez guider cet engin à distance, en sécurité à Base Ganymède.

– *Voilà justement le plus important !* s'exclama Falcon.

Du feu semblait briller dans ses yeux.

– Vous rappelez-vous ce qui a été fatal au *Queen* ?

Webster n'aurait pu l'oublier et il se contenta de répondre :

– Continuez.

– *Le délai de transmission !* L'imbécile chargé de diriger le module de prise de vues se croyait en liaison directe, mais suite à une erreur à ce jour inexpliquée les signaux faisaient un crochet par le réémetteur d'un satellite. Peut-être n'est-ce pas sa faute, Web, mais il aurait dû s'en rendre compte. Passer par un satellite de télécommunications, je vous demande un peu ! Une demi-seconde est nécessaire aux signaux pour effectuer une telle boucle. Ce délai aurait été sans conséquence s'il n'y avait pas eu les turbulences présentes au-dessus du Grand Canyon. Quand le module a commencé à donner de la bande, cet homme a corrigé aussitôt mais, le temps que les instructions parviennent aux servocommandes, l'appareil avait déjà basculé de l'autre côté. Avez-vous eu l'occasion de conduire un véhicule dont la direction a un jeu important sur un chemin cahoteux ?

– Contrairement à vous, Howard, je ne conduis jamais. Surtout pas sur des routes défoncées. Mais je saisis le fond de votre pensée.

– Vraiment ? Ganymède est à un million de kilomètres de Jupiter et le délai de transmission aller-retour s'élève à six secondes. Piloter quoi que ce soit à une telle distance est impossible, Web. Il faut être sur place pour régler les cas d'urgence sitôt qu'ils se présentent, en temps réel. Je vais vous faire une petite démonstration... si vous me permettez d'utiliser ceci ?

– Faites.

Falcon prit une carte postale posée sur le bureau. Ce mode de communication était démodé mais Webster aimait tout ce qui se rapportait au passé. On voyait au recto de celle-ci une vue tridimensionnelle d'un paysage martien et au verso des timbres de cette planète aussi rares que coûteux.

Falcon prit la carte et la laissa pendre à la verticale.

– C'est un tour très connu, mais il est parfait pour ma démonstration. Placez votre pouce et votre index de chaque côté, comme pour la saisir mais sans la toucher.

Webster se pencha sur le bureau et tendit la main.

– C'est parfait. Et maintenant... Attrapez-la.

Sans autre avertissement, Falcon lâcha le rectangle de carton. L'autre homme referma les doigts sur le néant.

Falcon récupéra la carte.

– Je vais recommencer pour vous démontrer que je n'ai utilisé aucun subterfuge, d'accord ?

Ils renouvelèrent l'expérience et le résultat fut identique.

– Maintenant, nous allons inverser les rôles.

Webster fit le tour du bureau et vint se placer devant Falcon. Il tint un moment le rectangle de carton puis le lâcha, sans avertissement.

Et Falcon s'en saisit aussitôt. Une réaction si rapide qu'un cliquetis sembla la ponctuer.

– Lorsqu'ils m'ont reconstitué, expliqua Falcon d'une voix plate, les chirurgiens m'ont apporté quelques améliorations. Dont celle-ci...

Il posa la carte sur le bureau avant d'ajouter :

– Et bien d'autres. Je veux en tirer pleinement parti et Jupiter est le cadre idéal pour faire ses preuves.

Webster regarda un long moment les rouges et les pourpres extraordinaires de l'escarpement de Trivium Charontis avant de déclarer posément :

– Je comprends. Dans combien de temps pensez-vous être prêt ?

– En bénéficiant du soutien du Bureau spatial, de la coopération des Indo-Asiatiques et de la contribution financière de diverses fondations privées... deux ans. Peut-être moins.

– C'est un délai très court.

– J'ai déjà effectué la plupart des travaux préliminaires.

Il baissa les yeux sur l'écran.

– C'est entendu, Howard, vous pouvez compter sur mon appui. J'espère que vous aurez cette chance, car vous l'avez bien mérité. Mais je préfère vous avertir tout de suite qu'il existe une chose que je ne ferai sous aucun prétexte.

– Et c'est ?

– Etre votre passager lors de votre prochain voyage en ballon.

*

Le commandant effleura un bouton et l'hologramme se réduisit à un point noir qui s'effaça presque aussitôt.

– Je ne sais pas ce qu'en pense Ellen, mais je meurs de faim et je n'ai pas envie de discuter de tout ceci le ventre vide, déclara Blake.

– Moi non plus, lui répondit-elle. Il y a un temps pour chaque chose.

3

– Je ne comprends pas.

– Le Libre Esprit a créé Falcon, dit Sparta. Recréé, devrais-je dire. Pour la même raison qu'il m'a reconstituée. Ferme ton clapet, chéri, on voit ta luette.

Blake restait en effet bouche bée.

L'expression sévère du commandant fut presque adoucie par un sourire, mais il se reprit et garda sa dignité en piquant des bouts de laitue avec sa fourchette.

– C'est toi qui m'as appris qui ils cherchaient, si tu n'as pas oublié ? ajouta-t-elle à l'intention de Blake. L'Empereur des Derniers Jours.

Sparta mangeait du bout des dents cette nourriture comme toujours excellente et copieuse. Aujourd'hui, il était précisé sur leurs menus individuels qu'on leur servirait un assortiment de salades, une bisque de tomate, diverses quiches et des *croque-monsieur*[1] miniatures, avant un sorbet à l'orange accompagné de biscuits à la vanille. Quant à la carte des vins, elle était impressionnante même s'ils ne buvaient que de l'eau.

Les gens chargés de servir ce festin (et le déjeuner n'était rien comparé au dîner) étaient jeunes, impeccables et joyeux, tout de blanc vêtus, toujours prêts à discuter avec enthousiasme lorsque leur compagnie était souhaitée mais autrement d'une discrétion remarquable. Ce jour-là, ils s'efforçaient de faire oublier leur présence.

Depuis désormais une semaine, Sparta et Blake étaient les invités du commandant dans cette "place forte", pour reprendre ses propres termes. Ils dînaient souvent seuls dans la grande salle de style gothique aux murs ornés d'étendards héraldiques. Lorsque le soleil brillait comme ce jour-là, ses rais de lumière dorée se déversaient par les hautes fenêtres aux vitraux représentant des dragons, des jeunes filles en robes amples et des chevaliers bardés de lourdes armures. L'ancien propriétaire avait dû aimer les œuvres de Sir Walter Scott ou rêver de Camelot.

– Nous pensons qu'ils avaient jeté leur dévolu sur Falcon bien avant la catastrophe, dit le commandant en repoussant son assiette.

– Jeté leur dévolu ?

Blake put déglutir ses légumes verts sans s'étrangler, mais pas sans en croire ses oreilles. En premier lieu parce que cet officier du Bureau spatial, cet homme d'un certain âge qu'il avait tout d'abord pris pour un simple collègue d'Ellen, savait apparemment autant de choses que lui sur le Libre

1. En français dans le texte. *(N.d.T.)*

Esprit : des informations qu'il n'avait obtenues qu'au péril de sa vie.

– Le meilleur aérostier du monde, déclara Sparta. Quelqu'un a compris avant lui que seul un ballon permettrait de se déplacer au milieu des nuages de Jupiter.

– Quel est le rapport entre ce monde et notre histoire ? demanda Blake.

– Je l'ignore, lui répondit Sparta. Mais je sais que c'est cette planète gazeuse qui revient constamment dans mes songes...

– Ellen, lança sèchement le militaire pour lui faire comprendre qu'elle devait changer de sujet.

– La chute dans les nuages. Les ailes qui battent au-dessus de moi. Les voix qui s'élèvent des profondeurs.

Blake regarda le commandant.

– Ses rêves ?

– Je préfère me baser sur des faits. Pensez que même le Bureau du Contrôle spatial aurait de sérieuses difficultés techniques, logistiques et politiques à organiser une telle expédition en seulement deux ans. Webster devait savoir où Falcon voulait se rendre avant qu'il ne le lui dise.

– Et avant même que le principal intéressé n'en soit conscient, surenchérit Sparta en se tournant vers le militaire. Il est évident que le *Queen* a été victime d'un sabotage.

– Vous avez toujours eu la fâcheuse tendance à sauter sur des conclusions hâtives.

– Il est absurde de supposer qu'on ait pu faire accidentellement transiter le signal de cette radiocommande par un satellite.

– C'est en effet impensable, approuva Blake. Mais comment savaient-ils que Falcon survivrait à la catastrophe ?

– Ils n'hésitent pas à courir des risques.

– Le module de prise de vues n'a eu des problèmes qu'au moment où Falcon est arrivé au sommet du dirigeable, fit remarquer le commandant. Pas avant.

Elle hocha la tête.

– Lorsqu'il s'est retrouvé au point le plus sûr, en termes de probabilités. Il l'a lui-même pensé.

– En ce cas, ils ont commis une grave erreur, protesta Blake. Notre homme a pu regagner la passerelle avant l'impact. Il a failli sauver son appareil.

– L'accident a malgré tout servi leurs intérêts, dit Sparta. Plus qu'ils ne l'avaient espéré, peut-être.

– Contrairement à ce qui s'est passé pour vous, intervint le militaire. Dans son cas, la destruction physique était telle qu'il ne subsistait plus assez de son ancienne personnalité pour qu'il pût s'opposer à leurs desseins.

Blake repoussa son siège et se leva avec colère.

– Entendu, je vais répéter des questions que j'ai déjà posées. Représentez-vous officiellement le puissant service d'investigation du Bureau spatial ? Que voulez-vous obtenir d'Ellen ? Que pourrait-elle faire de plus que vos services ?

Avant de répondre, le commandant fit signe aux serveurs de débarrasser la table et d'apporter le plat suivant.

– Il existe des interventions que nous ne pourrions pas mener avec autant d'efficacité. Des enquêtes délicates, par exemple.

– Me diriez-vous ce que je pense ?

– Ne faites pas de suppositions hâtives, vous non plus, et ne ratez surtout pas la bisque de tomate.

Blake hésita, puis se rassit.

– Si vous voulez bénéficier de ma coopération, *monsieur*...

Ce recours au sarcasme était puéril et traduisait sa frustration.

– ...je dois obtenir l'assurance que, quels que soient vos projets, vous n'exposerez pas Ellen à de nouveaux dangers.

– Avant de prendre des décisions à sa place, peut-être devrions-nous lui demander d'exprimer son point de vue sur la question ?

– Ma curiosité a été éveillée. J'aimerais apprendre plus de choses sur Howard Falcon et le *Kon-Tiki*, avoua-t-elle.

– Dois-je en conclure que vous faites toujours partie de mon équipe ?

– Non, je ne crois pas, lui répondit-elle, l'air pensif. Je doute que ce soit un sport collectif.

*

Blake consacra l'après-midi à essayer de la convaincre que si elle s'intéressait à Falcon, c'était à cause d'indices circonstantiels qui manquaient de substance. Il admit qu'il avait autrefois soutenu la thèse du complot, mais il était arrivé depuis à la conclusion que les membres du Libre Esprit – les *prophètes*, les Athanasiens, peu importait le nom qu'on leur donnait – étaient des malades mentaux certes dangereux mais en voie de disparition suite à leurs innombrables erreurs. A présent que le Bureau du Contrôle spatial était informé de tout ce qui se rapportait à cette secte, Ellen n'avait plus aucune raison de risquer sa vie.

Elle déclara partager son point de vue, sans toutefois s'engager à remettre sa démission ainsi qu'il le lui demandait. Elle avait pour lui beaucoup d'amour et d'affection, mais malgré les sentiments qu'il lui inspirait et ses arguments pleins de bon sens, une partie de son être restait inaccessible à son raisonnement.

Ce soir-là, il la raccompagna jusqu'à sa chambre et l'embrassa avec fougue. Elle réagit en collant son corps musclé de danseuse contre le sien mais reprit ses distances dès qu'il voulut entrer dans la pièce.

– Je t'ai dit qu'il y a des caméras et des micros, fit-elle. Et chez toi aussi.

– Je m'en fiche.

– Pas moi. A demain, chéri.

Elle repoussa la porte et la verrouilla derrière elle.

Elle se dévêtit sitôt qu'elle se retrouva seule dans la chambre fraîche et obscure puis se dirigea vers son lit. Elle était nue, mais en ce siècle et cette culture la nudité ne faisait pas l'objet d'un tabou et son corps ne devait avoir aucun secret, tant intérieur qu'extérieur, pour ceux qui la surveillaient. Si elle prêtait attention à ses gardiens, ce n'était pas à cause de Blake mais de ce qu'ils voyaient lorsqu'elle dormait.

Et elle ne voulait pas qu'il pût partager ses visions – ses cauchemars – comme *eux*.

Elle eut recours à un mantra personnel, ce que certains auraient appelé une prière, pour trouver le sommeil.

*

Blake entrouvrit l'étroit châssis de la fenêtre, juste assez pour que l'air de la nuit pût entrer, avant de suspendre méticuleusement ses vêtements dans la penderie. Quelques personnes voyaient en lui un dandy, et il reconnaissait qu'il prenait grand soin de son apparence, quel que fût le rôle qu'il devait jouer. Et sous les objectifs de toutes ces caméras cachées, il se voulait impeccable.

Une fois nu, il sauta dans son lit et s'étira sous les draps frais. Il resta là, bouillant d'espoir, d'inquiétude et d'amour – *elle m'aime !* – et tendu de désir.

Longtemps auparavant ils étaient allés à la même école, un établissement spécial réservé à des enfants ordinaires qu'on souhaitait rendre extraordinaires dans le cadre de SPARTA. SPARTA était le nom de code du Projet de Développement et d'Evaluation des Aptitudes Spécifiques élaboré par les parents d'Ellen, qui s'appelait à l'époque Linda.

Ils voulaient prouver que tout être humain possédait divers types d'intelligence qu'il suffisait de canaliser et de stimuler pour développer. Ce programme devait servir à démontrer que les capacités intellectuelles d'un individu ne formaient pas un tout indivisible, une entité mystérieuse, prédéterminée et immuable appelée le Q.I.

Les enfants qui participaient à SPARTA n'étaient pas des prodiges dans toutes les matières – comme des plants de petits pois, les humains n'étaient pas identiques –, mais tous avaient pu s'épanouir. Ils étaient devenus depuis des athlètes, des musiciens, des mathématiciens, des logiciens, des écrivains, des artistes, des personnalités des milieux sociaux et politiques. Chacun excellait dans au moins un de ces domaines.

Mais pour Linda et Blake, SPARTA n'avait été qu'une école comme les autres et ils étaient devenus de bons camarades. Plus tard, lorsqu'ils avaient eu des rapports sexuels, ils se connaissaient si bien que cette expérience aurait pu leur paraître banale.

Il n'en avait rien été. Ellen avait mis plus de temps que lui à en prendre conscience – ou à l'admettre – mais ils s'aimaient, sur le plan physique autant que sentimental.

Blake découvrait que coucher avec un être aimé ne pouvait être comparé à rien d'autre. Sans amour, l'intelligence et l'inventivité, l'amitié et le désir ne permettaient pas d'atteindre ce septième ciel où tout était parfait et rien de ce qu'il y avait de bon dans l'existence ne paraissait accessible.

Il resta allongé entre les draps de coton frais, pour adresser un sourire béat aux étoiles visibles au-delà de l'étroite fenêtre percée dans le mur de sa chambre, penser à Linda – ou Ellen – et renforcer sa détermination de l'emmener loin de ce lieu et de ces gens. Ce fut sans s'en rendre compte qu'il passa des rêveries aux rêves.

*

Une heure plus tard, alors que la demeure était obscure, Sparta immobile et son esprit perdu dans les profondeurs d'un sommeil sans songes, la porte de sa chambre s'ouvrit sans bruit.

Le commandant entra dans la pièce et balaya ses recoins avec le faisceau de sa lampe torche avant de se tourner et de faire un geste. Un tech vint le rejoindre et appliquer un pistolet hypodermique sur le cou de la jeune femme. Sparta ne réagit pas. Rien ne laissait présumer qu'elle sentait la drogue se diluer dans son sang.

Ses cauchemars reprirent peu après.

4

La lune naviguait sur la mer glacée et houleuse des nuages d'octobre tel un caïque ventru, poursuivie par un intrus. Il l'entendit approcher bien avant de la voir, cette chose noire dont les ailes battaient la nuit...

Ce n'était pas un rêve. Blake ouvrit un œil et vit la forme sombre descendre sans bruit, passer devant la fenêtre.

Il repoussa les couvertures et roula hors de son lit pour se coller au sol. Il ignorait combien de temps il avait dormi – le dessin que le clair de lune projetait sur le tapis laissait supposer qu'il était plus de minuit –, mais il connaissait la nature de ce qu'il avait entr'aperçu à l'extérieur : un Snark, un hélicoptère d'assaut aux pales et aux turbines commutées en mode de vol furtif venu se poser sans bruit sur la vaste pelouse.

Un allié ou un ennemi ? Mais qui étaient ses adversaires ? Et qui étaient ses amis ?

Il n'appartenait en fait à aucun des camps en présence. Il resta accroupi et roula sur le tapis pommelé par le clair de lune pour se réfugier dans la penderie. Une fois là, il s'habilla en hâte d'un pantalon de polytoile sombre, d'un pull-over en laine noire, de baskets et d'un coupe-vent ample et foncé doté de nombreuses poches.

Après leur retour de Mars, quand on lui avait attribué cette chambre, Blake avait trouvé toutes ses affaires nettoyées, repassées et suspendues aux cintres ou pliées dans les tiroirs. Les troupes étaient décidément fort bien traitées, ici. Seuls ses jouets avaient disparu : l'outillage électrique, l'assortiment de composants électroniques et les bouts de pains de *plastique*.

Il ne pouvait le leur reprocher, car c'était très dangereux. Et il avait en outre réussi à reconstituer son arsenal depuis son arrivée. La quantité de produits chimiques mortels ou destructeurs réclamée pour l'entretien d'un simple studio – et à plus forte raison une telle propriété – ne laissait jamais de le surprendre. Si la pelouse sur laquelle le Snark venait de se poser était aussi drue, par exemple, c'était grâce à des pulvérisations régulières et généreuses d'azote et de phosphore. Dans la cabane du jardinier étaient en conséquence entreposés de puissants explosifs mis à la disposition de qui voulait les prendre. Et il s'était procuré de quoi improviser des détonateurs et des minuteries en démontant des éléments du système d'alarme et de surveillance dispersés à l'intérieur de la propriété, ceux qui étaient installés là où ils avaient peu de chances de servir un jour.

Il avait repéré les caméras de cette pièce, de la chambre d'Ellen, et même des bois environnants. Elle feignait d'ignorer leur présence, ce qui lui convenait. Il avait récupéré tout ce qu'il estimait pouvoir prendre sans être vu par les caméras et dont la disparition ne serait sans doute pas remarquée, avant de dissimuler son butin là où il espérait que ses hôtes ne le trouveraient pas.

Il retira des moulures sous les étagères et récupéra ce qu'il avait amassé au fil de ses expéditions. Il consacra une longue minute à assembler des composants avant de les fourrer dans ses poches. Finalement, il regagna la penderie et décrocha un rouleau d'adhésif dissimulé sous quelques cravates tricotées et déroula la bande autour de ses paumes.

Le dos collé à la porte du réduit, il tendit l'oreille. Il entendait à peine les murmures des rotors jumelés du Snark, sur la pelouse en contrebas. Il poussa le battant et courut vers la fenêtre. Il savait que les caméras devaient le suivre, même s'il avait jusqu'à cet instant réussi à échapper à leur surveillance. Il regarda au-delà du montant.

Trois étages plus bas, les pales sifflaient au seuil de l'audibilité. Elles n'étaient pas débrayées, les moteurs n'avaient pas été coupés, ce qui signifiait que le Snark se tenait prêt à redécoller immédiatement.

Un crissement métallique et un cliquetis lui parvinrent de la porte de sa chambre...

Blake sauta sur l'appui de la fenêtre puis se glissa de côté dans l'étroite ouverture et s'agrippa avec les doigts tant qu'il n'eut pas calé l'extrémité de ses chaussures caoutchoutées dans un des joints profonds de la maçonnerie. Il plongea alors sa main droite dans une poche et en sortit un petit paquet qu'il posa sous le châssis avant de chercher une autre prise et d'entamer sa traversée de la façade.

Les motifs mouvants que le clair de lune diapré dessinait sur le mur aux nombreuses aspérités le dissimulaient à une simple surveillance visuelle.

La chambre d'Ellen était éloignée mais il étudiait ce parcours depuis des jours. Avant même d'arriver en ce lieu il avait envisagé la possibilité de devoir s'esquiver rapidement, et sans passer par la grande porte.

Il franchissait l'angle de la demeure quand un éclair blanc et une détonation troublèrent la nuit. Quelqu'un venait de pousser le châssis de la fenêtre de sa chambre pour regarder au-dehors.

La clarté du phosphore fut très vive et il entendit hurler au même instant. La charge n'était pas suffisante pour infliger de très graves blessures mais Blake n'eût pas été surpris d'apprendre que celui qui avait déclenché son piège devrait subir quelques greffes. S'il fut assailli par un sentiment de culpabilité, ce fut bref. Entrer en pleine nuit dans la chambre d'un tiers sans seulement se donner la peine de frapper était révélateur d'un indéniable manque de savoir-vivre.

Des lumières brillèrent sur tout le pourtour de la maison et firent disparaître le clair de lune. Les murs étaient désormais balayés par des faisceaux de projecteurs comme le ciel nocturne de Londres à l'époque du blitz. Blake s'apprêta à entendre un tir de D.C.A.

Mais il bénéficia d'un répit. Il déplaça ses pieds et ses mains protégées par le ruban adhésif, avec prudence mais rapidité, et il atteignit la fenêtre en saillie de la chambre d'Ellen. Close, comme il s'y était attendu.

Le temps lui manquait pour agir avec discrétion. Il cala les doigts de sa main gauche et ses orteils dans les joints des moellons et abattit son poing droit sur un des éléments du vitrail. Un morceau de verre entailla profondément la chair entre les phalanges et la protection offerte par le ruban adhésif.

Pendant qu'il poursuivait son œuvre de destruction, il lui vint pour la première fois à l'esprit qu'il se passait quelque chose de louche, de très louche.

Rien ne donnait l'alarme. Il n'entendait pas de sirènes ou de sonneries. A l'extérieur tous les projecteurs s'étaient allumés mais il n'y avait aucun signal sonore, pas même celui qu'aurait dû déclencher le circuit de protection de cette fenêtre.

– C'est moi, Ellen, dit-il d'une voix assez forte pour la réveiller. Ne fais rien que tu pourrais regretter.

Il franchit l'encadrement, plus large que celui de sa chambre, et se retrouva accroupi sur le sol.

Toujours rien, et l'hélicoptère n'avait pas redécollé. L'ordinateur de bord d'un Snark pouvait repérer sans intervention extérieure un homme qui jouait à l'acrobate contre un mur et l'abattre. Il n'était donc pas programmé pour tuer. Peut-être avaient-ils espéré qu'Ellen continuerait de dormir.

Quoi qu'il en soit, Blake arrivait trop tard. La lumière crue des projecteurs installés à l'extérieur lui révélait que le lit était vide.

Mais encore chaud et marqué par l'empreinte de celle qui avait dû s'y trouver seulement quelques minutes plus tôt.

La porte était entrebâillée. L'avaient-ils capturée ? Les avait-elle entendus – il savait qu'elle possédait une ouïe bien plus fine que tout autre être humain – et s'était-elle enfuie ? Etait-elle allée *le* secourir ?

Il s'accroupit et avança la tête dans le couloir.

Un essaim de balles de caoutchouc tirées par une arme munie d'un silencieux crépitèrent sur le sol et le chambranle, des projectiles assez durs pour entamer le bois. Il se rejeta en arrière dans la chambre d'Ellen, fouilla dans sa poche...

– Sortez, monsieur Redfield, nous ne vous voulons aucun mal.

...et lança un autre petit paquet dans le corridor.

Cette fois, la déflagration fut instantanée et il franchit la porte presque aussi vite que l'éclair. Il ne voulait pas se laisser bloquer dans cette pièce.

Il roula sur le tapis en flammes, se pencha sur la rambarde de l'escalier et bascula par-dessus, sans faire cas des flammèches qui s'élevaient du dos de sa veste. Il tomba d'un demi-étage, atteignit le palier et fit des culbutes jusqu'au bas des marches en laissant derrière lui des bouts de tissu enflammés.

Sitôt dans le couloir du rez-de-chaussée, il se releva d'un bond, étourdi mais indemne.

Pas de poursuite. Ça leur apprendrait à utiliser ce ton condescendant. *Monsieur* Redfield... tiens donc ?

Il eut une inspiration. Le Snark était peut-être encore sur la pelouse. Peut-être n'avait-il pas redécollé. Peut-être n'avait-il personne à son bord. Peut-être étaient-ils tous entrés dans la maison pour les capturer, Ellen et lui, en s'imaginant que ce serait facile.

Et peut-être pourrait-il leur démontrer qu'ils l'avaient sous-estimé.

Il courut vers l'extrémité du couloir et ouvrit d'un coup de pied la porte d'un réduit qui donnait sur un des grands salons de la demeure. Il se savait suivi par des caméras et ne prit pas la peine d'essayer de se dissimuler. Il projeta son poing ensanglanté vers le heaume d'un chevalier à l'armure illuminée par les projecteurs extérieurs, puis il s'acharna sur lui en utilisant son avant-bras pour repousser l'encadrement de plomb tant qu'il n'eut pas ouvert dans ce vitrail un trou suffisamment large pour autoriser son passage.

Il était assez près du sol pour sauter. Il plia les jambes afin d'amortir l'impact et se laissa tomber.

Il toucha la pelouse, roula sur lui-même et se retrouva debout sans avoir souffert de cette chute de cinq mètres. Le Snark était là, à une vingtaine de mètres. Ses rotors murmuraient toujours. Une fois maître de cette machine de guerre redoutable il pourrait repousser les assauts de toute une armée. Et ensuite il retrouverait Ellen et l'emmènerait loin d'ici...

Il se mit à courir, sans se cacher. Il savait qu'ils

n'ouvriraient pas le feu sur lui. Ils s'étaient contentés d'utiliser des projectiles en caoutchouc, quand il avait constitué une cible. Et si quelqu'un apparaissait à la porte de l'hélicoptère... eh bien, il serait toujours temps de prendre une décision. Charger l'adversaire ? S'enfuir à toutes jambes ? Lever les bras pour se rendre ?

Il se pencha sous les pales.

Une tache claire apparut dans le rectangle noir de l'ouverture. Le visage d'Ellen. Elle lui fit signe d'approcher.

Il sentit son cœur bondir.

– Tu as réussi !

Elle s'était déjà emparée de l'appareil ! Elle tendit le bras vers lui. Sa main était fuselée et blanche, son visage un ovale blême encadré de cheveux blonds coupés court... il ne voyait d'elle que cela, le reste était dissimulé dans les ténèbres par une combinaison de polytoile noire.

Il saisit la main tendue et grimpa sur un des patins de l'hélicoptère. La prise était ferme et familière, à travers le ruban adhésif. Elle le hissa vers la porte ouverte...

...mais elle lui tordit le poignet et lui fit perdre l'équilibre. Avant même d'avoir compris de quoi il retournait, il était allongé sur le plancher métallique de l'appareil. Un homme émergea des ténèbres, derrière Ellen. Blake voulut se redresser, mais elle venait de lui faire une injection paralysante dans la nuque avec le pistolet hypodermique qu'elle tenait dans son autre main.

– Ellen...

Sa bouche était trop pâteuse pour articuler des mots. Son champ de vision se réduisit et il ne vit plus que le visage de la jeune femme, ses lèvres...

Il ne lisait ni amour ni compassion dans son expression. Il ne voyait qu'un sourire qui dénudait des dents semblables à des crocs et une langue aussi rouge et humide que du foie frais.

– Tu commences à devenir gênant, Blake. Nous devons cesser de nous voir pendant quelque temps.

Elle se redressa. L'inconnu s'avança pour soulever Blake et l'installer dans un siège de toile suspendu à la paroi, où il le sangla. Blake ne ressentait plus rien, à l'exception d'une onde glacée qui envahissait son corps à partir des doigts et des orteils. Il ne put empêcher l'homme de fouiller ses poches et ses autres cachettes, et de confisquer tout ce qu'il avait sur lui.

Ellen le laissait déjà. La dernière vision qu'il eut d'elle fut celle d'une silhouette noire qui sautait avec agilité hors de l'appareil.

5

Là où les journées duraient approximativement vingt-quatre heures, Sparta se levait quinze minutes avant le soleil. Ailleurs, elle avait des difficultés à dormir ne fût-ce qu'un instant.

Blake faisait parfois la grasse matinée, ce qui suscitait autant d'incompréhension que d'envie de la part de la jeune femme. Mais elle s'y était accoutumée et ne fut pas surprise outre mesure de constater qu'il ne venait pas la rejoindre pour prendre son petit déjeuner avec elle.

Elle fut plus étonnée à midi. Blake avait bien trop d'appétit pour sauter deux repas d'affilée.

Le commandant était absent, lui aussi. Le jeune serveur blond ignorait où se trouvait M. Redfield – avez-vous terminé la salade, inspecteur ? La jeune serveuse blonde ne pouvait entrer dans les détails mais affirmait que le commandant reviendrait bientôt – vous ne voulez vraiment pas goûter ce vin, mademoiselle ?

Ici, les règles n'étaient pas écrites mais évidentes. Les invités s'occupaient de leurs affaires et tous s'occupaient des affaires de Sparta.

Quand à la fin de ce repas trop copieux on lui servit un arabica à la torréfaction absolument parfaite, elle le but sans enthousiasme.

Puis elle monta jusqu'à la chambre de Blake et s'arrêta derrière la porte, pour *écouter*...

...les gargouillis des vieilles canalisations encastrées dans les parois, le fracas des ustensiles de cuisine au rez-de-chaussée et les voix des marmitons qui parlaient de choses sans importance.

L'étroite fenêtre de la pièce devait être ouverte car elle entendait des courants d'air agiter les rideaux et des oiseaux pépier dans les arbres du parc, quelques moineaux qui tardaient à migrer vers le sud. Sur le toit, une des ardoises s'effritait. Agressée par les éléments et dilatée par le soleil, elle avait perdu son intégrité cristalline et se fragmentait en grains minuscules qui roulaient vers le bas de la toiture pentue pour tomber en tintant dans le chéneau de cuivre à l'aplomb de la fenêtre de la chambre de Blake.

Elle ne pouvait cependant entendre ce dernier. Il ne dormait pas, il ne cherchait rien dans la penderie et il n'était pas allé dans la salle de bains pour se raser ou se brosser les dents.

C'était étrange. Sparta se pencha vers la serrure, non pour regarder par le trou comme devaient le penser ceux qui la surveillaient mais pour goûter aux molécules d'air en suspension près du bouton de porte. Elle reconnut la saveur épicée des huiles et des acides caractéristiques de la peau de Blake, mêlée à deux siècles de produits à polir le cuivre.

Et autre chose. Elle se rappela une vieille devinette. "Vingt frères habitent la même maison. Il suffit de leur gratter la tête pour qu'ils meurent." Des allumettes. Une bouffée de phosphore, à peine perceptible.

Elle se redressa. Se sachant observée, elle décida de ne pas entrer dans la pièce.

La situation n'était pas alarmante. Il était déjà arrivé à Blake de disparaître. Après l'affaire du *Reine des Etoiles*, par exemple, il était rentré sur la Terre alors qu'elle demeurait à Port Hespérus. Elle était restée sans nouvelles de lui pendant des mois, jusqu'au jour où elle l'avait vu venir à sa rencontre sur la Lune. Il en avait fait autant sur Mars, pour mener une enquête personnelle qui avait bien failli leur coûter la vie à tous deux. Mais chaque fois qu'il s'évanouissait dans la nature, c'était pour une excellente raison.

Une autre chose lui paraissait étrange et elle se demandait s'il existait ou non un rapport. A son réveil, une forte odeur flottait dans sa chambre. Un des panneaux de la fenêtre avait été remplacé pendant la nuit.

Elle passa l'heure suivante à se promener dans la maison et la propriété, bien décidée à ne pas laisser voir son inquiétude. Blake n'était ni dans la bibliothèque ni dans les salles de jeux et de projection. Il n'était pas non plus dans le stand de tir du sous-sol, le gymnase, le court de squash ou la piscine intérieure. Il ne visitait pas la serre et ne jouait pas en solitaire à une partie de croquet, de quilles ou de tir au pigeon. Il ne s'entraînait pas à la pêche au lancer et n'avait pas pris un cheval pour aller faire un petit galop. Il ne manquait aucun véhicule, dans le garage qui jouxtait les écuries.

Mais une fenêtre du premier étage avait également été brisée. Des ouvriers s'affairaient à remplacer un des éléments du vitrail.

Sparta était sur la grande véranda, accoudée à la rambarde de pin verni et écaillé, occupée à regarder les bois. Rien ne s'y déplaçait, sauf à l'occasion un écureuil, un mulot ou un petit oiseau gris. Et les feuilles mortes qu'elle regardait descendre. *En tendant l'oreille* elle les entendait se poser sur un tapis de leurs semblables.

Blake était parti.

Ce fut là que le commandant vint la rejoindre.

– Où est-il ? lui demanda-t-elle posément.

– Je lui avais précisé qu'il était libre de nous laisser lorsqu'il le désirerait.

Sa voix était rauque comme à l'accoutumée et il ne portait pas sa tenue campagnarde. Il avait mis son uniforme bleu bardé de décorations.

– Nous l'avons emmené en hélicoptère, tôt ce matin.

Elle se tourna vers lui, pour le regarder droit dans les yeux.

– C'est faux.

– Vous dormiez. Vous n'avez pu entendre...

– Il est exact que je n'aurais pu remarquer quoi que ce soit, avec toutes les drogues que vous m'aviez administrées, mais il n'avait pas la moindre intention de me laisser.

Les yeux bleus du militaire étaient plus pâles que les siens, deux cabochons de turquoise.

– Essayer de vous convaincre serait peine perdue.

– Je suis heureuse que vous en ayez conscience. Si vous souhaitez poursuivre cette conversation, commandant, cessez de me mentir.

Un sourire incurva la bouche de l'homme. Il avait lui-même tenu des propos identiques à plusieurs reprises.

– Vous commencez à bien me connaître, ajouta-t-elle. Vous devez donc savoir que je pourrais raser cette maison et enterrer sous ses décombres tous ceux qui s'y trouvent.

La colère empourprait son visage.

– Mais vous ne le feriez pas. Cela ne vous ressemblerait guère.

– Si j'apprends que vous avez fait le moindre mal

à Blake, sachez que je n'aurai aucun scrupule à vous tuer. Je ne suis pas une pacifiste convaincue.

Il regarda un instant cette jeune femme élancée, fragile... et dangereuse. Puis ses épaules s'affaissèrent de quelques millimètres et il se pencha en arrière.

– Nous l'avons emmené à quatre heures du matin, après lui avoir administré un puissant sédatif. Il se réveillera dans son appartement de Londres en gardant le souvenir artificiel d'une dispute avec vous. Vous êtes censée lui avoir dit que vous deviez participer à un projet trop délicat et risqué pour lui, et que pour votre bien autant que le sien il valait mieux qu'il parte.

– Je ne puis tolérer de pareils agissements et je pars moi aussi.

Qu'il eût à nouveau menti était évident.

– Vous êtes libre de vos choix, inspecteur Troy. Mais vous savez que c'est la meilleure solution.

– Je ne lui ai jamais tenu de pareils propos...

– Mais vous l'auriez dû, lança l'homme qui était à son tour en colère.

– ...et quels que soient les souvenirs que vous avez implantés dans son esprit, je doute que ce soient ceux dont vous venez de me parler.

Elle s'éloigna.

– Voulez-vous savoir ce qui est arrivé à vos parents ?

L'intonation et la tension de sa voix le trahirent. Il abattait sa dernière carte. Elle s'arrêta, sans toutefois se tourner vers lui.

– Ils sont morts dans un accident de voiture.

– Oublions cette fiction destinée aux médias, d'accord ? On vous a dit qu'ils se trouvaient à bord d'un hélicoptère qui s'était écrasé au sol.

Elle fit demi-tour, les muscles bandés et menaçante.

– Que savez-vous, commandant ?

– Des choses que je ne puis prouver.

Elle décela autre chose dans son intonation. Ses propos contenaient une part de vérité.

– Vous voulez m'inciter à croire que vous le pourriez mais ne le voulez pas.

Etaient-ce bien ses intentions ?

– Connaissez-vous aussi mon vrai nom, commandant ? Si oui, ne le prononcez pas.

– Je me contenterai de citer votre matricule : L.N. 30851005.

Elle hocha la tête.

– Que savez-vous, sur mes parents ?

– Ce que j'ai lu dans les fichiers, mademoiselle L.N. Et ce que m'ont appris les prophètes.

– C'est-à-dire ?

– Une telle information n'est pas gratuite.

Son expression se durcissait à nouveau. Il disait la stricte vérité, à présent.

– Faites-vous partie de notre équipe, oui ou non ?

C'était pour cela qu'il avait remis son uniforme. La mi-temps était terminée, le coup de sifflet venait de retentir et les joueurs devaient reprendre la partie. Elle soupira avec lassitude.

– Vous pouvez me renvoyer sur le terrain... monsieur l'entraîneur.

DEUXIÈME PARTIE

LE SIGNE DE LA SALAMANDRE

6

Il y avait longtemps que Blake ne s'était pas senti aussi frais et dispos, lorsqu'il s'éveilla dans son appartement londonien. Depuis qu'il avait assumé cette identité d'emprunt à Paris avant d'aller retrouver Ellen sur la Lune et de se rendre sur Mars. Depuis qu'il avait dormi pour la dernière fois dans son lit, en fait. Mais cela ne signifiait pas pour autant qu'il était en pleine forme, car on lui avait injecté une bonne dose d'anti-GdB.

Il se leva d'un bond – il portait un *pyjama*, bon sang, alors qu'il n'en mettait jamais malgré l'obstination de sa mère à lui en offrir un chaque année, à Noël – et il alla dans la salle de bains.

Hmm, une barbe d'un jour seulement. Etrange. Sur sa main, une marque lisse et brillante indiquait que la peau était d'apparition récente. Il avait dû se blesser quelque part. Avait-on également utilisé sur lui un produit de cicatrisation rapide ?

Il fit glisser son rasoir chimiosonique sur ses joues, son menton et son cou, puis il aspergea son visage pointillé de taches de rousseur d'après-rasage au citron. Il utilisa sa brosse à ultrasons et contrôla avec sa langue que ses dents étaient bien polies avant de passer un peigne dans sa chevelure drue et de s'adresser quelques grimaces dans le miroir.

Pour la première fois depuis des mois, il eut le plaisir de pouvoir faire un choix dans une garde-robe digne de ce nom et il opta pour un pantalon de velours extensible confortable et une ample chemise noire. Sa montre, son com et son Idcarte étaient posés sur la commode, avec son couteau de jet. Qu'avaient dû en penser les inconnus qui s'étaient donné la peine de le ramener à son domicile ?

Il glissa ses pieds nus dans des espadrilles bleu marine. Il n'avait pas l'intention de sortir. Il désirait profiter du confort familier de son logis et laisser aux souvenirs le temps de remonter à la surface de son esprit. C'était un des problèmes posés par les médicaments anti-ivresse, ils effaçaient de la mémoire les événements récents tant qu'ils faisaient effet.

La petite cuisine était ensoleillée et impeccable. Il n'y vit aucune tache, pas le moindre grain de poussière. Tout avait été rangé. Quelqu'un était venu mettre de l'ordre – pas la femme de ménage, car il n'en avait pas – et il trouva dans le réfrigérateur plus de provisions qu'il n'en avait laissé. Fraîches, de surcroît.

Il avait de l'appétit, sans être affamé, et il se prépara une omelette avec deux œufs et du fromage aux fines herbes qu'il alla manger à la table en hêtre, devant la fenêtre qui surplombait les petits jardins clos par des murs de brique : le sien et ceux de ses voisins. Il fit glisser ce plat avec le jus d'une orange pressée et un café à la française. S'il habitait Londres, il était américain et avait besoin d'un breuvage plus fort que du thé pour débuter la journée.

Il entendit sonner le téléphone, puis un déclic sitôt qu'il eut décroché le combiné de la cuisine. Une erreur de numéro ? Ou ceux qui l'avaient ramené à son domicile souhaitaient s'assurer qu'il y était resté ?

Il se servit une seconde tasse de café et l'emporta dans le séjour où il s'assit pour contempler le ciel d'automne dégagé au-delà de l'orme dressé devant la fenêtre. L'arbre perdait ses feuilles et ses branches miroitaient sous le soleil bas qui rehaussait les tonalités bleues et lie-de-vin du tapis et mettait en relief les étagères murales où s'entassaient du sol au plafond de nombreux livres rares. Le minotaure noir de Picasso dans l'alcôve et la chaude aquarelle pastorale de Poussin au-dessus du bureau lui confirmaient qu'il était de retour chez lui.

Une autre gorgée de café. Il remarqua dans sa tempe droite des pulsations annonciatrices de migraine. Des souvenirs récents remontaient à la surface de son esprit.

La nuit. Un mur de granite tapissé de lierre et illuminé par de puissants projecteurs. Ne l'escaladait-il pas ? Si, il progressait lentement le long de cette paroi vers... la fenêtre de la chambre d'Ellen...

La vitre vola en éclats qui se répandirent sur le tapis. Mais pas dans le passé ! Blake réagit avant même d'avoir analysé la situation. Il plongea et roula vers le couloir.

Derrière lui, un dragon cracha des flammes qui s'engouffrèrent par la porte en grillant au passage la peinture du chambranle. En face, la tapisserie fut calcinée. Son bond ne l'avait emporté qu'à cinquante centimètres de la langue de feu et il continua de fuir vers la cuisine à quatre pattes.

L'odeur de phosphore et de produits pétroliers gélifiés lui était familière. Elle lui indiquait que ses livres et ses tableaux avaient disparu et que dans quelques minutes son appartement et tout l'immeuble en feraient autant. Il pouvait déjà voir des volutes de fumée noire tourbillonner au ras du plafond.

Sans se relever de la strate d'air respirable présente au ras du sol, il traversa l'atelier aménagé à l'arrière du logement et défonça la porte de service d'un coup de pied.

Il habitait au premier étage, et il sauta du palier. Il tomba sur le toit d'une serre de bouturage, amortit l'impact en pliant les jambes et rebondit dans un myrte du jardin.

Il s'extirpa de l'arbuste. Il n'osait s'attarder à découvert. Soit son adversaire ne disposait pas d'une arme à feu, soit il manquait d'adresse, car il avait constitué une cible idéale, mais sans doute était-il proche, probablement sur un toit.

– Au feu ! Au feu ! Tout le monde dehors ! hurla-t-il en s'engageant dans l'étroit passage qui donnait sur la rue. Au feu !

Lorsqu'il atteignit la façade de l'immeuble, les voisins sortaient déjà de chez eux. Un policier corpulent et rougeaud arrivait au pas de course en parlant dans son walkie-talkie. Blake leva les yeux vers son appartement.

Des langues de feu huileuses jaillissaient des fenêtres aux vitres soufflées puis fusionnaient en un panache de fumée nauséabonde. Le vieil orme du jardin mitoyen qui avait ombragé le séjour était consumé par les flammes. Des écailles de suie se détachaient de la toiture.

Le vieux M. Hicke, son voisin du dessous, sortit sur le porche en titubant. Il portait un pyjama de flanelle et une robe de chambre élimée.

– Monsieur Redfield ! Vous êtes revenu ! O mon Dieu ! Avez-vous vu votre visage ?

– Venez par ici, monsieur Hicke, éloignez-vous de l'immeuble. Voilà qui est mieux. Je crains que ce ne soit sérieux.

Blake allait retourner à l'intérieur quand Mlle Stilt et sa mère, les seules autres locataires, sortirent emmitouflées dans des couvertures, affolées par le remue-ménage et éblouies par la lumière.

– Tout va bien, monsieur. Pourriez-vous vous écarter et nous laisser faire notre travail ?

Le policier prit ces dames en charge et les conduisit en lieu sûr. D'autres représentants de l'ordre étaient arrivés et tenaient une foule de plus en plus importante à distance. Blake battit en retraite avec les badauds jusqu'au trottoir opposé.

Il regardait les flammes consumer la vieille maison élégante. Ce n'était déjà plus qu'une ruine calcinée, quand les premiers véhicules de lutte contre l'incendie arrivèrent dans la rue, quelques minutes plus tard.

Celui ou celle qui avait lancé la bombe s'était certainement enfui depuis longtemps, sauf s'il s'agissait d'un pyromane ou d'un individu privé d'instinct de conservation. Blake en doutait. Il était la cible de cette attaque, et le choix de la méthode employée contenait un message.

On savait qu'il était un artificier dans l'âme.

Il reconstitua les événements de la matinée et retrouva ses souvenirs de la nuit précédente, ou plus exactement de deux nuits plus tôt avec le décalage horaire, accompagnés d'une violente migraine.

Il s'était porté au secours d'Ellen, qui l'avait trahi. Il refusa de l'admettre.

Sans doute avait-elle passé un accord avec le commandant pour qu'il fût conduit en sécurité. Le militaire souhaitait se débarrasser de lui pour avoir les coudées franches avec elle. Avait-elle demandé qu'il fût reconduit à Londres sans être molesté, et son supérieur avait-il trompé sa confiance ?

Quelqu'un voulait sa peau, et bien grillée. La liste des assassins en puissance était longue.

Il regarda l'immeuble se consumer avec les derniers biens auxquels il tenait, puis il lui vint à l'esprit que s'il voulait survivre assez longtemps pour pouvoir se venger, il aurait tout intérêt à ne pas s'attarder dans les parages. Il lui fallait disparaître avant l'arrivée des policiers qui viendraient procéder à l'enquête d'usage.

*

L'avion hypersonique battit le soleil à la course et se posa à Long Island en début de matinée. Il n'était guère plus de dix heures quand Blake entra dans l'appartement de ses parents, sur la terrasse d'un gratte-ciel de Manhattan.

– Blake ! Où diable étais-tu passé ?

– Maman, tu es magnifique. Comme toujours.

Emerald Lee Redfield soignait sa peau, son maquillage et ses tenues vestimentaires – elle portait ce jour-là un ensemble de laine grise et un chemisier de soie bleue délavée –, ce qui la rajeunissait d'une trentaine d'années. Aux yeux de son fils, tout au moins.

Mais elle n'était pas coquette, malgré son élégance. Elle l'étreignit avec enthousiasme puis le prit par les épaules et le tint à longueur de bras pour le toiser des pieds à la tête.

– J'aimerais pouvoir en dire autant de toi, mon fils. Aurais-tu dormi tout habillé ?

Il toussa et frissonna.

– Viens.

Elle prit sa main et le guida vers le séjour ensoleillé. Au quatre-vingt-neuvième étage, ils avaient une vue dégagée sur cent vingt degrés des tours du bas de l'île de Manhattan et des berges environnantes.

– Qu'es-tu venu faire ici ? Pourquoi n'as-tu pas téléphoné ? Nous nous sommes tant inquiétés pour toi ! Ton père a contacté toutes ses connaissances, mais...

– Oh, non !

– Avec discrétion, rassure-toi.

– Il va falloir que je lui parle. Quand je suis sur la piste d'une œuvre d'art importante, il m'arrive de devoir... eh bien, agir incognito, en quelque sorte. J'ai dû le lui expliquer une bonne douzaine...

– Tu connais ton père.

Edward Redfield n'appréciait pas que son fils fût devenu un expert en vieux livres et manuscrits, et il ne s'était jamais privé de lancer avec emportement des tirades sur l'argent qu'il "jetait par les fenêtres" (des fonds qu'il ne pouvait contrôler car ils provenaient de capitaux directement légués à Blake par ses grands-parents). Les Redfield descendaient d'une vieille famille de l'Est dont les membres n'avaient jamais eu d'autres occupations que de surveiller leurs investissements, ce qui ne constituait d'ailleurs pas une tâche de tout repos.

Mais, *noblesse oblige*[1], ils participaient à de nombreuses activités sociales et culturelles, ici à Manhattan, cette ville modèle, le cœur du District administratif mi-Atlantique. En fait, des générations de Redfield avaient contribué si activement à la vie de la cité que l'Amérique du Nord (où les Etats-Unis ne figuraient plus qu'en tant que fiction géographique) avait une dette envers eux.

Emerald prit place dans un fauteuil Empire capitonné de velours bleu et se pencha vers la table basse pour presser un bouton.

– Et j'ai vraiment insisté pour qu'il agisse avec discrétion.

Blake se laissa choir dans un siège de brocart.

– Enfin, me voici de retour. Et en bonne santé, comme tu peux le constater.

– Ce que tu as entrepris a-t-il été couronné de succès ?

– Je ne pourrai te répondre que quand la, heu, transaction aura été conclue.

– Je comprends, mon chéri.

Emerald avait sonné une servante, qui apparut presque aussitôt.

1. En français dans le texte. *(N.d.T.)*

– Ton père et moi comptons déjeuner à la maison, aujourd'hui. Te joindras-tu à nous ?

– Avec plaisir.

– Mettez un couvert supplémentaire, Rosaria.

La femme hocha la tête et repartit sans faire plus de bruit qu'à son arrivée. Emerald adressa à son fils un sourire radieux.

– Alors, Blake, que s'est-il passé ?

– Je suis rentré chez moi ce matin pour découvrir que mon appartement – et pas seulement mon logement mais tout l'immeuble – avait été rasé par les flammes. Tout ce que je possédais.

– Mon pauvre garçon... Tes meubles ? Ta garde-robe ?

Elle baissa les yeux sur ses espadrilles tachées.

– Pour ne pas parler des livres et des œuvres d'art.

– C'est tellement déprimant, mon chéri. Tu dois être dans tous tes *états*. Tu étais assuré, j'espère ?

– Oh, oui ! Naturellement.

– C'est déjà ça.

– Eh bien... nous en discuterons lors du déjeuner. Excuse-moi, mais je voudrais aller me changer.

– Blake... je suis si heureuse que tu sois rentré à la maison.

Il se dirigea vers sa chambre. Elle était prête à le recevoir et rien n'avait changé dans cette pièce depuis son départ. Sa mère semblait évoluer dans l'existence avec insouciance mais elle avait du cœur. Il pensa que les rapports entre parents et enfants étaient bien plus compliqués et subtils que n'avaient su l'exprimer même les plus grands écrivains. Mais malgré la résonance émotionnelle et les grondements de basse qui accompagnaient leurs échanges de paroles, un amour profond les unissait.

Il ressortit de son ancienne chambre avec un costume classique et une cravate, une tenue que son père serait ravi de lui voir porter.

*

– Tu as donc perdu tous ces livres qui t'avaient coûté tant d'argent.

Plus grand que son fils, Redfield *père*[1] avait un visage carré d'aristocrate. Ses cheveux et ses sourcils roux, et les taches de rousseur de son nez étroit trahissaient ses origines irlandaises. Leur famille venait de Boston et n'avait fait fortune que deux siècles plus tôt, et non trois ou quatre comme celle des Vanderbilt et autres Rockefeller.

– Oui.

Edward regarda durement son fils, sans pouvoir dissimuler sa jubilation.

– J'espère que cette leçon te sera profitable.

– C'est bien plus qu'une leçon, papa. J'ai tout perdu. Je ne m'attacherai plus jamais à des biens périssables.

La salle à manger située dans l'angle sud-est de l'appartement surplombait le vieux port de New York. Sous la pâle clarté du soleil d'automne, les bassins d'algoculture qui s'étendaient de Jersey à Brooklyn étaient vert terne et faisaient penser à de la soupe de pois cassés. Des écumeuses en acier inoxydable draguaient paresseusement cette bouillie et la transformaient en compléments nutritifs pour les masses populaires.

Les Redfield appartenaient à une autre catégorie sociale. Edward découpa une bouchée de son *magret de canard*[1] un peu saignant et utilisa sa main gauche pour porter sa fourchette à sa bouche, à l'européenne.

– L'assurance ne couvre pas tout ? grommela-t-il.

– Oh, la perte financière sera compensée en totalité ! Mais j'ai compris à quel point les livres et les tableaux sont des choses éphémères.

1. En français dans le texte. *(N.d.T.)*

Pourrai-je m'en tirer aussi facilement ? se demanda Blake. C'est probable, les gens ne mettent pas en doute ce qu'ils ont espéré entendre.

– Peut-être suis-je finalement devenu un adulte.

Son père continua de mâchonner, en marmonnant.

– J'ai l'intention de me renseigner pour voir s'il ne me serait pas possible de travailler dans les services publics, ajouta Blake.

Edward l'avait catalogué en tant que dilettante et obtenir la confirmation du bien-fondé de son jugement lui serait sans doute agréable.

– Quelle excellente idée, mon chéri, dit gaiement sa mère. Je suis certaine que nos amis seront ravis de t'aider à trouver une occupation qui te convient.

– L'administration, Blake ? Pourquoi ne choisis-tu pas une branche qui offre plus de possibilités ? Autrement dit l'achat et la vente.

– Je ne me suis jamais passionné pour les statistiques, papa. Les opérations de Bourse me dépassent.

C'était faux, mais conforme aux idées préconçues de son père.

– Si j'avais suivi tes conseils, ajouta-t-il, j'aurais fait des études de droit. Mais il est désormais trop tard pour me reconvertir.

– Alors, que sais-tu faire ?

Une bouffée de vieille rancœur. Après tout, envoyer Blake à SPARTA avait été coûteux. Ce projet d'éducation poussée à l'extrême était financé par une fondation, mais les parents qui en avaient les moyens avaient dû verser une contribution importante pour que leurs enfants puissent en bénéficier.

– Je pense être un chercheur valable. C'est indispensable pour étudier sérieusement. Je connais les vieilles bilbliothèques aussi bien que l'électronique. Je sais agir avec discrétion si nécessaire.

Tout cela était vrai, et en deçà de la réalité. Son

père n'eût pas cru la moitié de ce qu'il aurait pu lui révéler sur ses capacités.

– Je lis et j'écris une douzaine de langues. Je parle couramment la plupart, et je pense pouvoir faire mieux en cas de besoin.

Blake adressa une phrase musicale à sa mère. Il venait de lui dire en mandarin : *Je te dois tout.*

Son père, qui parlait seulement l'allemand, le japonais et les autres vieux langages de la diplomatie, traduisit son scepticisme par un nouveau borborygme. Lorsqu'il eut finalement avalé sa bouchée de canard, il demanda :

– Quel genre d'activités es-tu apte à exercer ?

– J'ai oublié de préciser que je suis devenu un voyageur de l'espace expérimenté.

– Te réfères-tu à cette traversée jusqu'à Vénus ?

– Je me suis aussi rendu sur la Lune. Et sur Mars. Je découvre brusquement qu'il y a très longtemps que je ne vous ai pas donné de mes nouvelles.

Edward posa sa fourchette et le foudroya du regard.

– Pour résumer, tu es donc un... *chercheur* polyglotte qui sait pianoter sur le clavier d'un ordinateur et ne souffre pas du mal de l'espace. Peut-être devrais-tu devenir un... défenseur des consommateurs, ou autre chose du même genre.

Les fins sourcils noirs d'Emerald se haussèrent et sa bouche délicate s'incurva en un sourire.

– Quelle excellente suggestion ! Je suis certaine que Dexter et Arista seraient ravis d'accueillir dans leur équipe quelqu'un qui possède ses talents et ses capacités...

– A Voxpop ?

Redfield fixa sa femme avec colère. Il n'avait pas voulu être pris au sérieux.

– Pour y faire quoi ?

Dexter et Arista Plowman étaient des réformateurs, des émules de Ralph Nader et de Savonarole. Ils avaient investi tout l'argent de leur héritage et celui qu'ils avaient gagné ensuite dans l'Institut Vox Populi.

– Si Dexter Plowman ou sa charmante sœur... commença Emerald.

– Sa sœur barbante, grommela Edward.

Hors des clubs et des salles de réunion de ses conseils d'administration, il ne se donnait que rarement la peine de dissimuler sa mauvaise humeur.

– ...souhaitent employer notre fils, ils sauront tirer parti de ses talents.

– Sans qu'il obtienne rien en retour. Ce n'est pas ainsi qu'on fait fortune.

– Papa...

Mais Blake s'interrompit aussitôt. Rappeler à son père qu'ils étaient déjà riches eût été sans objet.

– Nous allons nous accorder un ou deux jours de réflexion, déclara Edward.

Son fils pouvait suivre le cheminement de ses pensées. Les Plowman étaient actuellement la coqueluche de Manhattan, un peu comme ces juges idéalistes épris de justice et d'équité. Edward Redfield les courtisait et il serait honoré de leur prêter son fils. Il n'en obtiendrait aucun avantage financier mais si l'enfant prodigue rentrait dans le rang et devenait un personnage en vue... Edward s'autorisa un semblant de sourire.

*

Tard dans la nuit, Blake pénétra sur la pointe des pieds dans le cabinet de travail de son père. Il trouva son chemin à tâtons, sous la faible clarté qu'un ciel brumeux diffusait à travers les fenêtres. Bien des années plus tôt, encore enfant, il avait mémorisé la combinaison du bureau. Il l'utilisa pour ouvrir le tiroir du haut dans lequel était dissimulé un micro-superordinateur silencieux à refroidissement gazeux.

Cet appareil lui inspirait depuis toujours de

l'admiration et une pointe de jalousie, car son père ne tirait parti que d'une fraction infime de ses capacités pour effectuer ses transactions et ne savait pas apprécier ce que sa fortune lui permettait d'acheter. Blake se pencha sur le clavier et se mit à l'ouvrage sur un projet qui testerait les possibilités de la machine.

Il voulait découvrir ce qui se passait véritablement dans la "place forte" de la berge de l'Hudson.

*

Quatre heures plus tard, et malgré son habileté, il n'avait appris que peu de chose, et rien de positif.

La propriété du roi de l'acier se situait bien là où il l'avait supposé et s'appelait désormais Granite Lodge, un nom banal sans connotations révélatrices. Ce lieu était censé accueillir des employés du North American Park Service en congé, des dignitaires désireux de s'isoler du monde, des P.-D.G. en réunion, etc. Il s'agissait d'une couverture parfaite pour une telle demeure.

Blake ne put trouver aucun lien entre le Park Service et le Bureau spatial, et encore moins la section d'investigation du commandant. Il obtint de nombreux exemples de fréquentation par des fonctionnaires en vacances, des P.-D.G. en conférence et des personnalités en mal de solitude.

Il consulta dans des fichiers gouvernementaux des plans et d'autres documents décrivant en détail le bâtiment et la propriété, avec précision pour autant qu'il avait pu en juger. Il prit connaissance du budget que le Park Service allouait à l'entretien de Granite Lodge et de la liste des membres du personnel avec leurs salaires et autres informations de ce genre, mais rien de tout cela ne pouvait éveiller le moindre soupçon.

Avec amusement et un peu de dépit, Blake lut l'énumération des événements qui s'étaient déroulés en ce lieu pendant la période où lui et Ellen avaient pourtant eu l'impression d'être les seuls invités. Ils n'avaient pas prêté attention à un synode d'évêques anglicans, un séminaire d'écrivains et la réunion d'un groupe d'enseignants chargés de réformer les programmes du secondaire. Cette semaine se tiendrait à Granite Lodge un colloque de psychanalystes jungiens.

Quelques minutes de recherches supplémentaires lui permirent de corroborer ces informations auprès d'autres sources : circulaires et bulletins de l'épiscopat, de l'association littéraire, du comité éducatif et des fidèles de Jung. Tout cela était très convaincant. En accédant à diverses banques de mémoire, il obtint la confirmation de l'existence de toutes ces personnes et de leurs récents déplacements.

S'il avait possédé les dons surnaturels d'Ellen pour renifler et éviter les pièges informatiques, esquiver les culs-de-sac et emprunter des raccourcis, s'ouvrir un chemin au sein des barrières électroniques, reconnaître les identités, les adresses, les numéros de com, les curriculum vitæ et les vouchers fictifs, peut-être aurait-il pu obtenir les résultats qu'il escomptait. Mais il était bien moins habile qu'elle en ce domaine.

Comme il n'avait à sa disposition que ses talents de voleur et de saboteur, il lui faudrait pénétrer par effraction à Granite Lodge.

Blake était audacieux et parfois même téméraire, mais pas suicidaire pour autant. Il refusait de prendre des risques trop grands ou d'aller au-devant d'un échec quasi certain. Les protections de la propriété lui inspiraient du respect. Mais bien qu'il eût de loin préféré s'en tenir éloigné, une telle possibilité lui était refusée.

Il se pencha à nouveau sur l'ordinateur. En cette fin du XXIe siècle la météorologie était toujours plus un art qu'une science, mais un art élaboré. Les formes fractales du système atmosphérique terrestre envahirent l'écran et révélèrent en couleurs artificielles les perturbations qui avaient de fortes probabilités de se produire le lendemain dans la partie inférieure de la vallée de l'Hudson. S'il agissait sans perdre de temps, il aurait le ciel pour allié.

7

Dans une étroite rue de Londres, une jeune femme rousse aux yeux verts regardait un bulldozer fouiller et remuer la boue de l'autre côté de la chaussée. Sur la gauche du chantier, un homme en ciré jaune perché sur une échelle appuyée à un mur de brique sciait les branches calcinées d'un grand orme. A droite, une bâche en plastique recouvrait en partie le toit du bâtiment voisin endommagé par l'incendie.

C'était à l'emplacement où le bulldozer grondait comme un sanglier que se dressait autrefois l'immeuble de Blake Redfield.

Sparta serra d'un cran la ceinture de son imperméable bon marché et redressa son parapluie que le vent tentait de lui arracher. Elle repartit d'un pas rapide. Elle esquivait les piétons qui la chargeaient sans la voir, tête baissée. La moitié des passants semblaient tirés en laisse par leurs chiens, des animaux visiblement plus désireux que leurs maîtres de s'aventurer dans cette froidure et sous cette pluie.

Elle dut faire près d'un kilomètre dans des rues de moins en moins cossues avant d'atteindre la cabine télématique la plus proche, un abri peint en rouge vif installé à l'angle de deux artères commerçantes animées. Elle referma son parapluie, le secoua, puis tira la porte derrière elle. A l'extérieur des panneaux de verre embués et ruisselants, le flot de véhicules devenait une traînée indistincte et incolore. Elle retira ses gants de laine et se pencha vers l'appareil. Des sondes digitales s'allongèrent sous ses ongles et s'insérèrent dans les ports d'entrée de la machine.

L'odeur particulière du flot de données électroniques satura son bulbe olfactif. Quelques secondes plus tard elle shuntait une succession de barrières et, tel un saumon nageant à contre-courant, elle remontait vers l'amont et la source de ce fleuve d'informations, en direction d'un fichier confidentiel des services de Scotland Yard. Elle y apprit que l'appartement de Blake avait été détruit par une bombe incendiaire le surlendemain de son départ de la propriété des berges de l'Hudson. Il n'avait pas été blessé et était retourné chez ses parents, à Manhattan.

Les policiers n'avaient pas apprécié le fait que M. Redfield eût quitté Londres sans les informer de ses intentions, mais lorsqu'ils avaient finalement pu le joindre il s'était montré très coopératif... et convaincant. Il ignorait qui pouvait en vouloir à sa vie. Il revenait d'un long séjour en France, un voyage d'affaires en rapport avec sa profession d'expert en manuscrits et livres rares. Scotland Yard ne mettait pas en doute ses affirmations. Qu'il eût regagné l'Amérique parce qu'il craignait pour sa sécurité et celle de ses proches était plausible.

Parfait, pensa-t-elle en retirant ses sondes digitales de la machine. *Te voici hors de danger et de mon chemin, ce qui semble être conforme à tes désirs autant qu'aux miens. Je voulais simplement m'en assurer. Je n'aurai pas besoin de ton aide, dans cette affaire. Je débusquerai les prophètes sans toi.*

Elle sortit de la cabine et s'éloigna sur le trottoir mouillé jusqu'à la bouche de métro la plus proche. Des robotaxis et des hydros privés passaient en sifflant dans la rue animée, suivis par un panache d'huile et d'eau, mais elle n'était qu'une modeste employée qui ne pouvait se permettre de prendre un taxi.

Alors qu'elle se réfugiait dans la chaleur nauséabonde de la station bondée de monde, elle pensa aux fichiers qu'elle avait lus avant de quitter la place forte de la berge de l'Hudson et eut un bref regret. Elle s'était laissé convaincre par le commandant de ne pas contacter Blake, de ne rien lui révéler bien qu'il eût le droit d'être tenu informé de ce qu'elle venait d'apprendre. Mais Sparta était encore mieux placée que son supérieur pour savoir que Blake ne serait pas resté les bras croisés s'il avait su la vérité. Ce cher Blake était toujours prêt à aider ses amis... et à saisir ce prétexte pour jouer avec des explosifs.

Sur l'instant, recourir à de telles méthodes lui semblait logique et nécessaire, mais ses interventions ne faisaient presque toujours que compliquer la situation. Il était donc impératif de le tenir à l'écart de cette enquête. Elle devrait lui laisser croire qu'elle ne voulait plus de lui, qu'elle l'avait effectivement prié d'aller ailleurs et d'y demeurer. Ou plutôt qu'elle l'avait trahi : une trahison qui avait été enregistrée dans sa "mémoire", selon le commandant.

Il ne lui restait qu'à espérer que lorsque tout serait terminé et qu'elle pourrait enfin lui révéler la vérité, il recouvrerait ses véritables souvenirs. Et qu'il l'aimerait encore.

*

Ce fut son premier, mais pas unique, point de désaccord avec le commandant. Après avoir accepté de ne pas entrer en contact avec Blake, elle refusa de discuter d'autre chose avec lui tant qu'il n'aurait pas tenu ses engagements. Il lui remit trois puces, visiblement à contrecœur, puis la laissa seule dans la salle de conférences du sous-sol de la place forte.

La première contenait les dossiers des services de l'Intelligence Multiple, cet organisme depuis longtemps dissous. Sous l'emblème du renard roux étaient énumérés les cours que suivaient les cobayes – de la chimie quantique aux langages sud-asiatiques, en passant par des leçons de pilotage – et les interventions chirurgicales qu'elle avait subies par la suite : implantation de nanopuces en une demi-douzaine d'emplacements de son cerveau, de batteries électriques en polymères sous son diaphragme, de sondes digitales reliées à son système nerveux... Tout était cité avec précision et complété par les plans et les spécifications nécessaires à la transformation d'une douce adolescente en une machine de guerre redoutable.

Etait également mentionné le rôle de ses parents dans le cadre de ce projet. Loin d'être d'innocentes victimes, ils avaient activement participé à l'élaboration de l'IM. Les premiers temps, tout au moins. Tant qu'ils avaient cru que les sujets de ces expériences seraient les enfants d'autres couples que le leur...

Mais on ne trouvait dans ces fichiers qu'une version des faits, celle de l'IM. Le gouvernement nord-américain, représenté par un individu qui se faisait alors appeler William Laird, avait proposé aux parents de Linda des postes de conseillers. Leur rémunération serait élevée, mais ce n'était pas le plus important. Tout indiquait qu'ils partageaient le même point de vue que cet homme sur le potentiel des êtres humains.

Ils le trouvaient à la fois visionnaire et plein de bon sens. Laird ne croyait pas à ces absurdités superstitieuses telles que les "memes" (un des sujets d'irritation favoris de son père), ces prétendues "unités" de culture sans définition commune qui ne devenaient perceptibles qu'une fois le fait accompli. Laird tenait également compte de l'évolution au niveau de l'organisme, de l'être humain physique autant que mental. Pour lui, ce n'était pas un processus téléonomique avec une simple apparence de sens mais une véritable progression vers un but parfaitement défini et donc téléologique.

Ses parents avaient joué un rôle capital dans l'élaboration des programmes éducatifs et des tests, jusqu'au jour où leurs noms cessaient brusquement d'être mentionnés dans les fichiers de l'IM, peu avant la date où Linda était devenue le premier cobaye de SPARTA. Et son premier échec, un échec cuisant.

Les années s'étaient écoulées puis, presque du jour au lendemain, Laird et plusieurs hauts responsables avaient disparu. Sparta savait déjà dans quelles circonstances l'IM avait été dissous pour avoir contribué à cet événement.

La deuxième puce contenait les interrogatoires des prophètes capturés lors de cette opération. Capturés par qui ? Sparta l'ignorait, tout comme elle ignorait où le commandant s'était procuré ces dossiers. Ils étaient cryptés selon un système commercial très répandu et toutes les marques d'identification avaient été effacées.

Elle fut horrifiée par le passé de ces prisonniers reconstitué sous sondage profond : souvenirs d'enfance malheureuse, d'échecs, d'errances, d'asservissement à la drogue et de désespoir avant le premier contact avec les prophètes et la réapparition de l'espoir, le conditionnement et l'endoctrinement aux croyances du Libre Esprit, et finalement les missions. S'aventurer dans ces fichiers s'avérait comparable à une descente aux Enfers en compagnie des damnés.

Elle pénétrait dans l'esprit des soldats de la secte. Deux avaient assisté à l'opération lancée par son père dans le but de la délivrer. Cette nuit-là, des hommes avaient été tués et Linda blessée, avant que le Snark ne pût repartir dans la nuit avec ses parents à son bord. En prenant connaissance des témoignages de ces hommes, elle partageait tout ce qu'ils avaient ressenti et découvrait leurs motivations. Elle obtint ainsi la confirmation de ce qu'elle soupçonnait depuis longtemps : les prophètes se faisaient un devoir d'éliminer quiconque restait réfractaire à leur endoctrinement.

Et elle apprit aussi que les simples exécutants croyaient en la version des faits fournie par les médias. Pour eux, le Snark s'était écrasé dans une base militaire du Maryland sans qu'il y eût eu un seul survivant. Un accident dont les détails n'avaient pas été divulgués pour des raisons de "sécurité".

La dernière puce contenait des fichiers d'origines diverses : services administratifs de l'Alliance Nord-Continentale, police et autres administrations. L'hélicoptère de combat utilisé par ses parents pour essayer de la délivrer provenait d'une base de l'ANC – comment avaient-ils pu réaliser l'exploit de le voler ? – et tous les témoignages confirmaient que nul ne l'avait revu après l'échec de l'opération de sauvetage que Laird décrivait en tant que tentative d'enlèvement armée.

Mais Sparta avait fait redécoller cet appareil en fournissant pour instructions à l'ordinateur du bord de prendre toutes les mesures nécessaires à la protection de ses passagers. L'engin avait obéi et disparu dans la nuit. Il était précisé que les bases de surveillance n'avaient capté aucun top radar ou émission radio. L'engin s'était volatilisé. La version de l'accident avait été inventée de toutes pièces. Ses parents avaient tout simplement disparu.

– Etes-vous satisfaite ? murmura le commandant dans les ténèbres.

Il était revenu pendant qu'elle lisait le dernier

fichier, mais elle l'avait entendu approcher et identifié malgré l'obscurité.

– Vous m'avez promis de m'apprendre ce qui était arrivé à mes parents. Je n'ai pas trouvé ce renseignement.

– J'ai précisé que je ne disposais d'aucune preuve de mes dires. Mais je sais qu'ils sont toujours en vie.

– Cette information ne figure pas dans les documents que je viens de consulter.

– J'ai d'excellentes raisons de le penser.

Il lui dissimulait quelque chose, mais elle savait qu'elle ne pourrait le contraindre à en dire plus. Il venait cependant de lui permettre d'apprendre un fait important. Elle avait souvent accédé aux systèmes informatiques des agences qui avaient signalé l'accident d'hélicoptère, pour n'y trouver que des fichiers substitués aux originaux : des enregistrements modifiés et truffés de pièges devant permettre de remonter immédiatement jusqu'aux terminaux des individus non autorisés et ne possédant pas ses capacités qui voudraient les consulter. Ceux que le commandant venait de lui remettre étaient ces originaux. Où et comment se les était-il procurés ? Elle l'ignorait.

– Que voulez-vous de moi ? lui demanda-t-elle.

– Nous allons placer des agents à bord du *Kon-Tiki*, certains incognito et d'autres qui agiront à visage découvert. Vous ferez partie des premiers.

– Vous n'avez pas tenu parole, commandant, et je m'estime en droit de modifier les clauses de notre accord. Je veux bien coopérer avec vous, mais comme agent indépendant.

– Vous êtes trop connue, Troy. Dès que vous relèverez la tête, quelqu'un la prendra pour cible.

– Je garderai un profil bas et vous serez le seul à qui j'adresserai des rapports.

Il rétorqua qu'ils devraient rester en liaison constante, ce qui s'avérerait impossible si elle n'avait pas d'assistants, qu'elle ne pourrait assurer la moindre filature sans se faire repérer s'il n'y avait personne pour la relayer, qu'il serait indispensable d'établir une étroite collaboration avec les services de renseignements, la logistique, etc.

Mais elle resta inflexible.

– C'est entendu, si vous y tenez absolument, céda-t-il enfin. J'ai tout organisé et vous êtes attendue à la clinique de Terre Central. Les séances débuteront demain après-midi.

– Quelles séances ?

– Vous ne pouvez conserver le même visage, Troy. Vous êtes devenue une star de la vid interplanétaire.

– Non.

– Vous oubliez que votre aspect actuel n'est pas celui que vous auriez dû avoir.

Il paraissait sincèrement surpris.

– Plus d'interventions.

– Ne serait-il pas plus simple de me dire quels ordres vous êtes disposée à exécuter ?

– Aucun, commandant. Mais je veux bien prêter une oreille attentive à vos suggestions.

– Vous croyez pouvoir vous passer de nous, c'est ça ?

Pendant un instant elle détourna la tête pour ne pas soutenir son regard.

– Vous commettez une grave erreur, ajouta-t-il doucement. J'espère que vous ne vous en rendrez pas compte dans des circonstances trop pénibles.

– Tout ce que je sais, je l'ai appris péniblement.

Elle voulait donner d'elle l'image de quelqu'un d'endurci, mais il ne fut pas dupe. Elle n'arriva même pas à s'en convaincre.

Après bien d'autres dialogues de sourds comparables ils se séparèrent devant l'immeuble de Terre Central, au bord de l'East River.

Elle portait l'uniforme bleu du Bureau spatial et s'était munie d'un sac de voyage réglementaire, mais si elle s'installa dans le magnéplane qui reliait Manhattan au port de navettes de Newark, elle n'arriva pas à destination. Pour employer un terme utilisé dans leurs services, elle s'était volatilisée en chemin.

Pour changer d'apparence elle n'eut pas recours à des opérations de chirurgie esthétique longues et coûteuses. Les médecins conservaient des dossiers et s'ils étaient trop cupides pour se contenter de leurs honoraires, ils risquaient d'étendre leurs activités au chantage, ou à la trahison. Elle opta pour des méthodes à la fois plus simples et plus anciennes.

Une coiffure différente ou une perruque, des lentilles de contact teintées, un tampon de coton sous la langue – voire uniquement du maquillage sur les joues – suffisaient pour rendre quelqu'un méconnaissable si on associait à ces techniques des modifications subtiles des attitudes corporelles, des expressions et de l'accent. Pour le premier de ses déguisements elle utilisa une simple perruque noire à la propreté plus que douteuse et aux longs cheveux réunis en une queue-de-cheval qui descendait jusqu'au creux de ses reins.

Dans un cosmos de parfums variés et entêtants, altérer ses senteurs corporelles fut encore plus aisé. Elle porta un pantalon et une veste de cuir à longueur de temps pendant une semaine et fréquenta les bars du front de mer du New Jersey où les autres clients ne pouvaient différencier ses relents des leurs.

Il lui fallut pour cela deux journées de chasse à l'approche, en ouvrant grands ses yeux et ses oreilles – des organes bien plus efficaces que ceux du commun des mortels – plus quelques heures d'âpres marchandages devant des pichets de bière, mais Sparta réussit à se procurer deux Idcartes programmables et naturellement illégales. Elle ne rencontra pas ceux qui les fabriquaient et les intermédiaires ignoraient qui elle était.

Et moins de vingt-quatre heures plus tard une jolie rousse répondant au nom de Bridget Reilly arrivait finalement à Newark pour embarquer à bord d'un jet supersonique à destination de Londres.

8

En costume classique sombre complété par une cravate de soie rouge et un attaché-case noir, Blake quitta le hall d'entrée fortifié de l'immeuble où vivaient ses parents à la même heure qu'au cours des deux semaines précédentes et emprunta une des antiques rames de métro restaurées pour se diriger vers le haut de Manhattan.

Il s'était établi un emploi du temps régulier et passait les premières heures du jour au com pour solliciter des entrevues avec d'éventuels employeurs puis sortait peu avant le déjeuner. Il préférait les transports en commun aux robotaxis. Il lui suffisait de changer de voiture pour s'assurer que personne ne le suivait.

Comme chaque jour, il descendit entre la 60e et la 70e Rue puis s'éloigna vers l'est sur deux pâtés d'immeubles au sein de l'animation de ce quartier. Après la pluie de la nuit précédente, les autobalayeuses avaient rendu leur lustre aux rues de marbre. A présent les nuages se dissipaient, ce qui ne surprenait pas plus Blake que tous ceux qui avaient prêté attention aux bulletins météorologiques, et le soleil de midi teintait d'or leurs vestiges effilochés.

Il atteignit un restaurant indien auquel il accordait régulièrement sa clientèle, mais sans y entrer. Il continua jusqu'à l'angle de la Première Avenue et utilisa un com public pour réserver un hydro et demander qu'il fût mis à sa disposition dans une petite agglomération située au nord de New York, sur la rive est de l'Hudson.

Puis il prit l'autobus rapide pour la gare de magnéplane de la 125e Rue. La station surélevée était le joyau de ce quartier rénové, une gemme resplendissante parée d'une profusion de chrysanthèmes bruns et jaunes.

Blake prit un convoi express qui remontait le long du fleuve. Il en descendit un arrêt avant le village où l'attendait le véhicule de location et s'attarda sur le quai pour voir si quelqu'un d'autre l'imitait. Nul passager n'éveilla ses soupçons. Parfait. Il attendit la fermeture des portières pour remonter à bord et il s'éloigna sur trois autres sections.

Réserver cet hydro depuis un poste télématique public avait constitué une feinte. La nuit précédente il s'était servi de l'ordinateur de son père pour réserver un véhicule différent, sous un nom différent, et depuis un terminal qui paraîtrait différent même pour les observateurs les plus expérimentés.

Il trouva l'engin électrique garé le long du trottoir et ouvrit les sabots qui l'immobilisaient au poteau de stationnement en glissant son Idcarte modifiée dans la fente prévue à cet effet. Puis il mit le contact et roula lentement dans les rues de la petite agglomération avant de prendre vers le nord, désormais certain d'avoir échappé à toute surveillance.

Une demi-journée plus tard, à une heure du matin, par une nuit froide sans lune où l'unique clarté était due aux étoiles brumeuses et à l'anneau de déchets spatiaux en orbite autour de la Terre, Blake arriva en vue du périmètre de Granite Lodge.

Les bois étaient touffus de broussailles et de jeunes plants, avec quelques conifères encore verts au milieu des troncs dénudés des chênes roux, des érables, des sumacs squelettiques et des cent autres espèces conservées dans la Réserve Hendrik Hudson. Blake se déplaçait aussi vite qu'il l'osait sur un épais tapis de feuilles mortes gorgé d'eau par les pluies de la veille.

Il savait que des capteurs à infrarouges et des caméras ultrasensibles étaient installés à intervalles réguliers le long de la clôture électrifiée. Il savait qu'il y avait des détecteurs de mouvement entre le grillage et le mur. Il savait que des renifleurs chimiques étaient dispersés dans les bois et que des renifleurs organiques – des chiens – rôdaient sur les pelouses. Il savait qu'il ne pourrait entrer sans être détecté, qu'il n'existait aucun passage secret non gardé et que ce n'était pas une escalade périlleuse de la falaise qui lui permettrait de se soustraire à la vigilance des sentinelles.

Mais il en avait tenu compte. Après avoir dissimulé le véhicule de location il avait retiré ses vêtements et enfilé une combinaison en polymères transparente et imperméable dotée d'un échangeur de chaleur et d'un absorbeur calorique installé entre ses omoplates.

Cet appareil serait saturé dans un peu plus d'une heure et un jet de vapeur surchauffée se libérerait alors dans l'atmosphère en le transformant en torche humaine, ce qui attirerait sur lui une attention dont il se serait volontiers passé. Mais il n'avait pas le choix, car en l'absence d'une décompression du module, ce serait en bombe humaine qu'il se métamorphoserait.

Jusqu'à ce final spectaculaire il resterait frais comme un gardon et la température externe de sa combinaison serait égale à celle de son environnement...

...ce qui le rendrait indétectable par les capteurs infrarouges et aussi, ainsi ensaché dans du plastique hermétique, par les renifleurs en tout genre.

Quant à l'efficacité du reste, elle dépendrait des conditions météorologiques : un ciel dégagé et la légère brise d'un anticyclone en approche qui soufflerait vers l'aval... d'un instant à l'autre, désormais.

Oui, ils étaient là, loin sur la droite, une flotte de globes luminescents rose et orange qui dérivaient devant un décor d'étoiles...

...emportés par le vent en direction des bâtiments du centre de la propriété et la grande demeure de pierre.

La maison principale et les pelouses s'illuminèrent. Des silhouettes humaines et animales jaillirent des seuils obscurs pour se déployer au sein des ombres en respectant un plan de dispersion parfaitement assimilé.

Nulle sirène ne troubla la nuit. Blake savait par expérience que les occupants de Granite Lodge ne tenaient pas à réveiller leurs voisins tant qu'ils n'étaient pas convaincus d'être confrontés à un péril très grave. C'était la seule explication au silence qui s'était poursuivi la nuit où il avait voulu emmener Linda loin de là.

Il entendit les bourdonnements discrets mais frénétiques des dispositifs de guidage des catapultes les plus proches qui se balançaient et valsaient pour scruter les cieux. Mais nul projectile d'acier ne fut projeté à une vitesse hypersonique vers les globes lumineux présents dans le ciel. Ils étaient virtuellement invisibles pour les SGCA : les systèmes de guidage des catapultes antiaériennes...

...car ces cibles qui volaient à seulement vingt mètres du sol et ne renvoyaient pas les ondes radar étaient trop petites pour permettre à des logiciels conçus pour suivre des objets au moins aussi importants que des parapentes ou des deltaplanes de calculer leur position.

Blake attaquait Granite Lodge avec l'appui d'une flotte de ballons en baudruche. Les détruire à l'aide de missiles hypersoniques eût constitué une mesure pour le moins disproportionnée, mais si les SGCA établissaient leurs coordonnées et déclenchaient le tir des catapultes, tous ses projets s'envoleraient en fumée.

La couverture aérienne était assurée par une douzaine de dirigeables en soie arachnéenne dont le système de propulsion ne relevait pas de la haute technologie : un simple bloc de paraffine, une grosse bougie dont la chaleur de la flamme devait saturer les détecteurs à infrarouges avant d'être canalisée par des valves ultralégères et des évents en forme d'ouïes qu'ouvraient et fermaient des microprocesseurs préprogrammés en fonction des conditions météorologiques prévues pour ce soir. Les viseurs microscopiques de ces petits aérostats reconnurent leurs objectifs et les dirigèrent vers eux. Ils évoquaient à présent un banc de méduses urticantes.

Trop tard pour les SGCA. Ce furent les défenseurs humains de la place forte qui ouvrirent le feu. Mais ils ne purent estimer avec plus de précision les dimensions de leurs cibles et la distance à laquelle elles se trouvaient.

Blake restait tapi dans les ténèbres pour assister à la scène. Ces gardes étaient des tueurs expérimentés, s'ils méritaient le qualificatif de tueurs. Ils avaient des armes dotées de silencieux et n'utilisaient pas de balles traçantes. Faute de les voir, ils ignoraient où leurs projectiles allaient se perdre dans le ciel nocturne et ne pouvaient corriger leur tir. Peut-être même avaient-ils autant de scrupules que la nuit où Blake avait tenté de fuir et employaient-ils des balles en caoutchouc.

La chance sourit à l'un d'eux. Une rafale de son arme automatique atteignit un des petits ballons.

Il y eut un éclair aveuglant et une forte détonation. Des rubans de lumière spectaculaires jaillirent de la cible qui s'abattit en flammes sur la pelouse où elle explosa en une multitude de petites sphères de feu jaune rosé qui s'égaillèrent sur l'herbe humide, telles de minuscules créatures extraterrestres qui fuyaient en quête d'un abri.

L'effet était si extraordinaire que les chiens de garde pourtant bien entraînés hurlèrent et s'enfuirent.

Si Blake n'avait pas eu tant de sujets de préoccupation, sans doute eût-il éclaté de rire. Les petites boules de lumière rosée qui bondissaient et filaient en tous sens n'étaient que des billes de sodium changées en fusées par l'humidité des brins d'herbe.

Les autres éléments de sa flotte aérienne trouvèrent leurs objectifs. Des feux d'artifice blancs, roses et jaunes s'élevèrent du toit de Granite Lodge. Deux ballons passèrent sous la véranda et s'embrasèrent. Le feu se communiqua aux poutres et aux planches de pin noueux.

Les trois aérostats qui avaient pour cible le garage se posèrent presque simultanément. Moins d'une minute plus tard le réservoir d'hydrogène explosa comme une véritable bombe et souffla les murs de la vieille remise. Les véhicules prirent feu à leur tour pendant qu'une grosse sphère de gaz incandescent s'élevait dans la nuit.

Tant pis pour la tranquillité des voisins.

Blake jugea la diversion suffisante et s'avança vers l'orée du bois. La clôture électrifiée ne résista pas aux pinces isolantes qu'il sortit de son sac. Puis il traversa les dix mètres de terrain à découvert qui le séparaient du muret de pierre, en espérant que les propriétaires avaient autant de scrupules à ôter la vie qu'il le supposait car c'était l'emplacement idéal où enterrer des mines antipersonnel et installer des lance-dards automatiques dans les arbres.

Il atteignit le mur sans incident. Les flammes orangées qui s'élevaient de la véranda et du garage envoyaient des ombres danser sur la pelouse. Devant lui, le secteur était illuminé par des projecteurs. Il enjamba les pierres noires aux arêtes vives en veillant à ne pas faire d'accroc dans sa combinaison de plastique fragile puis s'avança dans la mare de blancheur, d'un pas décidé. Il n'avait pas le choix. Rien ne le dissimulerait tant qu'il n'aurait pas atteint la zone d'ombre du pourtour de la maison.

Dès qu'il fut sous le couvert d'une pénombre relative, il se baissa pour courir et sauter sur la véranda latérale. Les gardes sortis assurer la défense des lieux n'avaient pas refermé les portes derrière eux. Un homme approchait en hurlant des ordres pardessus son épaule. Blake plongea dans l'ouverture la plus proche.

Il traversa la bibliothèque obscure et atteignit le vestibule. Bien que falsifiés, les plans qu'il s'était procurés lui avaient permis de déterminer l'emplacement du centre nerveux de la demeure. Le grand escalier principal incurvé semblait reposer sur des bases solides mais Blake savait qu'une pièce avait été aménagée sous ses marches, un lieu sans doute insonorisé et équipé de consoles, de moniteurs divers, et peut-être aussi de divans et de fauteuils confortables.

Le temps qui lui était imparti s'écoulait rapidement et il devait se hâter. Il trouva le trou de serrure, caché dans un panneau de bois sculpté, et le remplit de plastique. A peine eut-il reculé que la porte bascula vers l'intérieur. Il lança une grenade anesthésiante dans le réduit, attendit quelques secondes, puis entra en lâchant une autre grenade derrière lui. Pourquoi pas, après tout ? *Il* ne respirait pas l'air ambiant.

Dans la pièce, une jeune femme en uniforme blanc s'était endormie dans un fauteuil, devant une batterie d'écrans, la tête rejetée en arrière. Ses longs cheveux blonds tombaient presque jusqu'au tapis, son bras droit pendait et ses doigts reposaient sur le sol.

Blake tirait le siège pour avoir plus librement accès à la console quand son regard fut attiré par la bague glissée au majeur de la main flasque, un anneau d'or avec un grenat taillé en forme d'animal.

Un coup d'œil aux moniteurs lui confirma que les gardiens de la place forte étaient occupés à éteindre les incendies. Il examina le clavier et comprit qu'il s'agissait d'un simple terminal. L'ordinateur et ses mémoires étaient ailleurs.

Quelques instants lui furent nécessaires pour reconstituer dans son esprit le plan des lieux, suivre le trajet des câbles électriques et des conduites du circuit de refroidissement. Les microprocesseurs étaient *là*, dans un rack de matériel électronique installé au fond du réduit, à l'endroit où le plafond descendait rejoindre le sol, sous l'escalier. Blake n'avait pas de temps à perdre et il retira les modules de leur support en arrachant leurs connexions avant de les fourrer dans son sac. Il prit un plateau de puces posé à côté et le vida par-dessus avant de refermer le rabat.

Il sortit de la pièce, dans le vestibule envahi par la fumée...

...il traversa la bibliothèque plongée dans la pénombre, ressortit sur la véranda...

...il franchit la rambarde d'un bond, toucha le sol et repartit. Il courait sur l'herbe et entrevoyait aux limites de son champ de vision des silhouettes qui se hâtaient tout comme lui... il sauta le muret, la clôture, se retrouva dans les bois...

Il ralentit le pas pour progresser avec plus de prudence et de discrétion dans les taillis. Derrière lui, les incendies embrasaient le ciel nocturne. La nuit charriait jusqu'à lui les beuglements des sirènes, les couinements amplifiés des coms et les grondements gutturaux des moteurs à hydrocarbure des véhicules qui approchaient sur la route principale. Et tous ces sons couvraient les bruits de succion des feuilles détrempées qu'il foulait et les raclements des branches qu'il devait repousser pour s'ouvrir un passage dans le sous-bois.

La voiture électrique l'attendait à une vingtaine de minutes de marche, à l'écart de la chaussée, et un coup d'œil à sa montre à travers le plastique transparent de sa combinaison lui indiqua qu'il avait plus de temps devant lui que prévu. Il décida de garder sur lui le vêtement hermétique, son unique protection contre le froid.

Il retrouva aisément le véhicule – il savait s'orienter dans l'obscurité – et il lança son sac dans le coffre avant, rabattit le capot, ouvrit la portière du côté du conducteur et se pencha pour récupérer son Idcarte sous le siège. Il l'inséra dans la fente de contact et le tableau de bord s'alluma.

Le moment était venu d'ouvrir sa combinaison, ce qui déconnecterait automatiquement le module échangeur de chaleur. Il pourrait ensuite attendre d'être au loin pour libérer l'énergie stockée dans l'absorbeur calorique de sa tenue. Mais il n'eut pas le temps de baisser la fermeture à glissière qu'ils sortirent des bois...

...trois gardes en uniforme blanc, jeunes et blonds, menaçants.

– Haut les mains, ordonna leur chef.

Un jeunot aux cheveux si courts qu'il paraissait chauve.

Ils le cernaient en pointant sur lui des fusils d'assaut. A cette distance peu importait que les balles soient en caoutchouc ou en métal. Elles feraient éclater son foie, ses yeux ou d'autres parties vitales de son corps.

Tête d'œuf le regarda et ricana en le voyant nu dans sa combinaison transparente.

– Une tenue ravissante.

– Je me félicite que vous la trouviez à votre goût, déclara Blake d'une voix étouffée par le plastique.

Que pouvait faire un homme uniquement vêtu d'un emballage de sandwich, hormis essayer de conserver son sens de l'humour ?

Tête d'œuf fit un signe à ses compagnons. Ils s'installèrent sur la banquette arrière de la voiture électrique pendant qu'il gardait leur prisonnier en joue puis lui ordonnait :

– Prenez le volant.

– Quatre passagers, vous ne pensez pas que ça fait beaucoup pour un véhicule de ce type ? Je ne crois pas que la charge des batteries suffira.

– Le trajet sera court. Montez.

Blake s'installa au volant en devant se pencher à cause de l'absorbeur calorique niché entre ses omoplates, et des armes pointées sur sa nuque depuis le siège arrière. Tête d'œuf s'assit à côté de lui. Blake appuya sur l'unique pédale et les moteurs bourdonnèrent et s'enclenchèrent. Le petit véhicule partit en dérapant sur la piste boueuse. Quand il atteignit la route de campagne asphaltée, il prit en direction de Granite Lodge.

Ils roulèrent lentement et sans parler jusqu'au moment où il demanda :

– Comment avez-vous fait pour atteindre ma voiture avant moi ?

– Vous n'avez pas à le savoir.

– D'accord, mais êtes-vous sûrs de vouloir retourner là-bas à bord de ce machin ?

– Conduisez et taisez-vous.

Blake lança un regard à l'écran digital bleu pâle de sa montre.

– Je dois descendre une minute. Seulement une minute.

– Ça devra attendre, fit Tête d'œuf en lui adressant un sourire affecté.

– C'est que... c'est urgent.

Il sentit le contact froid de la gueule d'une arme sur sa nuque et entendit murmurer à son oreille :

– Je me fiche que tu fasses dans ton froc, mon gars. Tu ne descendras pas de cette bagnole avant qu'on te le dise.

Blake haussa les épaules et continua de rouler sur la route bordée d'arbres. Les projecteurs de la voiture électrique illuminaient des troncs dénudés qui jaillissaient hors des ténèbres tels des spectres.

Ils approchaient des grilles d'acier de Granite Lodge quand l'absorbeur calorique atteignit le stade critique et se mit à siffler.

– Qu'est-ce que c'est ?

– Il faut que je sorte, insista Blake en tendant la main vers la poignée.

– Pas de ça ! beugla le jeune homme assis derrière lui. Garde tes mains sur le volant.

Quelques secondes plus tard le sifflement devenait assourdissant.

– Laisse-le descendre, conseilla la fille installée à l'arrière. Et je vais en faire autant.

Trop tard. Une flamme bleue sous pression jaillit du module fixé entre les épaules de Blake dont la tête sembla se changer en volcan. Le capitonnage s'embrasa et se consuma en libérant une épaisse fumée noire et âcre. Le toit métallique du véhicule fut perforé par le jet.

Surmonté d'un panache de feu spectaculaire, Blake bondit au-dehors en titubant : un homme qui brûlait vif. Ses ravisseurs terrifiés et horrifiés se précipitèrent à leur tour à l'extérieur.

Ne sachant où aller pour échapper à la chaleur insoutenable, agonisant sous leurs yeux, Blake recula jusqu'à son point de départ et s'effondra sur le siège du conducteur. Un dernier spasme d'agonie, un réflexe de fuite, l'incita à enclencher la marche arrière rapide. Le véhicule bondit. Il vira sur place en perdant des éléments enflammés sur la chaussée puis se rua à une vitesse folle vers la forêt.

Chose incroyable, il ne quitta pas la route. Blake n'avait pas regardé tant d'holovids d'aventures et d'action, avec des cascadeurs enflammés qui couraient en tous sens, sans avoir parfaitement assimilé la technique.

9

Blake redressa le nœud de sa cravate de soie qu'il lissa sur sa chemise de coton blanc avant de remuer les épaules pour faire tomber parfaitement la veste de son costume. Un instant plus tard le magneplane ralentissait à l'entrée de la station de Brooklyn Bridge et il se leva. Un observateur attentif eût sans doute noté une marque rougeâtre sous sa nuque, mais il n'eut qu'à regarder autour de lui pour s'assurer que nul ne s'intéressait à lui.

Il descendit et se dirigea d'un pas décidé vers l'escalier mécanique. Quelques minutes plus tard il allait vers le haut de Manhattan à bord d'une antique rame de métro restaurée. Un siècle plus tôt il aurait dû affronter la foule des heures de grande affluence, mais il n'y avait à présent plus de bousculades dans ces voitures et ces stations d'une propreté irréprochable. Il descendit dans le centre et lorsqu'il remonta au niveau du sol le soleil levant parait de jaune pâle les hauteurs des tours miroitantes qui le cernaient.

L'exaltation procurée par l'assaut lancé contre Granite Lodge puis par sa fuite réussie de justesse s'estompait et il connut du découragement. Il ne savait même pas quels adversaires il venait d'affronter... et dans quel but, à présent qu'Ellen ne voulait plus de lui. Par dépit, sans doute. Mais la fatigue était plus forte que la fierté. Par autohypnose il recouvra sa confiance en soi, du moins à titre temporaire. Il allait se présenter à un employeur en puissance et était cette fois intéressé par la place qu'il pourrait lui proposer.

*

Les locaux de l'Institut Vox Populi occupaient un immeuble de trois niveaux dans la 40e Rue Est, non loin de l'East River et de la cité administrative du Conseil des Mondes. Bien que d'une extrême simplicité, ce bâtiment devait valoir une fortune.

A l'intérieur, le décor était encore plus dépouillé : bureaux, chaises et meubles-classeurs en acier, panneaux d'affichage en mauvais état et peinture écaillée sur les murs (vert administration jusqu'à hauteur d'épaule et beige administration au-dessus). Même le personnel était quelconque et maussade, mais quelqu'un accepta finalement de lui désigner la direction approximative du bureau d'Arista Plowman. Dexter était absent, ce jour-là.

On racontait que sa sœur tolérait encore moins que lui les faiblesses humaines et que leurs rapports étaient souvent houleux. Elle se situait aussi loin à une extrémité de l'échiquier politique que lui à l'opposé. Arista était la championne de l'humanité prise dans son ensemble et Dexter se voulait le défenseur des droits de l'individu. Mais ces différences ne sautaient pas aux yeux, aux leurs exceptés, car pour sauvegarder les libertés individuelles Dexter entamait des actions à titre collectif alors que pour protéger le peuple Arista choisissait des Innocents Lésés pour le symboliser.

Quand Blake apparut sur le seuil, elle leva les yeux et comprit immédiatement qu'elle n'avait pas affaire à un de ces derniers. Elle grommela quelque chose du genre :

– 'Seyez-vous.

Puis elle feignit de s'intéresser à son curriculum vitae.

C'était une femme osseuse avec de gros sourcils noirs et des cheveux bruns désormais grisonnants tassés en ondes serrées sur son crâne allongé. Sa robe sévère, elle aussi noire mais agrémentée de gros pois blancs, tombait de guingois de ses larges épaules, et la façon dont elle laissait reposer ses coudes sur son bureau et perchait ses fesses décharnées au bord de son siège traduisait un impérieux désir de ne pas rester là. Elle repoussa les feuilles d'un côté, comme si ce qu'elle y lisait la choquait.

– Vous avez travaillé pour Sotheby's, Redfield ? Une salle des ventes ?

– Je n'appartenais pas à leur personnel, mais ils faisaient régulièrement appel à moi en tant que conseiller.

Blake avait vécu à Londres et pris l'accent anglais, ce qui incita la femme à grimacer. Elle possédait quant à elle une voix aux intonations américaines prononcées, du Bronx plus exactement, bien qu'elle eût vu le jour et grandi dans le comté de Westchester.

– Mais vous étiez un *marchand d'œuvres d'art*.

L'accentuation de ces mots traduisait son opinion des négociants dans leur ensemble, et de ceux qui vendaient des objets coûteux, décoratifs et donc inutiles en particulier.

– Façon de parler. Des manuscrits et des livres rares, plus exactement.

– Qu'est-ce qui vous incite à croire que vous pourriez nous être utile ? Nous ne nous sommes pas fixé pour but de permettre à quelques privilégiés de satisfaire leurs caprices.

Il désigna les télécopies qu'il avait apportées.

– Je suis un expert des recherches en tout genre.

– Ils ne manquent pas, ici.

Elle se leva, pour mettre un terme à leur entrevue après lui avoir seulement accordé trente secondes.

– Et j'ai travaillé sur une affaire qui devrait intéresser votre institut.

– Redfield... *Monsieur* Redfield...

Elle avait atteint la porte, qu'elle ouvrit et lui désigna.

Il demeura assis.

– Certains services du Conseil des Mondes, et non des moindres, ont été infiltrés par les membres d'un culte pseudo-religieux qui voudraient s'emparer du gouvernement mondial au nom d'une... d'une divinité extraterrestre.

– Une *quoi* ?

– Oui, je sais que c'est ridicule. Ces gens croient en un dieu originaire d'un autre monde. J'ai pu être admis dans une branche de cette société secrète. Je connais plusieurs de ces fanatiques et au moins un de leurs chefs. A cause de ce que je sais, j'ai fait l'objet de diverses tentatives d'assassinat, dont la dernière en date remonte à une semaine.

Arista laissa la porte se refermer mais resta debout.

– Quel genre de culte avez-vous dit ? Des ovniphiles ?

La chance acceptait peut-être de lui sourire malgré tout. La fascination d'Arista Plowman pour les complots venait de lui permettre de retenir son attention. Son frère eût sans doute éclaté de rire avant de contacter la police.

– Ils se font appeler les prophètes du Libre Esprit, mais ils ont d'autres noms et organisations secrètes. J'ai infiltré leur branche parisienne et contribué à son démantèlement...

Après tout, la modestie n'était pas de mise lors d'un entretien d'embauche.

– Ils vénèrent un être qu'ils appellent le Pancréateur, une créature qui est censée revenir un jour sur la Terre pour accorder la vie éternelle à ceux qui ont reçu la révélation – autrement dit, eux-mêmes – et les emmener dans une sorte de Paradis. A moins qu'elle ne décide d'établir cet Eden sur notre monde.

– Je m'intéresse aux complots, Redfield, pas à des histoires aussi abracadabrantes.

Je crois pourtant avoir éveillé son intérêt, se dit-il avec joie. Mais il veilla à ne pas sourire.

– Je puis prouver tous mes dires.

– Tiens donc ? Et pourquoi pensez-vous que Vox Populi pourrait vous apporter son soutien ?

– Les prophètes n'ont pas toute leur santé mentale mais ils sont nombreux et influents. Il y a moins de dix ans, c'est le Libre Esprit qui a été l'instigateur du programme de l'Intelligence Multiple lancé par les Services de sécurité nord-américains. Les recherches ont été interrompues – et les responsables ont disparu – quand le sujet d'une expérimentation illégale s'est soustrait à leur contrôle. Mais ces misérables ont assassiné deux douzaines de personnes en incendiant un sanatorium, avant de s'évanouir dans la nature.

– Dix années se sont écoulées. Il y a prescription.

– Voilà moins d'un mois, le Bureau spatial a découvert qu'un cargo interplanétaire, le *Doradus*, avait été transformé en vaisseau pirate. Le directeur d'une des plus importantes sociétés de Mars, Jack Noble, était impliqué dans cette affaire et s'est volatilisé.

– J'en ai entendu parler. Il existait un rapport avec la disparition de la plaque martienne, je crois ?

– Oui. J'étais sur les lieux et je peux vous fournir tous les détails de l'affaire.

Blake se pencha en arrière pour suivre du regard la femme qui revenait vers son bureau, pensive.

– Maître Plowman, vous vous êtes fixé pour but de rendre le pouvoir au peuple... ce pouvoir dont il a été progressivement spolié par des gens comme mon père. C'est exactement le genre de groupe de pression que vous devriez vouloir contrer.

– Votre *père* ferait donc partie de ce Libre Esprit ?

– Je puis affirmer le contraire.

Mais il n'aurait pu dire si une telle possibilité horrifiait ou amusait son interlocutrice.

– C'est simplement un... aristocrate bien-pensant.

Arista Plowman se rassit derrière le meuble d'acier.

– Rien de tout ce que vous venez de me dire n'est mentionné dans votre curriculum vitae.

– Je suis un homme traqué, maître.

– J'en déduis que si vous faisiez partie de notre équipe, ces fanatiques s'en prendraient à nous.

– Il y a si longtemps que vous constituez des cibles que vos défenses sont certainement excellentes. Je m'en suis assuré avant de venir vous voir.

Une esquisse de sourire tirailla les commissures des lèvres de la femme.

– Et chez vous, êtes-vous en sécurité ?

– Ma famille est riche depuis tant d'années que ses protections doivent être presque aussi efficaces que les vôtres.

– Pour quelle raison ne vous êtes-vous pas plutôt adressé au Bureau du Contrôle spatial ?

– Pourquoi, selon vous ?

– Laisseriez-vous entendre que ces services sont...

– Exactement.

Les yeux d'Arista brillaient alors qu'elle envisageait toutes les possibilités, et son air de fauve à l'affût incita Blake à croire qu'il venait d'obtenir un emploi. Mais la partie n'était pas gagnée. L'expérience avait enseigné la prudence à Arista Plowman.

– Tout cela est intéressant, Redfield. Très intéressant. J'en parlerai à mon frère et sans doute voudra-t-il avoir un entretien avec vous. Entretemps, ne nous contactez pas. C'est nous qui le ferons...

*

De retour à l'extérieur, Blake découvrit que cette entrevue – pour ne pas citer les événements de la nuit – l'avait épuisé. Et une profonde fatigue émousse les réflexes. Quand un jeune homme grand et émacié traversa la rue devant lui pour entrer dans la cabine télématique la plus proche en jetant rapidement un regard par-dessus son épaule, Blake n'en fit pas cas. Il ne le remarqua vraiment que lorsqu'ils furent à seulement quelques mètres et que l'inconnu se tourna soudain vers lui en levant le bras.

Blake le reconnut aussitôt et recula vers la chaussée.

La balle creusa un cratère dans une plaque de marbre de la façade de l'immeuble. Sa trajectoire passait par l'emplacement occupé une fraction de seconde plus tôt par la tête de Blake. D'autres projectiles – métalliques et tirés avec assez de précision pour que la moindre hésitation fût fatale – le suivirent. Il roula sur le trottoir puis rampa dans le caniveau jusqu'à la protection offerte par un robotaxi en stationnement. Les passants hurlaient et couraient de tous côtés – car de telles choses n'arrivaient *jamais*, pas à Manhattan – et quelques secondes plus tard les lieux étaient déserts.

Blake jura. Il se reprochait de ne pas avoir repéré plus tôt son assaillant, qu'il connaissait pourtant très bien. C'était cette ancienne chiffe molle de Léo, un ex-camarade de la Société Athanasienne. Pour une fois, Blake regretta de ne pas avoir une arme à feu. Il ne refusait pas d'en porter parce que les lois britanniques l'interdisaient – il avait résidé ces deux dernières années en Angleterre – ou parce qu'il avait des scrupules à défendre sa vie, mais parce que les statistiques indiquaient qu'un homme désarmé avait plus de chances de survivre qu'un autre en cas d'agression.

Mais les tentatives d'assassinat étaient exclues de ces calculs. Il se redressa pour tendre la main vers la portière avant du taxi. Il l'ouvrit, se glissa à l'intérieur en gardant la tête basse et inséra son Idcarte dans le compteur.

– C'est pour où, Mac ? s'enquit le véhicule.

Sa voix de synthèse était celle d'un chauffeur de taxi new-yorkais du XXe siècle.

Blake plongea sous le tableau de bord et s'affaira pendant quelques secondes sur les circuits. Toujours accroupi sur le plancher, il demanda :

– Vois-tu un grand maigre chevelu dans la cabine télématique de l'intersection suivante, sur la gauche ?

– Il vient d'en ressortir. Il est à présent dans l'entrée d'un immeuble et j'ai comme l'impression qu'il compte se diriger vers nous.

– Rentre-lui dedans.

– Vous me faites une blague, ou quoi ?

– Vingt de pourboire.

– Vingt quoi ?

– Vingt mille dollars. Si tu ne me crois pas, débite tout de suite ma carte.

– Ouais, eh bien... écoutez, Mac, les robotaxis ne mangent pas de ce pain-là...

Blake ponta un circuit.

– *Yo !* s'exclama la voiture.

Elle bondit sur le trottoir. Des balles fissurèrent le pare-brise puis un choc brutal projeta son passager contre la séparation ignifugée.

Blake ouvrit la porte d'un coup de pied, roula à l'extérieur, bondit sur le coffre et plongea sur le toit tel un rugbyman voulant plaquer un adversaire.

Sans le blesser, le taxi avait coincé Léo dans le renfoncement du seuil de l'immeuble. Avec seulement quelques millimètres d'espace autour de lui, le jeune homme essayait frénétiquement d'enjamber le pare-chocs défoncé quand Blake arriva au terme de sa glissade et fit sauter de son poing un calibre .45 nickelé. La nuque de Léo percuta la porte d'acier inoxydable de style art déco. Blake venait de le saisir à la gorge, et lorsqu'il tenta de se dégager de cette prise il découvrit que la lame noire d'un couteau effleurait sa mâchoire.

– Je ne tiens pas à t'égorger, Léo, haleta Blake. Alors, dis-moi tout.

Léo resta muet, mais ses yeux exorbités et terrifiés indiquaient qu'il ne tenait pas à mourir même s'il était probable qu'on lui avait donné pour instruction de préférer la mort à une capture.

Les battements des pales d'un hélicoptère se firent entendre au-dessus du canyon urbain alors que des hurlements de sirènes convergeaient vers eux au niveau de la chaussée.

– Dis-moi pourquoi, Léo, et je te laisserai filer. Si les flics t'arrêtent, les prophètes t'empêcheront de témoigner contre eux avant que tu n'aies passé une seule nuit en prison.

– Tu le sais. Tu es une *Salamandre*.

– Première nouvelle. Et ça veut dire quoi, plus exactement ?

– Laisse-moi partir. Tu n'auras plus rien à craindre de moi, c'est juré.

– Je t'accorde une dernière chance... qu'est-ce que vous appelez des salamandres ?

– Tes semblables, Guy. Les initiés... qui nous ont trahis. Tous ceux qui t'ont bien connu... ils ont fait serment de t'éliminer.

– C'est toi qui as détruit mon appartement, à Londres ?

– Pas moi. Bruni.

– Ouais, cette fille a toujours eu du cran.

– Tu ne te cachais même pas, Guy. Si tu veux me rendre la liberté, c'est le moment ou jamais.

– Je m'appelle Blake. Autant que ce soit bien entendu.

Il lâcha Léo, mais sans éloigner son arme blanche.

– Taxi, recule un peu, ordonna-t-il. Doucement.

Dès que le véhicule eut laissé un espace suffisant pour le lui permettre, Léo bondit au loin. Blake remit le couteau dans l'étui caché au creux de ses reins et descendit du toit.

– Il ne nous reste qu'à trouver une histoire plausible, dit-il en penchant la tête par la portière.

– Ça va vous coûter un supplément, l'avertit le robot.

– Tu n'as qu'à débiter ma carte.

– D'accord, Mac. Qu'est-ce que je dois raconter ?

Blake se pencha dans le taxi pour récupérer son attaché-case.

– Que ce type m'a attaqué pour me voler. Tu t'es précipité à mon secours... ce qui explique pourquoi il a tiré sur toi. Tu l'avais presque coincé, mais il a réussi à filer.

– Et pour le fric supplémentaire à mon compteur ?

– La vérité... je t'ai autorisé à débiter mon Idcarte pour te témoigner ma gratitude. Et pour couvrir tes frais de remise en état.

– D'ac, Mac. Vous croyez que les flics vont gober ça ?

– Tu es programmé pour avoir du bagout, non ?

– Eh, je ne suis pas un taxi de Manhattan pour rien !

Le premier véhicule de patrouille, un hydro bleu clair fuselé – les antiquités cabossées partaient directement à la ferraille, désormais – stoppa en sifflant pendant que l'hélicoptère faisait du surplace au-dessus d'eux. Blake regarda les policiers approcher, visières rabattues, fusils levés. Au train où allaient les choses, qui aurait pu savoir dans quel camp ils étaient ?

*

Après un interrogatoire qui dura près de deux heures, Blake fut autorisé à rentrer chez lui. Il descendit du métro dans le quartier de Tribeca et se dirigea à pied vers l'immeuble de ses parents. Il suivit des rues désertes où des colonnes de vapeur s'échappaient des plaques d'égout. Des robotaxis en maraude les sillonnaient tels des prédateurs dans la jungle africaine. Manhattan était devenu une vitrine de l'opulence, une enclave de la richesse, et si l'atmosphère du vieux New York avait été conservée ici et là, c'était uniquement pour lui apporter un peu de pittoresque.

L'animation était plus vive près du fleuve et de l'immeuble où vivaient ses parents. Blake salua le chef des services de sécurité tout en fournissant son code à l'ascenseur privé de leur appartement. Les autres gardes étaient invisibles du public.

En évitant sa mère – son père était parti à Tokyo pour régler des affaires qu'il devait traiter de vive voix –, Blake alla dans sa chambre.

Il retira sa veste déchirée, sa chemise et sa cravate sales, et il appliqua avec précaution un baume cicatrisant sur son cou. En fin d'après-midi les traces de ses brûlures au deuxième degré auraient disparu.

Il se vêtit plus confortablement d'un pantalon ample et d'une chemise blousante de paysan de la vieille Russie puis il emporta son attaché-case désormais en piteux état dans le cabinet de travail de son père et vida son contenu sur le bureau : le butin rapporté de son raid contre Granite Lodge.

Une multitude de petites puces noires et deux micro-superordinateurs aux boîtiers endommagés lorsqu'il les avait retirés brutalement de leurs supports. Il ne lui restait qu'à espérer qu'ils n'avaient pas grillé car – au même titre qu'un homme ensaché dans une combinaison en plastique hermétique – ces appareils dégagaient une chaleur intense. Sans un fluide ou un gaz pour les refroidir en permanence, leurs composants cuisaient en quelques secondes.

Blake consacra un quart d'heure à brancher une des deux petites machines. Il relia les ports d'entrée au clavier de l'ordinateur de son père et ceux de sortie au module holographique du bureau, mais après une heure d'essais infructueux il dut se rendre à l'évidence. Il n'obtenait au mieux que la projection tridimensionnelle d'un fouillis de symboles standard, ce qui semblait confirmer que les circuits avaient grillé.

L'autre ordinateur fonctionnait, mais au bout de quarante minutes d'efforts inutiles – il se voyait constamment rappeler qu'il n'était pas autorisé à l'utiliser –, Blake se leva et alla vers la fenêtre pour regarder sans le voir le rivage brumeux et enfumé de Jersey sur l'autre berge de l'Hudson. Il tenta de vider son esprit, pour n'y conserver que le souvenir de ce qui s'était passé la nuit précédente. Il se plongeait dans une sorte d'autohypnose pour essayer de voir et d'entendre à nouveau tout ce qu'il avait vu et entendu à l'intérieur de la place forte.

Il revint vers l'appareil et saisit un mot. A quelques millimètres au-dessus de la surface de cuir vert du bureau l'air se mit à miroiter.

Mais nul message n'apparut. Il n'y eut ni salutations ni mises en garde, seulement un animal qui se contorsionnait sous ses yeux en trois dimensions : un reptile à la queue épaisse et à la tête triangulaire volumineuse où brillaient de petits yeux ronds. Ses pattes aux mouvements maladroits s'achevaient par des doigts renflés à leur extrémité. Sa peau humide était brun cuivré et son ventre jaune vif.

Le mot qu'il avait fourni au système était SALA-

MANDRE, le terme employé par Léo sur un ton accusateur et le nom de la créature représentée par un grenat sur la bague de la fille inconsciente découverte dans le réduit aménagé sous l'escalier de Granite Lodge.

Rien n'encourage autant la constance que l'obtention d'un résultat, fût-il négligeable. Blake poursuivit ses essais pendant deux nouvelles heures. Il essaya de lire toutes les puces qu'il avait subtilisées, l'une après l'autre, mais sans plus de succès. Il ne voyait toujours que l'image animée du petit animal.

Epuisé par une nuit et une matinée mouvementées, penché sur le clavier relié à la machine récalcitrante, Blake finit par s'endormir.

*

Il fut réveillé par des battements d'ailes.

Non, pas des ailes, des pales d'hélicoptère.

Il se redressa d'un bond puis, dès qu'il se rappela où il était et ce qu'il avait fait, il se jeta à plat ventre sur le sol. Mais le volume sonore des *whuff, whuff, whuff* de l'engin restait constant. Il rampa jusqu'à la fenêtre et releva la tête pour regarder au-dehors.

Et il vit une silhouette noire, un trou découpé dans le halo lumineux du couchant, en vol stationnaire quatre-vingt-neuf étages au-dessus des rues de Manhattan, à vingt mètres de distance de la fenêtre du bureau d'Edward Redfield. Un Snark. Un Snark Boujeum[1].

Sous les yeux de Blake, la machine pivota lentement sur son axe pour braquer ses lance-missiles et ses mitrailleuses Gatling jumelées dans sa direction.

Il ne bougea pas. Il n'existait aucun abri où se réfugier. Cet hélicoptère de combat avait une puis-

1. Allusion à *La Chasse au Snark* de Lewis Carroll où quiconque rencontre un Snark de l'espèce Boujeum est condamné à disparaître. *(N.d.T.)*

sance de feu suffisante pour raser l'appartement du sommet du gratte-ciel. La police aurait déjà dû intervenir, quelques secondes après l'arrivée de cet appareil. La défection des autorités était lourde de sens. Blake aurait pu atteindre le tiroir du bureau de son père qui contenait le module de commande des systèmes de protection du logement, mais il doutait que les missiles dont les batteries étaient installées sur la terrasse puissent entamer le blindage d'un tel engin.

Il se leva, afin de se montrer au pilote. *Si tu es venu me tuer, alors fais-le rapidement et proprement,* lui dit-il en pensée.

Le Snark baissa son nez. *Oui, nous nous comprenons. Oui, nous pourrions le faire. Oui, nous savons que c'était toi. Et à présent tu sais que nous pourrons t'éliminer avec tous ceux que tu aimes dès que nous le déciderons.*

Puis la machine à tuer dessina paresseusement une courbe dans les airs et s'éloigna vers le fleuve. Quelques secondes plus tard Blake la perdait de vue dans les reflets éblouissants de la plaine d'algues. Elle laissait dans son sillage un message : *A toi de jouer.*

Il revint vers le bureau et débrancha avec soin l'ordinateur toujours utilisable qu'il glissa avec celui qu'il avait probablement détruit dans une enveloppe exprès. Il joignit toutes les puces au colis puis prit un feutre épais et écrivit en grosses lettres : "A L'ATTENTION DES SALAMANDRES, Aux bons soins du NORTH AMERICAN PARK SERVICE, GRANITE LODGE, RÉSERVE HENDRIK HUDSON, DISTRICT ADMINISTRATIF DE NEW YORK." L'adresse était incomplète mais ce serait plus que suffisant. Si ces gens avaient la police dans leur poche, ils devaient aussi avoir leurs entrées dans les services postaux.

Il glissa l'enveloppe sous son bras, la dissimula sous un coupe-vent, puis sortit de l'appartement et prit l'ascenseur. Si la situation devait dégénérer, il préférait que ce fût loin de chez ses parents. Il posterait ce colis dans une boîte aux lettres anonyme du voisinage.

Alors qu'il marchait dans les rues battues par le vent en direction du haut de Manhattan, il se sentait de plus en plus déprimé. La femme qu'il aimait ne voulait plus entendre parler de lui. Tous les biens matériels auxquels il tenait avaient été détruits.

Les Salamandres étaient donc d'anciens initiés. Des hérétiques. Des adversaires des prophètes et, comme eux, fermement implantés dans les rouages du système. Blake avait voulu devenir un personnage en vue afin qu'il fût impossible de l'assassiner sans provoquer un scandale. Il s'agissait d'un espoir déçu et si les Plowman décidaient de lui proposer un poste à Vox Populi, il devrait désormais le refuser.

Même ses parents se retrouvaient en danger, un danger qu'il avait stupidement sous-estimé. Quoi qu'il dût faire ou ne pas faire, déménager s'imposait. Et dans les plus brefs délais.

10

Elle trouva un emploi chez J. Swift, une grande agence de voyages de la City dotée d'ordinateurs bien plus performants – pour quelqu'un ayant ses aspirations et ses capacités – que ne devaient le supposer ses directeurs, des gens qui avaient engagé avec empressement cette fille aux yeux verts et à l'accent irlandais qui déclarait s'appeler Bridget Reilly et leur présentait des références impressionnantes.

Pendant les semaines et les mois suivants, sa vie fut trop banale pour susciter de l'intérêt. Elle passait d'interminables heures devant une vidéoplaque ou un com pour confirmer et annuler les billets de transport aérien ou terrestre et les réservations de chambres d'hôtel de perpétuels indécis incapables de respecter leurs engagements. Elle acceptait docilement d'être accusée de maux dont elle n'était aucunement responsable : un grand nombre dus aux désirs des touristes anglais entre deux âges qui voulaient découvrir d'autres cultures comme à travers la vitrine d'un salon de thé, et les autres aux aspirations des jeunes touristes anglais qui étaient convaincus (comme leurs semblables du monde entier) d'avoir tous les droits et d'être immortels.

Bridget Reilly était l'amabilité même sur son lieu de travail mais ses collègues eurent tôt fait de comprendre qu'elle ne souhaitait pas mieux les connaître. A la fin de chaque journée Mlle Reilly prenait le métro jusqu'à un minuscule appartement sordide d'un quartier encore plus sordide où la plus élémentaire des prudences lui imposait de rester chez elle, à l'écart des voisins et autres inconnus. Elle faisait chaque soir décongeler son dîner dans l'autochef, mangeait son repas puis allait directement se coucher dans son petit lit. Six heures plus tard la clarté de la vidéoplaque de sa chambre précédait celle de l'aube pour la réveiller avec les informations matinales de la BBC et lui rappeler qu'elle devait aller entamer une nouvelle journée de travail.

Sa vie intérieure était moins morne.

La nuit, il y avait les rêves. Soir après soir elle s'enfonçait dans un tourbillon de nuages blafards. Elle savait que la scène se déroulait sur Jupiter, mais rien de plus. Le vent chantait dans une langue inconnue et tout en ayant l'impression d'en comprendre le sens elle avait oublié la teneur de ses propos à son éveil. Elle ne gardait que le souvenir d'un mélange d'extase et de peur, d'espoir qui dissolvait l'ego et de haine qui l'empoisonnait.

Le jour, son esprit reposait sur le fil d'un rasoir. Pendant qu'elle organisait des voyages de groupe à destination de Port Hespérus et de Labyrinth City en tapant sur le clavier de son ordinateur, les sondes digitales de son autre main étaient déployées et insérées dans les ports d'entrée et de sortie du terminal pour lancer des programmes personnels à chaque pause. Elle n'avait nul besoin d'un moniteur, l'écran de son esprit suffisait.

Le commandant ignorait où elle était, et sous quelle identité. Elle gardait un vague contact avec cet homme en lui adressant des messages par des circuits indétectables à son bureau du Contrôle spatial. Les rares fois où il était présent et qu'ils avaient de véritables entretiens elle ne feignait même pas d'avoir l'intention de tenir compte de ses suggestions et de suivre *son* programme. Elle s'abstint de le préciser, mais elle avait laissé de côté le cas d'Howard Falcon pour tenter d'approfondir un mystère plus important à ses yeux : l'énigme posée par le contenu de son propre esprit...

Assise devant l'ordinateur de l'agence de voyages, elle assimilait des encyclopédies complètes de neuroanatomie, neurochimie et pharmacie. Par les réseaux télématiques, elle rédigeait des ordonnances destinées à des patientes aux apparences diverses mais différentes de celle de Bridget Reilly. Tard le soir, dans des quartiers opulents ou miséreux, ces femmes allaient chercher leurs médicaments. La collection de pilules et de timbres transdermiques de Sparta incluait désormais la plupart des produits de la pharmacopée.

Dans la place forte de la berge de l'Hudson, ils lui avaient administré des drogues pour accéder à ses rêves. Mais elle s'interdisait de collaborer avec le commandant selon ses conditions et pour cette raison, ou d'autres, cet homme refusait de l'informer de ce qu'ils avaient pu ainsi apprendre dans cette partie de son être qui lui était inaccessible. A présent, elle prenait volontairement des stupéfiants afin d'ouvrir une brèche dans son subconscient.

Amphétamines, barbituriques et hallucinogènes avaient sur elle des effets qu'un siècle d'observations avait permis de mettre en évidence. Il n'en résultait rien de positif. Les sels métalliques modifiaient son comportement, menaçaient de l'empoisonner et lui donnaient des vertiges. L'alcool augmentait la fréquence de ses rêves mais en réduisait la netteté et ses réveils s'accompagnaient de nausées. Les neurotransmetteurs tels que la dopamine embellissaient les scènes oniriques familières mais n'accentuaient ni sa perspicacité ni l'étendue de ses souvenirs.

Ses recherches l'emportèrent plus loin. Une saveur chimique sur sa langue lui indiquait la nature de ce qu'elle ingérait, car sa formule exacte s'affichait sur l'écran de son esprit. Sur les 30 000 protéines et peptides importants répertoriés dans le cerveau, seuls un petit nombre avaient été définis. Mais cela constituait malgré tout une très longue liste. Elle s'y fraya méthodiquement un chemin et prit note des effets de ses expérimentations avec une précision scientifique.

Mais elle était de plus en plus isolée. Ses collègues de travail pensaient qu'elle les méprisait et la haïssaient avec discrétion. Tous ces sacrifices ne furent cependant pas vains. Après avoir passé des nuits épouvantables pendant des semaines, elle obtint enfin un résultat.

Un peptide formé par l'union de neuf acides aminés, connu pour jouer un rôle dans la formation des colonnes striées du cortex visuel, semblait isoler une image de ses rêves et la transférer dans sa mémoire.

Un mot y était associé, deux peut-être, mais elle n'en connaissait pas la signification : “gellunaire”.

Elle reprit des peptides, une préparation simple et bon marché qui avait été largement utilisée au cours de la décennie précédente par des psychothérapeutes partisans de la manière forte, des médecins qui rudoyaient leurs patients au nom de l'amour et s'impatientaient de la lenteur de leurs cures de bavardages. Ce produit portait un nom charmant : Béatitude. La Béatitude avait vu le jour dans des laboratoires pharmaceutiques de L-5, en tant que substitut autorisé à des drogues illégales, mais après que son usage se fut répandu sur la Terre il s'était avéré qu'elle avait de fâcheux "effets secondaires". Quelques suicides avaient suffi pour que son emploi fût désormais limité à des expérimentations effectuées sous contrôle médical. Une seule société pharmacologique en fabriquait encore pour les besoins des chercheurs sous l'appellation commerciale de Striaphan.

Et plus Sparta prenait du Striaphan, plus l'association entre le monde onirique et cette image devenait étroite, la vision précise. Le "gellunaire" cessa d'être une abstraction pour devenir une reproduction miniature du songe qui l'enchâssait, un tourbillon de chair agité de pulsations au centre de l'autre maelström, celui des nuages. Certains auraient trouvé cette vision épouvantable, mais Sparta la jugeait magnifique.

Elle ne s'éveillait plus en proie à la terreur, désormais. Elle vit s'affirmer en elle la conviction qu'il y avait dans l'œil du cyclone jovien une *entité* qui chantait pour elle, qui l'appelait, qui attendait de pouvoir l'accueillir... là où était sa place.

Elle oublia ce qu'elle savait sur le Striaphan et ses contre-indications. Alors qu'elle effectuait des découvertes captivantes, ses capacités extraordinaires d'analyse et de maîtrise de soi lui firent défaut. Elles avaient disparu sans qu'elle pût seulement s'en rendre compte et elle ne remarqua rien quand s'affirma sa dépendance envers cette drogue.

TROISIÈME PARTIE

LE CARNAVAL DES ANIMAUX

11

Le ramjet en provenance de Londres entama son approche finale de Varanasi. La décélération régulière entraînait les passagers vers l'avant et tendait leurs ceintures de sécurité. Sparta ressemblait aux femmes indiennes entassées dans l'appareil : corps délicat, peau sombre, cheveux noirs, tenue colorée. Par le hublot, elle voyait des pics enneigés esquisser la courbe de la Terre. Puis l'avion pénétra dans une nappe de brouillard.

Elle entendit un claquement se produire à l'intérieur de ses oreilles et elle secoua un tube de plastique pour faire tomber un des cachets blancs qu'il contenait. Elle le suça sans bruit, rapidement. Le goût était celui du miel et du citron, sous sa langue.

*

Une femme élancée drapée d'un sari de coton arachnéen tissé de fils d'or se leva de son siège et sourit à Sparta qui entrait dans la pièce.

– Soyez la bienvenue, inspecteur Troy. Le Dr Singh sera libre dans quelques instants. Installez-vous confortablement.

– Merci, mais je n'ai pas besoin de m'asseoir pour être à mon aise.

Elle resta debout, dans l'attitude des militaires au repos. Elle portait un uniforme bleu orné de rubans attestant de son adresse au tir, de sa bonne conduite et de son héroïsme – ses seules décorations – alignés au-dessus de sa poche de poitrine gauche. La tenue du Bureau spatial se reconnaissait de loin. C'était dans un but précis qu'elle avait choisi de devenir une cible vivante.

– Désirez-vous du thé ? Une autre boisson ? Je vous conseille ceci.

La femme utilisa un de ses longs ongles polis pour tapoter un plateau sur lequel étaient posés des bols de confiseries : des petites boules de noisettes pilées, de lait de noix de coco et de pistaches enveloppées d'une feuille d'argent qu'il convenait de déguster avec le reste de la friandise. Il était posé à l'angle d'une table basse en tek ornée de sculptures délicates où il n'y avait rien d'autre, à l'exception d'un écran imitation ivoire encastré et d'un com.

– Rien, merci.

Le point rouge visible au milieu du front brun de la femme rappela à Sparta son propre "œil de l'âme", le renflement de cellules grises de forte densité dissimulé sous l'os frontal. Elle alla jusqu'à la fenêtre et s'immobilisa devant le panneau transparent, jambes écartées et mains dans le dos.

– La vue est magnifique, d'ici.

La salle d'attente se situait au quarantième étage de ce Centre de médecine biologique du Bureau spatial, un énorme polygone de verre construit à la bordure de Ramnagar, sur la rive droite du Gange. L'architecte avait opté pour une forme cubique, mais il lui avait donné des lignes si brutales que l'immeuble évoquait un éclat de glacier qui aurait glissé loin au sud de la chaîne de l'Himalaya. Par la grande baie vitrée Sparta découvrait au nord-ouest la ville sainte de Varanasi, avec les tours de ses temples qui jaillissaient hors de la brume et les larges escaliers des rives du fleuve envahies par ceux qui descendaient partager ses eaux brunes avec tout ce qui y flottait déjà.

L'Indienne retourna s'asseoir. Elle n'était pas débordée de travail.

– Est-ce la première fois que vous venez dans nos locaux, inspecteur ?

– C'est même mon premier voyage en Inde.

– Pardonnez-moi si j'ai été indiscrète, mais vous êtes une célébrité...

Elle avait une voix claire et musicale. Ses uniques fonctions consistaient peut-être à distraire les visiteurs qui attendaient le Dr Singh.

– ...car vous avez été sur la Lune et sur Mars, et vous êtes même descendue jusqu'à la surface de Vénus.

Sparta se détourna de la fenêtre et lui sourit.

– Mais je ne connais guère notre planète pourtant si exotique.

– Vous tombez mal. Toute cette fumée masque en partie le paysage, aujourd'hui.

– On utilise donc encore des combustibles fossiles, ici ?

– Oh, non ! Notre énergie est fournie par des centrales à fusion. Ce que vous voyez, c'est ce qui s'élève des bûchers funéraires, les *ghats*.

– Des bûchers ?

Sparta concentra son attention sur une terrasse de la rive du Gange. Elle employa la fonction télescopique de son œil droit pour grossir la scène et elle vit des flammes lécher des silhouettes noires allongées sur des piles de rondins.

– Nous importons le bois de Sibérie depuis plusieurs dizaines d'années, ajouta la femme. Les forêts himalayennes sont lentes à se reconstituer.

Sparta regarda un autre *ghat*, et un autre. Sur un des bûchers des hommes enveloppaient les restes d'un corps en partie calciné dans une toile de couleur vive, pour en faire un ballot semblable à ceux que charriait déjà le fleuve.

– Peut-être êtes-vous surprise qu'on ait installé un laboratoire de recherche biologique en ce lieu, ajouta la secrétaire. La cité la plus sainte de l'Inde.

Sparta se tourna vers elle.

– Et vous ? Quelle est votre opinion ?

– De nombreux visiteurs en sont étonnés, répondit l'Indienne en éludant la question. Surtout lorsqu'ils apprennent que certains éminents spécialistes de la biologie microbienne sont aussi des hindouistes dévots qui pensent que boire les eaux sacrées du Gange purifie le corps autant que l'âme.

Le com pépia.

– Le Dr Singh va vous recevoir.

*

La femme qui se leva à son entrée aurait pu être la sœur de la secrétaire. Elle avait elle aussi une bouche rouge lippue et des cheveux noirs brillants ramenés sur sa nuque.

– Holly Singh, inspecteur Troy. Ravie de vous rencontrer.

Mais elle avait un accent d'Oxbridge dépouillé des intonations propres aux Indiens et elle portait une tenue de polo typiquement occidentale : chemise de soie, culotte de cheval et bottes d'équitation cirées.

– Je vous remercie de m'avoir accordé une entrevue à si brève échéance.

Elles échangèrent une poignée de main énergique et Sparta en profita pour l'étudier d'une façon qu'elle n'eût sans doute pas appréciée. Elle la soumettait en effet à un examen aussi approfondi que ceux des systèmes de détection installés à l'entrée des bases militaires ou des étages supérieurs du quartier général du Bureau du Contrôle spatial, à Manhattan. Elle se concentra sur le cristallin et la rétine de l'œil gauche de Singh et grossit l'image tant que les cercles bruns n'eurent pas occupé tout son champ de vision. L'empreinte rétinienne lui confirma qu'elle était en présence de la femme dont elle avait consulté le dossier à Terre Central. Elle analysa son parfum, son savon, sa sueur et y décela des traces de fleurs, de musc, de thé et de produits chimiques exsudés par un corps sain et au repos. Elle *écouta* sa voix et entendit les intonations qu'il était logique d'y trouver : un mélange d'assurance, de curiosité et de maîtrise de soi.

– Je crois que vous souhaitez me poser des questions au sujet du PDCI, inspecteur ? Approfondir des points qui n'ont pas été abordés dans les rapports officiels ?

– Mais sous-entendus, docteur.

Singh perdit un peu de sa jovialité.

– Je présume que les faits y sont exposés sous une forme rébarbative. Si nous avions disposé d'un délai, j'aurais pu vous épargner ce long voyage.

– J'aime me déplacer.

– J'en ai eu des échos.

Un semblant de sourire.

Sparta prolongeait son examen. L'aspect, l'odeur et la voix de la femme indiquaient qu'elle avait moins de trente ans, mais sa peau était à tel point tendue sur son visage que ce dernier avait dû être presque entièrement remodelé. Et comme nul accident n'était mentionné dans son dossier, cette intervention chirurgicale devait avoir eu pour unique but de modifier son apparence. Les senteurs de son corps étaient elles aussi un leurre, un savant mélange d'huiles et d'acides dosés pour correspondre à celles de quelqu'un plus jeune et totalement détendu.

Sparta pensa un bref instant que Singh était peut-être une de ces créatures mythiques autrefois appelées des androïdes. Mais qui se serait donné la peine de fabriquer une machine ressemblant à un homme à une époque où on cherchait à obtenir des humains aussi efficaces que des machines ?

Non. Singh savait qu'on pouvait se trahir autrement qu'avec des mots et ne souhaitait pas se révéler sous son vrai jour. Elle avait dû en outre consacrer de nombreuses heures à s'entraîner à s'exprimer, ce que sa voix privée de tension révélait au même titre que les senteurs âcres de l'adrénaline perceptibles sous les parfums artificiels.

– Veuillez vous asseoir. Mon assistante vous a-t-elle proposé un rafraîchissement ?

– Oui, merci, mais je n'ai rien pris.

Le cachet blanc avait toujours une saveur douce-amère sur sa langue.

Sparta s'assit dans un des deux fauteuils confortables disposés en face du bureau et lissa les plis de son pantalon sur ses cuisses. Le médecin s'installa en face d'elle dans cette pièce obscurcie par un lourd rideau tendu devant la baie vitrée. La lumière chaude et pommelée était diffusée par des lampes aux abat-jour ornés de filigranes en cuivre.

Singh lui désigna des hologrammes encadrés posés entre elles sur une table basse.

– Les voilà – Peter, Paul, Soula, Steg, Alice, Rama, Li, Hiéronymus –, des clichés pris à la fin de leurs études secondaires.

– A quel âge ?

– Ils étaient tous de jeunes adultes, de quatorze à seize ans. Peter, Paul et Alice ont été achetés enfants au Zaïre, conformément aux lois locales et aux règlements du Conseil sur le commerce des espèces protégées, cela va de soi. Les autres sont nés ici, dans nos installations destinées aux primates.

Singh laissa son regard s'attarder sur les holos.

– Les chimps ont une palette d'expressions limitée, mais j'aime penser que c'est de la fierté qui fait briller leurs yeux.

– Vous vous étiez attachée à vos cobayes ?

– C'est exact. Je ne voyais pas en eux des animaux de laboratoire, même s'ils n'avaient au début que ce statut.

– *Comment* a débuté ce programme ?

Sparta voulait apporter de la chaleur à sa voix et l'effort réclamé la surprenait.

– Je ne me réfère pas à ses débuts officiels, cela va de soi. Ce que je voudrais savoir, c'est dans quelles circonstances vous avez eu cette inspiration, docteur Singh.

Elle avait espéré que la femme serait flattée par sa question. Ce fut apparemment le cas car elle riva ses yeux noirs sur elle, ce qu'elle ne devait réserver qu'à ceux auxquels elle acceptait volontiers de consacrer un peu de son temps précieux.

– J'ai conçu ce programme à l'époque où les nanopuces étaient enfin à la hauteur des espoirs que les chercheurs avaient mis en elles depuis le XXe siècle. C'était au milieu des années 70... peut-il déjà y avoir quinze ans ?

Et sans doute un peu plus, se dit Sparta. *Vous avez forcément procédé à des expérimentations sur des chimps avant qu'on n'en fasse autant sur un être humain...*

– Vous devez être trop jeune pour vous rappeler l'enthousiasme qui était alors de mise, mais c'était l'âge d'or de la neurologie dans tous les centres de recherche. Les nouveaux enzymes artificiels et les cellules autoreproductrices programmées ouvraient la voie à la remise en état et à l'amélioration des zones du cerveau et de tout le système nerveux endommagées... pour stopper l'évolution des maladies d'Alzheimer, de Parkinson, et bien d'autres. Rendre les sens de la vue et de l'ouïe à la plupart des patients handicapés par des lésions neurophysiques localisées devenait possible. Devaient également en bénéficier tous ceux qui avaient un travail à haut risque...

Elle regarda l'uniforme de Sparta, l'étroite rangée de décorations.

– Pour eux, les avantages furent encore plus immédiats. Le traitement des paralysies dues à des lésions de la moelle épinière, par exemple. La liste est longue.

– Avez-vous effectué des progrès simultanés dans tous ces domaines ?

– Les bénéfices potentiels étaient grands et, par comparaison, les risques négligeables. Sitôt que nous obtenions le consentement de nos patients – ou de leurs tuteurs –, rien ne pouvait plus entraver nos efforts. Mais tout n'était pas aussi simple.

– Oui ?

– Cela nous permettait également d'améliorer des fonctions existantes, et cette voie restait à défricher. Nous pouvions rendre la mémoire dans le cas de certaines amnésies, corriger des problèmes de prononciation et de perception. La dyslexie, par exemple.

Sparta se pencha en avant pour encourager Singh à entrer dans les détails.

– Mais cela posait des problèmes d'éthique, déclara la femme qui se confiait à elle comme à un autre chercheur. La dyslexie peut être soignée par des méthodes plus conventionnelles et il est avancé dans de vieux traités de médecine que ces troubles pourraient être associés à des fonctions supérieures telles que la créativité, l'imagination, etc. Nous ignorions tout de ces relations. Nous avions à notre disposition des neuroréparateurs très efficaces mais nous manquions d'informations sur le fonctionnement du cerveau.

– Vous n'avez donc pas procédé à des expérimentations sur des humains ?

– Certains chercheurs hésitaient même à tester ces techniques sur des primates supérieurs.

– Et vous ?

– L'Inde a fait couler beaucoup d'encre, inspecteur, et sans doute avez-vous lu des récits se rapportant aux jaïns, ces dévots qui respectent à tel point la vie qu'ils balaient le sol devant eux pour ne pas risquer de piétiner ne serait-ce qu'une puce. Eh bien, il m'est arrivé d'écraser des moustiques... et pas par accident.

Un sourire étira ses lèvres rouges et révéla ses dents blanches.

Et Sparta lui trouva plus de points communs avec la déesse Kali qu'avec les divinités paisibles du jaïnisme.

– Mais j'ai un profond respect de la vie, surtout de ses formes les plus évoluées. Nous avons d'abord testé toutes les possibilités de la projection informatique, et bien des caractéristiques des micro-superordinateurs modernes découlent d'ailleurs de besoins spécifiques à nos recherches. Nous poursuivions entre-temps nos travaux sur d'autres espèces que les primates : rats, chats, chiens, etc. Mais quand les problèmes plus délicats déjà mentionnés se posèrent à nous : lecture, écriture et langage, seuls des humains pouvaient nous servir de cobayes.

Singh se leva avec souplesse et alla prendre sur son bureau un petit hologramme dans un cadre d'argent. Elle le tendit à Sparta.

– Notre premier sujet d'expérience a été ce bébé chimp qui s'appelait Molly et souffrait de troubles moteurs. Cette malheureuse créature ne pouvait même pas s'agripper à sa mère. Dans la nature, elle serait morte quelques heures après sa naissance et en captivité elle aurait eu de sérieux problèmes sans jamais pouvoir atteindre la maturité. Je n'ai eu aucun cas de conscience à lui injecter un mélange de nanopuces conçues pour corriger son déficit primaire... et tester en même temps d'autres possibilités.

– Dont celle de lui donner le don de la parole ?

Sparta rendit l'holo à Singh qui alla le remettre sur son bureau.

– Disons plutôt de faire évoluer ce qui était latent.

La femme revint s'asseoir près d'elle avant d'ajouter :

– Le cerveau d'un chimp est deux fois plus petit que celui d'un homme, mais ses structures anatomiques sont presque identiques. L'étude de moulages de crânes fossilisés des premiers hominidés, une espèce depuis longtemps éteinte mais bien plus proche de ces singes que la nôtre, révèle un développement des centres cérébraux du langage. Et il n'existe dans le cerveau d'un chimpanzé aucune barrière neurophysiologique à la parole, quelle que soit la définition que l'on donne à ce terme.

– Quant aux obstacles anatomiques, je crois que la chirurgie a permis de les effacer ?

– Pas dans le cas de Molly, mais nous y avons eu recours par la suite. Il s'agissait d'interventions mineures et nous nous sommes assurés que les cobayes n'en souffriraient pas.

Singh s'était imperceptiblement tendue, mais ce fut bref car elle avait à présent de bonnes nouvelles à annoncer :

– Cette première injection de nanopuces à Molly a eu des effets sidérants. Elle a pu contrôler sa motricité, qui est rapidement devenue comparable à celle d'un bébé chimp normal. Et je présume qu'il est inutile de vous préciser qu'un bébé chimp est un athlète olympique, comparé à un bébé humain. Même avec son système vocal rudimentaire, Molly a eu tôt fait d'émettre des sons très intéressants. "Maman", entre autres.

Sparta sourit.

– Un joli mot en sanscrit.

– Un joli mot dans toutes les langues, commenta Singh en exhibant une fois de plus ses dents. Nous avions réalisé un exploit. Nous venions de combler le fossé qui sépare nos espèces, de faire une chose à laquelle les premiers chercheurs qui se sont intéressés au langage animal au XXᵉ siècle ont consacré énormément d'efforts sans rien obtenir de concret. Nous avons obtenu sans peine un résultat indiscutable. Je n'oublierai jamais le matin où je me suis approchée de la cage de Molly pour lui tendre une boulette de nourriture – un crime aux yeux des spécialistes du comportement, je le crains – et qu'elle m'a dit "Maman".

Ses yeux brillaient sous la clarté texturée des lampes. Sparta ne brisa pas le silence.

– A présent que j'y pense, c'est sans doute à cet instant que j'ai conçu le PDCI, le Programme de Développement de la Communication Interespèces.

Elle se renfrogna soudain.

– Je précise que le nom de "superchimps" ne me plaît pas plus que celui de "simps" que leur donnent certains.

Son froncement de sourcils s'effaça, mais son expression continua de traduire du mécontentement.

– Nos premiers sujets traités, ces huit chimps, commencèrent à suivre des cours dès l'année suivante. Les détails du programme et notre évaluation des résultats figurent naturellement dans les fichiers.

– Il n'est pas précisé pour quelle raison vous avez brusquement interrompu vos expériences, dit Sparta. Aucune demande de renouvellement des subventions n'a été déposée.

– La responsabilité en incombe aux médias... mais peut-être devrais-je dire à la volonté du peuple qui devient hystérique sitôt qu'on le manipule. Il était évident que nul ne voudrait financer le PDCI après que tous nos sujets avaient perdu la vie dans la catastrophe du *Queen Elizabeth IV*.

– Tous ? Je n'ai trouvé aucune trace de la mort d'un chimpanzé appelé Steg.

– Steg ? répéta Singh en la dévisageant. Je constate que vous avez étudié ce dossier avec attention.

Elle réfléchit un instant, puis ajouta :

– Inspecteur, je dois prendre l'avion pour Darjeeling dès la fin de notre entretien. Je dirige un sanatorium privé, là-bas. Il est sur mes terres. Voulez-vous être mon invitée, ce soir ?

– C'est très aimable à vous, docteur Singh, mais je ne vous retiendrai pas ici très longtemps.

– Je constate que vous n'avez pas saisi le fond de ma pensée. Je ne suis pas pressée outre mesure. Il m'est simplement venu à l'esprit que vous aimeriez peut-être rencontrer Steg, le dernier de ceux qu'on a appelés les superchimps.

12

– Tous vos souvenirs de cette nuit sont exacts, dit le commandant. Sauf ceux de sa présence à bord de l'hélicoptère.

– Une doublure ? Une actrice ? demanda Blake.

– Personne.

– Et le type qui m'a sanglé dans mon siège ?

– Il était bien réel.

Ils marchaient côte à côte dans la forêt dont les arbres dissimulaient presque entièrement les falaises lointaines de la berge opposée de l'Hudson. Devant eux, leur haleine se changeait en vapeur et tout autour l'automne flamboyait.

Ils atteignirent l'orée des bois. La grande demeure se dressait sur leur gauche, à l'extrémité de la vaste pelouse que l'approche de l'hiver brunissait déjà. Blake voyait la fenêtre de la chambre d'Ellen et celle du réduit qu'il avait dû briser pour s'échapper. La vitre de la première était maintenue en place par du mastic encore frais et des plombs aussi brillants que de l'étain immobilisaient les vitraux de l'autre.

– Nous pensions vous capturer dans sa chambre, et j'avoue que nous n'avions pas prévu la suite. Il s'en est fallu de peu que vous nous filiez entre les doigts. Vous avez trouvé cette issue et chargé le Snark. Nous avons été pris au dépourvu. Si l'homme de l'hélico n'avait pas déjà préparé l'injection, vous nous auriez sans doute tous décimés.

– Ellen m'a tendu la main et m'a hissé à bord. Vous dites que c'est une illusion ? Vous êtes donc capables de faire des choses pareilles ?

– Avec le bon sujet.

Ils repartirent en direction de la maison. Un instant plus tard, Blake demanda :

– Pourriez-vous effacer le contenu de ma... puce cérébrale, me rendre le souvenir des événements tels qu'ils se sont passés ?

– Je crains que cela ne dépasse nos possibilités, fit le commandant en riant. Si vous y tenez, nous vous fournirons un souvenir des faits tels que vous devriez vous les rappeler selon notre point de vue, mais ce ne sera qu'une autre illusion.

– Laissez tomber.

– Ce qui soulève des questions intéressantes, ne trouvez-vous pas ?

– Par exemple, comment saurai-je demain que nous avons effectivement eu ce petit entretien ?

– Et bien d'autres interrogations.

– Je me demanderai aussi pourquoi vous avez brusquement décidé de tout me révéler, si vous dites vrai, alors que vous n'aviez jusqu'alors souhaité que m'écarter de votre chemin.

– Vous êtes dangereux.

Le militaire inclina la tête vers la maison. Une bâche en plastique épais recouvrait la véranda calcinée et au-delà des échafaudages avaient été dressés contre les ruines de la remise à véhicules.

– Et vous ignoriez l'existence des Salamandres.

Le rire de Blake fut teinté d'amertume.

– Où est la différence ? Vous pourriez récrire la dernière semaine de ma vie... effacer nos affrontements.

– Jusqu'à présent, prendre de telles mesures à votre égard se justifiait. En outre, Ellen vous aurait révélé la vérité par la suite.

– Etait-elle au courant ?

– Elle se serait opposée à nos projets, Redfield. Vous le savez parfaitement. Nous ne lui en avons pas parlé. C'est seulement quand elle a su pourquoi nous avions agi ainsi qu'elle a accepté.

Blake secoua la tête avec colère.

– Je me demande selon quels critères vous établissez la frontière entre le bien et le mal. Vous vous prenez pour des dieux.

– Nous n'avons pas des pouvoirs divins. Nous ne pourrions pas effacer de votre esprit tout ce que vous avez fait la semaine dernière, même si nos principes nous y autorisaient. Une ou deux heures, au plus. Aller au-delà entraîne de graves complications.

– Comment le savez-vous ?

– Nous ne sommes pas les inventeurs de cette technique, Redfield. Ses auteurs, ce sont Eux.

– Mais vous n'hésitez pas à utiliser leurs méthodes.

Le commandant ne releva pas l'accusation, *nolo contendere...*

– Pour en revenir à la question que vous m'avez posée tout à l'heure... La mémoire humaine n'est pas enregistrée sur une puce. Elle est répartie dans diverses zones du cerveau. Il faudrait interroger des spécialistes, c'est bien trop compliqué pour moi.

– Je n'en doute pas.

– Mais j'ai parfaitement assimilé tout ce qui se

rapporte à l'aspect pratique de cette méthode. Je sais qu'il est plus facile d'effacer ce qu'on a entendu ou lu qu'un fait vécu. Provoquer l'oubli de ce qui a été ressenti dans sa chair est encore plus problématique, et vous semblez mettre tout votre être à contribution pour effectuer ce que vous entreprenez.

C'était presque un compliment.

– Ce qui n'épuise pas les possibilités qui vous sont offertes, commandant.

– Je ne vous reproche pas de le croire, Redfield. Mais comme nous tenons à être les *gentils*, nous nous abstenons de tuer les autres braves types. Nous ne prenons pas leurs amis et leurs parents en otage. Ce qui ne nous laisse que deux options.

– Lesquelles ?

– Eh bien, vous pourriez vous engager à ne pas nous trahir.

Blake en fut si surpris qu'il en resta coi un court instant.

– Je ne peux vous faire une telle promesse. Je ne sais ce que je ferai s'ils me capturent et me torturent, s'ils utilisent à nouveau leurs drogues sur moi, s'ils s'en prennent à Ellen ou à mes parents...

– Parfait. Je constate que vous connaissez vos limites. Nous nous contenterons malgré tout de votre parole.

Blake en fut ébranlé. Cet homme lui inspirait du respect.

– Et l'autre option ?

– Vous recruter.

– J'ai déjà refusé vos offres.

– Je ne parle pas au nom du Bureau spatial mais des Salamandres.

– Je ne peux devenir un des vôtres.

Ils avaient atteint les ruines de la véranda. Le militaire s'arrêta sur la première marche.

– Pourquoi ?

– Vous avez autrefois appartenu à la secte du Libre Esprit, n'est-ce pas ?

Le commandant le fixa puis hocha la tête.

– Je présume que c'est aussi valable pour vous tous ?

– Absolument.

– Pas pour moi. Je n'ai jamais gobé ces foutaises, cette histoire de sauveur extraterrestre. J'ai seulement feint d'y croire pour infiltrer l'ennemi.

– Dans votre cas, nous ferions une exception.

– Je crains que vous vous mépreniez sur le sens de ma réponse.

Le commandant le fixa. Ses yeux étaient ceux d'un basilic. Il ne bougeait pas. Il respirait à peine. Puis il se détendit.

– D'accord. Avant de vous reconduire en ville, je voudrais vous présenter quelqu'un.

*

J.Q.R. Forster, professeur de xénopaléontologie et de xénoarchéologie au King's College de Londres, lisait un livre relié de cuir pris sur l'étagère réservée aux classiques du XIXe siècle quand ils entrèrent dans la bibliothèque. C'était un petit homme aux yeux brillants que Blake compara aussitôt à un terrier surexcité. Quand le commandant procéda aux présentations, Forster s'avança pour donner une saccade à la main de Redfield.

– Permettez-moi de vous féliciter pour l'excellent ravail que vous et l'inspecteur Troy avez réalisé en écupérant la plaque martienne. Il est merveilleux u'elle soit revenue à sa place.

– Merci, monsieur. Ellen m'a souvent parlé de ous, déclara Blake, qui hésita avant d'ajouter : eu, excusez-moi, mais vous ne faites pas votre ge.

Forster semblait en effet ne pas avoir plus de ente-cinq ans alors qu'il était quinquagénaire.

– Si je ne perds pas cette fâcheuse habitude de me frotter à la mort, ce qui contraint chaque fois un chirurgien à me refaire une beauté, je paraîtrai bientôt plus jeune que vous. Ils disent avoir remplacé soixante-dix pour cent de ma peau.

– Je suis désolé, fit Blake avec embarras.

Il avait oublié la bombe du Libre Esprit, l'explosion et l'incendie qui auraient dû tuer cet homme et détruire son œuvre.

Forster toussa.

– Même si ce n'était pas indispensable, bien sûr...

– Je vous demande pardon ?

– J'avais étudié cet objet pendant tant d'années que je n'ai eu qu'à m'asseoir à un terminal d'ordinateur pour le recréer de mémoire.

– Vous parlez de la plaque martienne ?

Le militaire referma les portes de la bibliothèque.

– M. Redfield n'est pas au courant, professeur.

Le scientifique fixa Blake avec suspicion.

– Etes-vous un expert de la Culture X ?

– Absolument pas.

Forster se tourna vers le commandant.

– Ce n'est donc pas l'homme dont vous m'avez parlé ? demanda-t-il en haussant ses sourcils broussailleux.

– Ses travaux complètent les vôtres. Je compte sur cette discussion pour mettre en relief les rapports qui existent entre eux.

Blake lorgna le militaire. Avant de l'envoyer avec Sparta sur Mars à la recherche de la plaque volée, cet homme leur avait simplement déclaré qu'ils devaient récupérer une "relique archéologique", comme s'il se demandait pourquoi des gens voulaient se l'approprier.

– Alors, qu'attendons-nous ? s'enquit Forster avec impatience.

Le commandant désigna les fauteuils de cuir confortables de la bibliothèque, qu'ils installèrent aux angles d'un triangle équilatéral invisible.

– Si vous voulez bien commencer, professeur ? demanda le militaire.

– Volontiers.

– Je vais demander qu'on nous apporte du thé... et quelque chose d'un peu plus fort pour vous, professeur.

Le commandant avait ajouté ces mots en remarquant l'expression dépitée du savant. Il pressa les touches de son émetteur de poignet qui signala la bonne réception du message par un bip sonore.

Forster sortit d'une poche de sa veste de tweed un holoprojecteur miniature qu'il posa sur une table basse. Il utilisa le pavé numérique, et des douzaines de glyphes apparurent dans les airs à l'aplomb de l'appareil, aussi matériels que des matrices d'imprimerie.

– Vous devez savoir que ma découverte des tablettes vénusiennes est pour la linguistique et la philologie plus importante encore que celle de la célèbre pierre de Rosette, dit Forster avec une absence de modestie telle que Blake en fut presque amusé. Non seulement ces textes étaient disposés de façon à permettre d'associer un son à chacun de ces signes – que j'ai représentés ici en fonction de leur fréquence d'emploi, soit dit en passant – mais ces écrits, plus d'une douzaine, étaient la transcription phonétique en glyphes propres à la Culture X des langages utilisés sur Terre à l'âge du bronze.

Forster se racla la gorge avec bruit.

– Nous avons obtenu ainsi un échantillonnage important de la forme d'expression écrite et orale de ces extraterrestres mais aussi – en prime – de diverses langues terrestres jusqu'alors inconnues. Vous ne pouvez savoir comme je regrette que toutes les copies de ces tablettes aient été détruites au cours de cette nuit épouvantable.

– Et les originaux ? s'enquit Blake.

– Ils sont enfouis là où nous avons dû les abandonner, mais j'ai la ferme intention de retourner les récupérer...

Il hésita.

– ...un jour. Quand nous pourrons réunir les fonds nécessaires à une telle expédition. L'important, c'est que j'ai fait entre-temps une découverte encore plus fascinante.

Ses yeux brillants et sa bouche en cul de poule exprimaient un étrange mélange d'émotions. Le petit enfant qui subsistait en lui souhaitait être admiré, le scientifique réclamait un tel hommage.

– J'ai traduit la plaque martienne !

– Félicitations, dit Blake en feignant d'être sincère.

Car, dans sa branche d'activité, les prétendues traductions de vieux manuscrits incompréhensibles étaient légion, aussi nombreuses que les plans de machines à mouvement perpétuel déposés au bureau des brevets.

– Si vous voulez bien attendre un instant, ajouta Forster en manipulant l'holoprojecteur.

Sous les symboles gravés en suspension dans les airs apparurent des caractères romains et des symboles phonétiques internationaux.

– Ecoutez-les.

Il pianota sur le clavier et les ensembles lettre-phonème s'illuminèrent successivement pendant qu'un synthétiseur vocal reproduisait les sons correspondants :

– KH... WH... AH... SH...

Quand le silence revint, Forster expliqua :

– On trouve sur la plaque martienne de nombreux signes identiques – je ne parle pas de ceux empruntés à des langages humains, bien sûr – et il n'y manque que les trois qui reviennent le moins fréquemment dans les tablettes vénusiennes.

Il se tourna vers Blake.

– J'avais gravé cet objet dans mon esprit et j'ai pu le reconstituer après sa disparition et celle de toutes ses reproductions. Couché dans ma chambre de la clinique de Port Hespérus, où je n'avais nulle autre occupation, j'ai pu établir que contrairement aux textes vénusiens qui – comme je l'ai déjà précisé – sont des transcriptions de vieux langages terriens, celui de la plaque ne contenait que des références indirectes à notre planète. Un monde alors bien trop jeune pour que des êtres vivants aient pu y atteindre le stade d'évolution où ils utilisent les sons pour communiquer, et je ne me réfère pas à un langage structuré.

Il se pencha sur le projecteur et une image grandeur nature de la plaque martienne se matérialisa au-dessus des rangées de signes et de symboles tel un bout de miroir brisé.

– Cette reproduction vous paraît-elle fidèle, monsieur Redfield ? Je l'ai réalisée de mémoire.

– Je dois avouer que je ne pourrais faire la différence, déclara Blake.

Ce que Forster parut prendre pour un compliment.

– On constate au premier coup d'œil que ce n'est qu'un fragment d'une plaque bien plus grande dont la majeure partie a disparu. Voici ce qui y est écrit.

Des chapelets de sifflements, grondements et cliquetis se firent entendre, la lecture des tronçons de lignes par la voix que le scientifique avait attribuée à leurs auteurs.

Blake feignit de s'y intéresser. Il jeta avec discrétion un coup d'œil au commandant mais ne put rien lire sur son visage.

Quand la cacophonie prit fin, Forster annonça :

– Et voici la traduction anglaise.

Cette fois, la voix était asexuée et agréable. Elle possédait le timbre propre aux ordinateurs multiusages du XXIe siècle :

lieu sur ZH-GO-ZH-AH 134 de WH-AH-SS-CH 9...
posé sur un monde de sel de EN-WE-SS 0436...

désignés vinrent humblement et paisiblement pour...
chef. Sous le rivage de sel noir ils...
un millier de stades de distance ils...
lieu d'énergie et de production et...
étudièrent leurs aires de repos. Les générations suivantes...
sur tout le sel et les terres de ce monde, et...
de WH-AH-SS-CH ils firent le travail assigné à...
des travaux prévus, le premier des...
de EN-WE-SS 9436-7815. Leur plus grand...
TH-IN-THA. De l'est, les chariots s'écoulaient comme un fleuve...
grands campements. Ceux désignés honoraient...
accomplissements. Les créatures se multipliaient...
et la diversité. Sous leurs multiples formes...
dans le même filet. Et simultanément d'autres qui avaient été désignés...
deuxième et troisième mondes de sel. Puis, finalement...
AH-SS-SH 1095, tous ceux qui étaient...
de sel pour attendre des signes de réussite...
les messagers des nuages où ils vivent...
grand monde. Les conducteurs de chariot laissèrent cette inscription...
leur grand-œuvre. Ils attendent le réveil...
d'attendre sur le grand monde...
Alors, tout sera bien.

Blake écouta ces fragments d'étranges propos avec une stupéfaction croissante, jusqu'au moment où la dernière phrase le ramena au présent.

– *Tout sera bien* ? bredouilla-t-il.

– Les termes non traduits sont naturellement des noms propres... peut-être d'individus, très certainement d'étoiles et de planètes. J'ai la ferme conviction que sont cités la Terre, Vénus, Mars et le Soleil. Et on retrouve les mots propres à l'âge du bronze – chariots, stades, etc. – dont il existe un équivalent dans les textes vénusiens. Leur signification est aisée à comprendre.

– Est-il vraiment écrit "Tout sera bien" ? insista Blake.

Mais Forster poursuivit son exposé :

– Trains, voitures, peut-être même navires – mais pas de vaisseaux, il y avait pour cela un terme précis – et des milles ou des kilomètres, des unités de mesure. Ce genre de choses.

Blake se reprit suffisamment pour saisir le sens du regard que lui adressait le militaire. *Forster ne sait pas...*

– "Monde de sel" n'est pas un terme de l'âge du bronze, il me semble ? fit remarquer le commandant pour inciter le chercheur à poursuivre son exposé.

– Non, mais sans doute entendaient-ils par là "monde d'océans". Les sels dissous peuvent les avoir intéressés autant que les flots. Pour une raison que j'ignore. Historique, peut-être.

Il s'était de toute évidence attendu à devoir répondre à cette question.

– Prenons par exemple ce que nous appelons des galaxies. Celui qui voudrait traduire ce mot hors de son contexte pourrait s'interroger sur l'étymologie d'un terme tel que "Voie lactée".

– Surtout s'il n'est pas un mammifère, lança Blake.

– Hmmm, oui.

Forster le dévisagea sous ses sourcils roux.

– Et le "grand monde" ?... souffla le commandant.

– Jupiter, voyons !

Blake fit un nouvel essai.

– Vous avez traduit la dernière phrase par "Alors, tout sera bien".

– Oui ? demanda le scientifique, déconcerté.

– C'est la devise de ceux qui ont volé la plaque martienne et tenté de vous éliminer, expliqua Blake.

Forster regarda le commandant et parut comprendre.

– Ah ! Voilà pourquoi vous avez tant insisté pour que je rencontre M. Redfield, je présume ?

– Heu, il serait plus juste de dire “pour que M. Redfield vous rencontre”.

Ce n'était pas vraiment contradictoire et, comme on apportait du thé et une bouteille de Laphroaig, la boisson favorite de Forster, le militaire n'eut pas à fournir de plus amples explications.

*

– Vous savez que j'ai vu des cartes du ciel au siège de la Société Athanasienne ?

C'était le crépuscule. Blake et le commandant traversaient la pelouse en direction de l'hélicoptère blanc du Bureau spatial qu'ils avaient pris pour venir à Granite Lodge.

– Celle que vous avez volée au Louvre, je présume ?

– Il y en avait d'autres, qu'ils s'étaient déjà appropriées. Toutes avaient en commun un alignement planétaire bien précis.

Le militaire réclama des éclaircissements en haussant ses sourcils grisonnants.

– Et cet alignement commun correspond à une date.

– Qui serait ?

– Celle prévue pour la descente du *Kon-Tiki* dans l'atmosphère de Jupiter.

– Et qu'en déduisez-vous ?

– Vous le *saviez* déjà ?

– C'est ce que l'on enseigne aux prophètes.

– Quel est le lien, entre vous et Forster ?

– Cet homme avait des projets et je lui ai proposé d'user de mon influence pour qu'il puisse les réaliser. Et c'est tout, Redfield. Je ne répondrai à aucune autre question. Nous allons à présent nous serrer la main et nous dire adieu... de façon définitive, si vous ne revenez pas sur votre décision.

– Où est Ellen ?

– Vous pouvez me croire si je vous dis que j'aimerais bien le savoir.

– Entendu, déclara posément Blake. Je suis des vôtres.

13

Elles approchaient des contreforts de l'Himalaya et Holly Singh coupa le pilote automatique de son petit hélicoptère rapide, une Libellule dont elle prit les commandes pour s'élever sans bruit le long du chapelet de crêtes. Une route asphaltée et les rails brillants d'une voie ferrée se lovaient sous leur appareil tels des serpents pythons. Un train d'un autre âge gravissait péniblement la pente en crachant des panaches de vapeur blanche dans l'air pur des montagnes.

De la tête, Singh désigna les terrasses vert vif superposées comme les marches d'un immense escalier.

– Des plantations de thé. C'est à Darjeeling que pousse le meilleur. Tout au moins aimons-nous le penser.

L'hélicoptère franchit un mont qui culminait à 2 500 mètres d'altitude et les hauteurs de l'Himalaya qu'il avait jusqu'alors dissimulées apparurent brusquement dans une atmosphère d'une pureté cristalline. Sparta eut le souffle coupé par la vision des pics qui dépassaient des glaciers et s'élevaient tels des tessons de verre démesurés dans un ciel d'un bleu soutenu. Le Katchenjunga venait juste après l'Everest sur la liste des plus hauts sommets de la Terre et dominait tous les autres. Bien qu'éloigné de soixante-dix kilomètres, il surplombait l'hélicoptère rapide et se découpait avec tant de netteté en perspective qu'il paraissait assez proche pour pouvoir être touché.

Elles atteignirent une ville qui s'accrochait à la crête d'une montagne et se répandait sur ses flancs. La Libellule survola des pelouses et de vieux arbres, les tours de pierre d'un édifice religieux.

– Les Anglais – dont une bonne douzaine de mes arrière-arrière-grands-parents – ont fondé Darjeeling pour fuir la chaleur des plaines, expliqua Singh. C'est pourquoi la moitié des constructions donnent l'impression d'avoir été importées directement des îles Britanniques. Vous voyez celle qui ressemble à une église d'Edimbourg ? Elle a abrité un cinéma pendant quelques décennies. Et si un quart de l'agglomération rappelle le Tibet, c'est parce qu'une colonie de Tibétains s'est installée ici après avoir fui les Chinois au milieu du XXe siècle. Ce qui reste, dont le marché, est typiquement indien. Nous avons essayé dans la mesure du possible de conserver aux lieux l'aspect qu'ils avaient il y a cent ans.

L'hélicoptère fila au ras de la crête, au-delà de la ville.

Singh remarqua dans quelle direction Sparta dirigeait son regard et sourit.

– Les montagnards consacrent beaucoup de temps à la prière, même si c'est par banderoles interposées.

Les hauteurs dénudées étaient pointillées de bâtons d'où pendaient des rubans où s'inscrivaient des formules rituelles.

L'engin poursuivit son vol jusqu'à une vaste pelouse cernée de gros chênes et de châtaigniers. Sparta rechercha une information dans sa mémoire eidétique. La vision de l'étendue de gazon, des arbres obscurs et, au-delà, des cimes enneigées qui surplombaient les vallées noyées dans les nuages lui paraissait familière.

– C'est ici qu'Howard Falcon s'est posé au terme de son voyage en ballon, dit-elle.

– Il est venu souvent, répondit Holly Singh. Ses racines indiennes sont presque comparables aux miennes, mais sa famille est restée exclusivement britannique.

Son humeur était joyeuse, comme si l'air vif des montagnes l'avait revigorée.

– Sans doute avez-vous vu un des documentaires tournés sur cet homme. Quand il cherchait des fonds pour construire le *Queen Elizabeth IV*, son moyen favori pour se faire des amis et influencer les indécis consistait à leur offrir une promenade en aérostat. Ils partaient de Srinagar et dérivaient le long de l'Himalaya pendant plusieurs jours, avant de se poser ici... au même endroit que nous.

L'hélicoptère prit contact en douceur avec le sol. Sparta entrevit au-delà des arbres une maison blanche avec de larges vérandas et de grands avant-toits, flanquée d'énormes rhododendrons en fleur : des vestiges de la fin de l'ère des dinosaures.

– Et chaque fois qu'il arrivait, nous invitions nos voisins et offrions du vin, un repas et des flatteries à ses invités.

Singh déboucla son harnais et sauta sur le sol avec légèreté. Sparta se pencha derrière son siège pour récupérer son sac puis l'imita. Ses chaussures s'enfoncèrent dans l'herbe souple.

– Mais je crains qu'aucune réception n'ait été prévue pour nous, ajouta Singh. Seulement un dîner en tête à tête.

Sur la vaste pelouse deux paons se pavanaient. Ils exhibaient leurs larges éventails de plumes bleues et vertes devant les paonnes qui erraient çà et là. Dans les hauteurs d'un cèdre, Sparta vit une aigrette blanche. Sur leur gauche, le soleil couchant embrasait le manteau de neige des montagnes.

Les deux femmes se dirigèrent vers la demeure, le médecin en tenue d'équitation et la policière en uniforme bleu impeccable. Un grand homme en veste et bandes molletières vint rapidement à leur rencontre, s'arrêta à quelques mètres et inclina sa tête enturbannée.

– Bonsoir, madame.

– Bonsoir, Ran. Peux-tu rentrer l'hélicoptère et porter le bagage de l'inspecteur dans sa chambre ?

– Immédiatement, madame.

Sparta tendit son sac au sikh qui répéta son mouvement de tête avec une raideur toute militaire.

– Je vous conduirai à votre chambre un peu plus tard, lui dit Singh. Je souhaite vous montrer quelque chose avant la tombée de la nuit.

Sparta la suivit dans les allées rafraîchies par l'ombre des châtaigniers. Entre les rangées régulières de vieux arbres et de buissons décoratifs apparaissaient d'autres bâtiments blancs. Quelques personnes se déplaçaient lentement dans leur cour intérieure en gardant la tête basse, comme coupées du monde extérieur.

– Le grand-père paternel de ma mère – dont le père avait fait fortune dans le commerce du thé – a fondé cet établissement qui était à l'origine un sanatorium pour les tuberculeux, expliqua Singh. Depuis que cette maladie a disparu, nous traitons les désordres neurologiques... ceux qu'il est possible de soigner. En dépit des progrès dont je vous ai parlé, certains mystères nous dépassent et nous devons nous contenter d'offrir un toit à ceux qu'il est impossible de guérir.

Singh quitta l'allée de gravier et la précéda au-delà de hautes haies de camélias odorants. Sparta n'eut pas besoin d'utiliser ses sens développés pour deviner où elles allaient, les relents devenaient plus forts à chaque pas.

– Mon grand-père a créé cette ménagerie, que

mon père a dû accepter de conserver lorsqu'il a épousé ma mère.

Elle sourit.

– Les contrats matrimoniaux d'antan incluaient de nombreuses clauses. J'ai fait rénover les lieux, qui servent désormais à la recherche.

Des abris bas en maçonnerie étaient visibles entre les arbres. Sparta identifia les odeurs qui lui parvenaient de chaque bâtisse : aigres pour les félins, sures pour les ongulés, sèches et automnales pour les reptiles. Dans une cage de fer forgé haute comme une maison de trois étages elle vit battre des ailes et la silhouette d'un aigle se découpa brièvement contre le ciel qui s'obscurcissait.

– De nombreuses espèces rares du subcontinent indien sont représentées ici. Si ça vous intéresse, vous pourrez revenir demain et y passer autant de temps que vous le désirez, mais ce soir...

Elle continua au-delà de la volière, vers un autre secteur.

Des singes et des lémuriens bondissaient et criaient dans leurs cages. Singh précéda Sparta vers l'extrémité de la rangée.

Les lieux étaient d'une conception simple et classique : un sol de béton en pente douce situé en contrebas avec des caniveaux pour permettre un nettoyage au jet rapide et, dans un angle, une trappe donnant dans la longue bâtisse de pierre qui longeait le fond de toute la section des primates.

Plus étonnants étaient les étrésillons et les poteaux en aluminium qui s'entrecroisaient dans la partie supérieure, à partir de deux mètres du sol jusqu'au sommet de la cage.

– Cette structure ne proviendrait-elle pas du *Queen Elizabeth* ? s'enquit Sparta.

– Du modèle réalisé pour l'entraînement des chimps. Ils ont été formés au centre de Ramnagar, mais j'ai récupéré tout cela et l'ai fait installer ici.

Sparta en eût demandé la raison si elle n'avait pas deviné la réponse.

Singh se tourna vers la trappe et cria :

– Steg ! C'est Holly.

Pendant un instant, rien ne se produisit. Il n'y avait que les ululements et les cris des autres primates. Puis une face timide aux yeux bruns écarquillés et aux lèvres étroites retroussées par la méfiance apparut dans les ombres.

– Steg ! C'est Holly. Holly veut dire bonjour à Steg.

L'animal hésita puis sortit lentement de son refuge. Il s'agrippa à la barre d'aluminium la plus proche et s'y hissa, pour s'y asseoir et examiner attentivement les visiteuses.

Sparta reconnut le chimp terrifié rencontré par Howard Falcon peu avant la disparition du *Queen*. L'ordre reçu : "Patron. Patron. *Va !*" lui avait permis de ne pas périr avec ses congénères.

– Chaque fois que je regarde un chimpanzé en face, je me vois rappeler qu'il est mon plus proche parent dans la chaîne de l'évolution, déclara Singh. Je pense pouvoir dire qu'aucun d'entre nous ne sait pour quelle raison au niveau fondamental, cellulaire, moléculaire, ils ne nous ressemblent pas plus et ne se comportent pas comme nous. Après plus d'un siècle de recherches intensives, nous ignorons toujours pourquoi nous avons des formes différentes – bien que nous reconnaissions l'utilité de ces divergences morphologiques – et ce qui nous rend sensibles aux mêmes virus sans en être pour autant affectés de la même façon. Nous nous demandons pourquoi les hommes lisent, écrivent et parlent en jonglant avec des phrases aux structures complexes alors qu'à l'état naturel les chimpanzés en sont incapables. En termes génériques, nos deux espèces sont pourtant si proches que nous seuls sommes capables d'établir une distinction.

Elle se tourna vers Sparta pour lui adresser un nouveau semblant de sourire.

– Je doute en effet qu'un extraterrestre, un visiteur venu d'un autre système stellaire, puisse relever des différences entre nous. Pas sur des bases biochimiques et sans instruments de mesure très précis, en tout cas. C'est la preuve que d'importants écarts d'évolution sont provoqués par des divergences physiques presque imperceptibles.

– Encore faut-il qu'elles soient positives, commenta Sparta en un murmure.

Singh écarquilla les yeux d'une fraction de millimètre puis reporta son attention sur l'animal craintif.

– Steg ! Viens dire bonjour à Holly.

Il s'avança lentement. C'était un mâle qui avait terminé sa croissance et les muscles saillants qui ondulaient sous son pelage noir satiné attestaient de sa forme physique. Il devait peser au moins dix kilos de plus que Sparta mais ses yeux étaient sans éclat, son regard vague.

Arrivé à mi-chemin, il manqua perdre l'équilibre et dut se retenir à l'étroite poutrelle. Il se figea sur place, n'osant continuer. Il dévisageait toujours Holly Singh, lorsqu'il reprit sa lente progression.

Finalement, il saisit le grillage de la cage à deux mains.

– Dis bonjour à Holly, fit-elle en articulant les mots.

Mais d'une voix très douce.

Les lèvres du chimp s'ouvrirent en une grimace et un son guttural s'échappa de sa gorge.

– Bbbbbb... bah, bah...

– C'est bien, Steg. C'est très bien.

Singh tendit le bras à travers les mailles métalliques pour gratter rapidement la tête de l'animal dont les poils sombres étaient divisés par une large balafre irrégulière de chair blanche visiblement récente. Elle glissa la main dans la poche de sa veste et en ressortit une chose brune et friable.

Steg dut faire un effort de volonté pour lâcher la grille. Il ouvrit les doigts de sa main gauche l'un après l'autre puis les tendit vers la nourriture, qu'il fourra avec avidité dans sa bouche sitôt après l'avoir saisie. Alors que les puissants muscles de sa mâchoire broyaient la friandise, il s'enhardit et dirigea ses yeux aux pupilles noires cernées de jaune vers l'inconnue, avec une curiosité que la crainte rendait pathétique...

– Il ne peut pas parler, déclara Sparta.

– Il a perdu toute possibilité de s'exprimer. Et de comprendre, si on excepte quelques ordres très simples, ceux qu'il a assimilés en premier. Et vous avez pu constater que ses fonctions motrices sont réduites. Nos neuropuces ne peuvent régénérer une telle masse de tissus cérébraux.

Elle soupira.

– Mentalement, Steg est l'équivalent d'un bébé d'un an. Mais il n'est pas aussi joueur, ni confiant.

Sparta leva les yeux sur l'armature qui reproduisait la structure interne du *Queen Elizabeth IV.*

– Ce décor ne lui rappelle-t-il pas des instants pénibles ?

– Bien au contraire. Steg et ses congénères ont vécu les meilleurs moments de leur existence dans un tel environnement.

Elle tapota les jointures de la main droite du singe, toujours crispée sur les mailles du grillage.

– Au revoir, Steg. Holly reviendra te voir.

Le chimp ne dit rien, mais il les suivit du regard quand elles s'éloignèrent.

*

Toute clarté avait quitté le ciel. Elles n'entendaient que les crissements du gravier sous leurs semelles, alors qu'elles suivaient un sentier à peine visible sous la faible lumière des petits lampadaires.

– Howard Falcon a été informé de la nature de mes travaux dès le début de mes expériences, précisa Singh. Je lui en ai parlé lors d'une de ces réceptions que nous donnions en son honneur. C'est suite à une suggestion fortuite d'Howard que le PDCI a été aiguillé sur la voie du succès, même si je doute qu'il s'en souvienne encore. Il a toujours eu trop de préoccupations à l'esprit pour y porter un intérêt personnel.

– Mais pourquoi le PDCI a-t-il retenu son attention ?

– Il savait que tout chimp est physiquement supérieur à un homme. A une ou deux exceptions importantes près, bien sûr. Un chimp adulte est plus rapide et fort que nos plus grands champions, mais notre espèce est mieux adaptée à la course et au lancer d'objets, et elle dispose d'un avantage appréciable non seulement sur eux mais sur toutes les autres espèces grâce à la conformation de ses mains. Mais tout laissait supposer que des chimpanzés convenablement préparés pourraient assister les humains en tant que partenaires à part entière dans des domaines qui bénéficieraient aux deux espèces.

– L'aérostation, par exemple ?

– Le *Queen Elizabeth IV* était déjà en cours de construction, quand Howard m'a fait part de son idée. Je pense l'avoir surpris en la prenant au sérieux. Il a rapidement fait comprendre à ses sponsors les avantages qui découleraient du fait de compléter l'équipage avec des chimps à l'esprit développé, capables d'évoluer dans l'armature de cet immense vaisseau qu'Howard a un jour comparé à une cathédrale volante.

– Evoluer ? répéta Sparta. Dites plutôt se charger des travaux les plus dangereux.

– Pour nous, pas pour eux, rétorqua Singh dont les yeux noirs brillaient dans la nuit. Nous avons toujours veillé à respecter l'éthique de notre profession, inspecteur, même si vous en doutez. Nous n'avions pas l'intention de créer une race d'esclaves. Les essais menés dans la reproduction du dirigeable nous ont confirmé que les chimpanzés étaient non seulement à leur aise mais très heureux, là-haut, au sein de ces structures. Nous n'avons pas déploré le moindre accident, fût-il sans gravité, pendant ces tests préliminaires dont certains ont pourtant été poussés très loin. Et il s'agissait de cobayes ordinaires.

Elles sortirent de sous les arbres et s'engagèrent sur la pelouse.

Sparta s'arrêta pour lever les yeux vers le ciel nocturne.

Les étoiles faisaient penser à du plancton luminescent. L'air limpide en révélait quatre ou cinq mille, et cent fois plus à quelqu'un qui possédait une vision aussi perçante que la sienne. Au nord-ouest les pics qui dépassaient des glaciers – les arêtes vives de la collision continentale que les siècles n'avaient pu encore éroder – étaient les avatars des soulèvements qui avaient de tout temps remodelé les reliefs de la Terre.

Au bout d'un moment Sparta se tourna vers l'autre femme.

– Falcon vient-il voir Steg de temps en temps ?

– Il ne nous honore plus de sa compagnie, désormais.

– Pourquoi dites-vous cela ?

– Il n'est pas revenu vivre en Inde, après l'accident survenu au *Queen*. En fait, il ne fréquente plus que les membres du cercle restreint constitué par ses collègues du projet *Kon-Tiki*. A cause de tous les moyens qu'ils ont mis en œuvre pour le sauver, sans doute.

14

Sparta s'éveilla dans une pièce au plafond élevé où se superposaient un siècle de couches de laque blanche, et les bulles d'air emprisonnées dans les vitres démesurées transmuaient le soleil en galaxies d'or en fusion entre des rideaux de dentelle poussiéreux. Elle ignorait où elle se trouvait...

Elle avait dix-huit ans et était gardée captive dans un sanatorium, étourdie par les réapparitions sporadiques de ses souvenirs et l'impact de ce que lui révélaient ses sens hyperdéveloppés. Son cœur s'emballait et sa gorge était douloureuse tant elle voulait hurler en entendant les murmures du Snark qui approchait avec à son bord l'homme chargé de l'assassiner.

Elle roula hors du lit et rampa sur le parquet ciré pour aller se blottir contre le mur. Nue, elle se recroquevilla sous l'appui de la fenêtre et *écouta...*

Loin en contrebas, dans les vallées profondes, les oiseaux nocturnes lançaient leurs appels et un million de petites grenouilles s'adressaient à la lune. La clarté de l'astre des nuits envahissait la chambre à travers les rideaux de dentelle.

Le jour ne s'était pas encore levé et elle n'était pas dans un sanatorium du Colorado mais dans la demeure du Dr Holly Singh, en Inde. La fraîcheur de l'air matérialisait son haleine dans le clair de lune. Le bruit qu'elle entendait n'était pas celui d'un Snark mais d'une Libellule biplace au moteur si silencieux qu'elle ne percevait en fait que le souffle de ses pales. En outre, cet appareil n'approchait pas, il décollait.

Sparta leva la tête pour regarder par la fenêtre la pelouse en pente douce. Son œil droit se riva sur l'engin qui s'élevait contre un décor de pics ombragés par la lune à cinq cents mètres de distance. Elle utilisa la fonction zoom et la bulle emplit son champ de vision. L'angle laissait à désirer car elle ne discernait que l'épaule gauche et le bras du pilote, mais après traitement par son cortex visuel l'image infrarouge devenait aussi lumineuse qu'en plein jour. Singh était aux commandes... cette femme ou quelqu'un qui lui ressemblait.

Sparta ne se sentit pas rassurée pour autant. Etait-ce vraiment Singh ? Si oui, où pouvait-elle aller en plein cœur de la nuit ?

Sparta soupira, une expulsion d'haleine spasmodique proche d'un grognement de colère, puis elle se releva d'un bond. Pendant un instant elle se révéla à quiconque surveillait peut-être sa chambre de l'extérieur, mais elle ressentait le besoin impérieux de lancer un défi à ses adversaires. Elle alla jusqu'au placard où étaient suspendus ses vêtements et enfila une combinaison de saut ajustée en polytoile noire et des chaussures assorties avant de regagner la fenêtre, sans faire de bruit ni se montrer.

Elle déconnecta le module d'alarme qu'elle avait collé à la vitre avant de se coucher. La fraîcheur de la nuit rétractait le châssis mobile qui remonta en crissant dans son encadrement sans opposer de résistance.

Elle se glissa au-dehors, redescendit le panneau de verre derrière elle et courut sur le toit en pente douce. Arrivée à l'angle de la véranda, elle testa la solidité du chéneau et s'y agrippa pour basculer en avant et se retrouver suspendue à un mètre du sol. Elle se lâcha et tomba sans bruit dans un parterre de chondrus.

Le clair de lune qui filtrait entre les arbres dessinait sur le sol des mosaïques bleues et noires, mais sa vision infrarouge lui révélait un paysage rougeoyant. L'herbe, les buissons et la terre irradiaient la chaleur solaire accumulée pendant le jour. Elle s'éloigna d'un pas rapide vers l'ancien sanatorium.

Elle fit une pause en voyant une forme blanche spectrale se déplacer dans les branches d'un cèdre, mais ce n'était qu'une aigrette qui avait été chercher refuge dans les hauteurs jusqu'au lever du jour.

Elle atteignit son but : quatre bâtiments bas en brique aux larges toits métalliques qui délimitaient une cour intérieure au centre occupé par un vieux châtaignier noueux. Deux bâtisses disposées face à face servaient de dortoirs et leurs chambres individuelles donnaient sur des vérandas. Une troisième abritait la buanderie, les cuisines et le réfectoire.

Elle *écouta* les respirations des hommes et des femmes au sommeil alourdi par les narcotiques mais poursuivit son chemin. Elle s'était fixé pour objectif le quatrième bâtiment, le centre de soins proprement dit.

A l'exception de la faible clarté jaunâtre des ampoules suspendues sous les vérandas, nulle lumière ne brillait. Sparta fit lentement le tour de la clinique en restant dans les ombres. Son œil en mode de vision rapprochée suivait le faîte du toit et les encadrements des fenêtres et des portes, à la recherche de caméras et de détecteurs.

Les systèmes de sécurité étaient très simples, presque rudimentaires : des bandes conductrices collées sur le pourtour des ouvertures. Elle jeta son dévolu sur une fenêtre en partie dissimulée par un rhododendron et ouvrit ses volets. D'une poche de sa combinaison elle sortit un outil en acier tranchant qu'elle utilisa en dosant la pression avec soin pour tracer un cercle dans la vitre, non loin de la poignée. Puis elle tapota ce disque de verre qu'elle fit choir dans sa paume. Elle venait de glisser le bras par ce trou pour doubler le circuit avec un fil de cuivre quand ses sondes digitales lui signalèrent qu'aucun courant n'y circulait.

Elle réfléchit une milliseconde et fixa malgré tout la dérivation avec du mastic aluminisé, au cas où le contact serait rétabli. Elle tourna la poignée. Ce châssis mobile opposa plus de résistance que celui de sa chambre et des particules de poussière et de vieille peinture plurent sur son visage et sa chevelure.

Elle se hissa sans peine sur l'appui, replia ses jambes et franchit l'étroite ouverture. Ses pieds touchèrent le plancher et elle se redressa. Elle était dans une petite pièce équipée d'un lit d'hôpital et d'un assortiment de matériel de diagnostic démodé, bien différent de ce qu'elle s'était attendue à trouver dans un établissement de soins privé. Laissant la fenêtre entrouverte, elle entreprit d'explorer les licux.

Les salles d'examen étaient disposées de chaque côté d'un long corridor. Le clair de lune qui pénétrait entre les lattes des volets et des portes, pour la plupart ouvertes, striait le vieux tapis central effiloché.

Sparta regardait de toutes parts en quête d'une source de chaleur, mais sans s'attarder pour autant. C'était dans le bureau de l'administratrice de cette clinique qu'elle espérait trouver les fichiers des patients. Les progrès de la micro-informatique permettaient de stocker l'équivalent d'un siècle de dossiers dans une pastille de la taille d'une pièce d'une roupie.

Au milieu du bâtiment, près de l'entrée, elle atteignit la seule porte verrouillée. Une plaque de cuivre gravée vissée aux lamelles annonçait "Dr Singh".

Elle renifla la fermeture magnétique rudimentaire. La disposition des empreintes lui révéla la combinaison, et une seconde plus tard, elle entrait dans la pièce.

Elle frissonna de fierté. Tout cela avait été si facile qu'elle n'avait pas eu à mettre véritablement ses talents à contribution. Duper les moniteurs photogrammiques par quelques pas de danse lui procurait une satisfaction intense, comme le fait de tout voir au sein de l'obscurité, de tromper les détecteurs de mouvement en modifiant le rythme de sa progression, de savoir grâce à son odorat qui avait séjourné dans telle ou telle pièce, et quand. Elle jubilait de pouvoir pratiquement passer à travers les murs.

Et elle était aux anges lorsqu'elle se connectait à un système informatique en plantant ses broches digitales dans les ports d'entrée et de sortie d'un ordinateur, pour le saigner de toutes les informations qu'il contenait : un sort qu'elle faisait à présent subir au micro à refroidissement par eau qu'elle venait de découvrir dans une paroi.

Pendant un moment, elle fut en transe. La saveur aromatique des grands nombres premiers qui se déversaient dans son crâne, son œil de l'âme, l'enivrait. Pour elle, jongler avec des chiffres s'apparentait à une expérience érotique. Le code de la clé qu'elle cherchait avait le goût et l'odeur des mandarines, la douceur d'une caresse, le son mélodieux d'une flûte de Pan. Elle plongea dans les banques de données, nagea avec souplesse au-delà des barrières dressées devant elle et trouva ce qui l'intéressait quelques secondes plus tard.

Elle rit, non des informations qui n'étaient pas risibles mais du plaisir intense procuré par son habileté. Ils lui avaient offert des pouvoirs qu'elle n'avait jamais sollicités ou acceptés, une puissance bien plus grande qu'ils ne le soupçonnaient.

Découvrir qu'elle pouvait voir et entendre, goûter et humer des choses imperceptibles pour le commun des mortels, et non seulement les détecter mais procéder à leur analyse chimique complète, l'avait tout d'abord effrayée. Forcer n'importe quel verrou électronique et communiquer directement avec les systèmes informatiques les plus complexes était tout aussi terrifiant mais encore plus utile, au même titre que sa mémoire illimitée et sa capacité d'effectuer si vite des calculs qu'il eût été impossible de suivre le processus au niveau du conscient.

Peu auparavant elle avait même eu la possibilité de sonder l'éther, de projeter sa *volonté* en la concentrant en un faisceau de micro-ondes, d'agir à distance. Plus qu'une simple commodité, cela lui procurait une sensation de toute-puissance.

Mais elle avait perdu ce pouvoir sur Mars. Les polymères d'apparence organique qui assuraient dans son ventre l'alimentation électrique d'un tel émetteur avaient été endommagés par l'onde de choc d'une bombe à impulsion. Des chirurgiens qui ignoraient la nature de ces implants s'étaient chargés d'achever l'œuvre de destruction.

On ne lui avait pas appris à dépendre de telles prothèses. Autrefois, ses parents lui disaient qu'elle devait avoir confiance en elle et lui répétaient sans cesse que le simple fait d'être humain permettait non seulement de surmonter les obstacles mais – à condition de l'être *pleinement* – d'aller bien au-delà. C'était avoir en soi le potentiel de triompher de tout.

Ce qu'elle lisait à présent dans les fichiers codés de Singh confirmait le soupçon qui avait grandi en elle depuis son départ de Mars. De nombreux cobayes humains avaient été victimes de cette femme. Un grand nombre étaient morts, les anonymes, les pauvres sans attaches, les orphelins... ceux que nul ne regretterait jamais.

Un cas retint plus particulièrement son attention.

> *Sujet féminin, 18 ans, taille 154 centimètres, poids 43 kilogrammes, cheveux bruns, yeux bruns, race blanche (origine anglaise)/*
> *diagnostic de schizophrénie paranoïaque confirmé par agence de transfert/*

la patiente se plaint d'hallucinations visuelles et auditives/
traitement prescrit : injections de neuro-amplificateurs/
apparition de complications au niveau du système nerveux autonome/
apnée/
forte température/
convulsions/
sujet décédé à 23 :34/
enlèvement du corps effectué selon les directives du conseil/
expédition vers contact d'Amérique du Nord sans incident/
fichiers revus et transmis...

Ce jour-là, ce mois-là, cette année-là. Et cette fille, une fugueuse sans nom que Singh avait trouvée dans un asile d'aliénés du Cachemire et ramenée dans sa clinique, était physiquement le double de Sparta. Ils n'avaient eu besoin que de cela, un corps ressemblant à celui de Linda N. Le traitement administré à cette malheureuse qui avait la malchance d'être son double était l'équivalent d'une exécution.

Huit ans plus tôt Sparta faisait partie des pensionnaires d'un sanatorium situé dans les montagnes Rocheuses d'Amérique du Nord. Elle y était restée captive, embourbée dans son passé, enlisée par l'impossibilité de conserver à l'esprit de nouvelles informations pendant plus de quelques minutes. Sa mémoire à court terme avait été supprimée de façon si radicale qu'elle ne pouvait même pas reconnaître son médecin traitant.

Mais cet homme aux traits constamment oubliés savait comment la guérir. Il l'avait fait en sacrifiant sa vie et, grâce aux précieuses secondes ainsi mises à sa disposition, elle avait pu s'enfuir dans le Snark à bord duquel était arrivé son assassin en puissance.

Ce n'était pas une coïncidence si à la même époque le Dr Holly Singh dirigeait un sanatorium situé dans d'autres montagnes, aux antipodes. Ce n'était pas non plus une coïncidence si on devait à Singh les neuropuces utilisées par le médecin compatissant pour rendre la mémoire à Sparta, ces techniques qui lui avaient fait perdre son statut d'être humain.

Et quand le *Queen Elizabeth IV* s'était écrasé dans le Grand Canyon avec son équipage d'hommes et de superchimps et qu'il avait fallu reconstituer le capitaine Howard Falcon, ce vieil ami d'Holly Singh, ce n'était pas non plus une coïncidence si les mêmes nanopuces avaient été employées pour restaurer ce qui pouvait l'être de son système nerveux. Naturellement, ses sauveteurs ne s'étaient pas contentés de lui rendre les capacités qu'il avait possédées autrefois.

Sparta, Falcon et Steg, le chimpanzé désormais invalide... tous avaient un point commun et étaient en quelque sorte apparentés.

Sparta copia la totalité du fichier dans ses mémoires et rétracta ses sondes. Elle resta debout dans ce bureau éclairé par la lune pour écouter les oiseaux exotiques pousser des cris plaintifs, un tigre tousser, des singes insomniaques jacasser dans la ménagerie.

Il existait dans le monde une puissance qui voulait faire des humains un simple maillon dans la chaîne de l'évolution, leur donner un statut identique à celui des primates et rendre futile toute distinction entre les deux espèces. Holly Singh servait les intérêts de ces gens et non ceux du Conseil des Mondes et du Bureau du Contrôle spatial, et encore moins ceux de ses patients.

Sparta sortit du bureau et suivit le corridor. Elle récupéra le fil électrique utilisé pour shunter le circuit d'alarme et referma la fenêtre avant de faire demi-tour et d'emprunter la porte. Peu lui importait d'affronter ses adversaires à présent ou dans la matinée. En tant qu'officier du Bureau spatial elle devaït procéder à l'arrestation du Dr Holly Singh. Cette femme et ses serviteurs n'étaient pas de taille à lui résister.

Humains et machines avaient vécu dans une symbiose de plus en plus grande au fil des décennies et Sparta n'était en fait qu'un des premiers exemples de ce qui adviendrait inévitablement : la fusion de l'homme et des mécanismes qu'il créait. Qu'était-elle, sinon un de ces hybrides appelés autrefois des cyborgs ?

Non, cria une jeune fille disparue à dix-huit ans mais toujours présente au fond de son être. *Je suis un être humain*. Cependant, elle était un être humain corrompu par le besoin croissant d'utiliser des prothèses destinées à compenser des déficiences inexistantes, ces ajouts greffés contre son gré par des individus quant à eux privés de toute humanité.

Elle avait vu croître en elle un phénomène de dépendance envers eux et peu importait qu'elle eût décidé de les employer uniquement pour le bien et le salut de l'humanité, découvrir ce qu'étaient devenus ses parents, trouver ceux qui les avaient peut-être assassinés, éliminer les êtres malfaisants qui lui avaient donné des pouvoirs à même de provoquer leur perte.

Elle aimait sa puissance.

En cet instant, elle n'avait peur de rien.

Sparta s'éloigna d'un pas décidé sur le chemin illuminé par la lune, certaine que ses sens extraordinaires l'informeraient de tout ce que pouvait dissimuler la nuit. Mais elle n'entendit pas la créature sortir furtivement des ombres derrière elle.

15

Elle sauta de la branche et se laissa choir sur le dos de Sparta, qui fut saisie d'angoisse quand l'odeur animale envahit ses narines et satura ses lobes olfactifs. Elle crut que les mains noires parcheminées et les bras puissants de son adversaire la décapiteraient. Des crocs jaunâtres labourèrent son cuir chevelu.

Le chimp était dix fois plus fort et rapide qu'elle. Sparta se démena et se contorsionna désespérément pour esquiver les dents du singe et se dégager de ses mains qui enserraient son cou. Elle roula et glissa hors de son étreinte. Le système nerveux central de ce pauvre Steg lui avait permis de progresser assez furtivement pour la surprendre, mais la coordination de ses mouvements laissait à désirer.

Faute d'avoir pu la tuer au premier essai, il se retrouvait à sa merci. Il s'enfuit et elle le prit en chasse. Alors que le chimpanzé terrifié courait et trébuchait sur le sentier, bras tendus devant lui pour sauter en prenant appui sur ses phalanges, il poussait des ululements d'angoisse qui furent aussitôt repris par tous les animaux encagés dans la ménagerie du Dr Holly Singh.

Quelque chose venait de se briser au plus profond de la jeune femme. Sparta avait déployé des trésors de patience au cours de ces dernières semaines et elle n'avait pas plus de compassion à accorder à cette malheureuse créature qu'Artémis à un cerf. Elle mit à contribution la souplesse et la rapidité qui auraient pu faire d'elle une danseuse pour effectuer un bond vengeur.

Dix mètres plus loin sur le chemin, elle sauta sur

le dos du primate qui fut projeté en hurlant sur le sol. Le fil électrique dont elle s'était servie pour établir une dérivation dans le système d'alarme de la clinique se resserra autour du cou du chimp et étouffa ses cris de panique.

Elle tira de toutes ses forces. L'agonie de l'animal fut brève.

La mort ! Sparta venait de s'abandonner au tourbillon qui l'aspirait. Elle lui avait résisté avec de moins en moins d'énergie et de conviction au fur et à mesure que les mois s'écoulaient. Jusqu'à cet instant, elle s'était refusé à suivre la voie de la violence mais il s'agissait d'une force irrésistible comparable à celle de la gravité qui l'avait entraînée vers un noyau de destruction en mouvement. Sur la Terre, Vénus, la Lune et Mars.

Et ses parents, décédés ou toujours en vie, avaient disparu. Laird, ou Lequeu – peu importait le nom qu'il portait à présent –, n'avait pas ménagé ses efforts pour les assassiner. Cela suffisait, et si cet homme demeurait pour l'instant hors d'atteinte, certains de ses complices étaient à sa portée. Elle attendrait avec impatience le retour d'Holly Singh, à présent qu'elle savait pourquoi cette femme s'était éclipsée.

Steg – capable d'assimiler des concepts plus complexes que ne le prétendait Singh – avait reçu pour instruction d'aller tuer Sparta. Il se dirigeait vers sa chambre, quand il l'avait vue sur le chemin. Une telle mort eût constitué un accident tragique et regrettable. Le Dr Singh eût versé des larmes et ils auraient abattu à contrecœur ce pauvre chimp à l'esprit dérangé. Mais celle qui lui avait donné cet ordre méritait bien plus que lui de connaître un tel sort.

Accroupie auprès du cadavre de l'animal, Sparta se redressa et le clair de lune se refléta dans ses yeux avec un éclat plus meurtrier que celui qu'elle avait vu dans ceux du singe. Elle, que la simple idée d'ôter la vie avait jusqu'alors horrifiée. Elle, qui avait consacré son existence à lutter contre les criminels pour les livrer à une justice équitable. Ses doigts serraient toujours le fil électrique d'où gouttait le sang d'un chimp handicapé alors que les cris plaintifs des autres animaux terrifiés emplissaient la nuit. Il y avait dans leurs gémissements moins que du chagrin mais plus que de la peur... l'annonce d'une autre mort violente.

Sparta explora son âme en quête de ses anciennes convictions et prit conscience que non seulement elle n'aurait aucun scrupule à tuer Holly Singh mais qu'elle jubilait à la perspective de commettre cet assassinat.

Ces pulsions meurtrières d'apparition récente lui faisaient découvrir les plaisirs ambigus de la chasse. Elle décida de ne pas assouvir immédiatement sa vengeance et de s'intéresser tout d'abord à un gibier plus important.

*

Une longue course le long de la crête dans cet air froid et raréfié la conduisit jusqu'à la ville de Darjeeling. Le soleil levant apparut derrière les montagnes qui la séparaient de la Chine. Elle regardait le paysage et les panaches de vapeur de son haleine, quand elle eut l'impression que la sphère de feu dorée lui lançait un défi, qu'elle la sommait d'oublier ses interrogations et de passer aux actes... qu'elle la métamorphosait. Sur sa droite elle avait le toit du monde, sur sa gauche l'univers habité et sa divinité qui lui adressait des messages sous forme de dards lumineux.

Après avoir fait quelques emplettes et un saut aux latrines situées derrière une boutique où l'on vendait des confiseries, elle fut prête à prendre le premier train en partance. Dans l'antique convoi ahanant qui descendait le long des terrasses des plantations de thé en direction des plaines, elle n'était qu'une touriste dépenaillée partie à la recherche de l'illumination et du *bangh*.

Lorsque le petit train atteignit son terminus, les pensées de Sparta avaient évolué. Tenir le rôle d'Ellen Troy, inspecteur du Bureau du Contrôle spatial, lui semblait désormais sans objet. Pour ce qu'elle comptait faire, porter un uniforme ne constituerait qu'une entrave. Elle traversa le quai de la gare et pénétra dans la cabine télématique la plus proche. C'était – ainsi qu'elle l'avait souvent démontré au cours de sa brève existence – un accès à l'argent, à la mobilité et à l'invisibilité. Ses lèvres constamment entrouvertes s'incurvèrent. Elle ne souriait que rarement, et son rictus était menaçant.

Le lendemain de son départ de Darjeeling, lorsqu'elle arriva au centre de transfert de Varanasi, elle avait des yeux marron, de longs cheveux raides aussi noirs et brillants que ceux du Dr Holly Singh, et un sari digne d'une maharani. Quand elle s'adressa au steward du jet hypersonique pour Londres, elle lui parla comme une speakerine de la BBC dont la voix possédait les intonations musicales propres aux natifs de l'Inde.

Mais dans le magnéplane qui reliait Heathrow à la City, trois heures plus tard, elle avait à nouveau une chevelure rousse bouclée et des yeux verts d'Irlandaise.

*

Le lendemain matin elle fut éveillée, ankylosée et transie de froid, par la pluie qui tambourinait sur les vitres de la petite fenêtre de son appartement. C'était le début de l'hiver, à Londres.

La vidéoplaque s'illumina sur l'image d'un jeune homme dont la bouche en cul de poule se refermait sur chacune de ses paroles comme sur des sucres d'orge.

– Ronald Weir, de la BBC, se présenta-t-il. Voici les nouvelles de la matinée. Le Bureau du Contrôle spatial vient d'annoncer la saisie du *Doradus*, un cargo découvert abandonné dans une région faiblement peuplée de la grande ceinture d'astéroïdes. Le *Doradus* avait fait l'objet de recherches intensives suite à la tentative de vol de la relique connue sous le nom de plaque martienne. Un porte-parole du Bureau spatial a déclaré que ce vaisseau disposait d'un véritable arsenal constitué d'armes ultramodernes dont la détention a été sévèrement réglementée par le Conseil des Mondes. Ses armateurs font l'objet d'une nouvelle enquête.

Le présentateur prit une autre feuille.

– En Ouzbékistan, région administrative de l'Asie Sud-centrale, les responsables religieux ont annoncé un cessez-le-feu après neuf années d'hostilités...

Sparta enfila une des robes et un des sweaters les plus simples de Bridget Reilly. Après un petit déjeuner sommaire composé de pâte de soja tartinée sur un biscuit de son, elle mit son imper élimé et partit dans la grisaille et la pluie en direction de l'agence de voyages de la City.

Sans saluer personne, elle suspendit le vêtement et son parapluie et alla s'asseoir à son poste de travail.

Nulle administration ou société n'était à l'abri de ses investigations électroniques. Comme du lierre sur un mur de pierre, son esprit atteignait toutes les fissures des façades de la bureaucratie et descellait patiemment tel fragment d'information ici et tel autre là, jusqu'au moment où des pans entiers d'obstination et de tromperie finissaient par s'effondrer.

Le Bureau du Contrôle spatial disposait de l'installation informatique la plus perfectionnée des mondes habités. A l'intérieur du quartier général de Terre Central, tout un service avait pour tâche d'assurer l'inviolabilité du système alors qu'un autre était chargé de réduire ses efforts à néant. Il n'existait qu'un seul moyen d'empêcher tout accès à un ordinateur : l'isoler, lui interdire d'échanger des informations... et les buts poursuivis par le Bureau spatial rendaient une telle mesure inapplicable.

Sparta n'était pas censée les connaître, mais les subtilités des méthodes de cryptage par nombres premiers et fractals lui étaient familières. Quand tout échouait, elle chargeait l'ordinateur enchâssé à l'intérieur de son crâne d'utiliser ses capacités de calcul pour trouver les mots de passe codés. Il lui suffisait ainsi de prendre son temps pour pouvoir consulter tous les fichiers protégés qui l'intéressaient. Modifier les autres ou en créer de nouveaux en fonction de ses besoins était bien plus aisé encore.

L'information était un océan au sein duquel elle pouvait évoluer librement.

16

– La Première Directive stipule qu'en cas de contact avec de nouvelles formes de vie les explorateurs humains devront prendre toutes les mesures nécessaires pour ne pas perturber l'existence de ces dernières ou simplement les déranger. Suivent des renvois en bas de page et des clarifications, mais c'est l'essentiel de ce texte.

– Un excellent principe, pour lequel nous avons milité sans ménager nos efforts.

Dexter Plowman ressemblait à sa sœur avec son visage émacié, ses sourcils en bataille et ses cheveux noirs tachetés de gris drus et crêpés.

– Avec succès, naturellement.

Blake et les Plowman marchaient d'un pas alerte le long d'une plage apparemment sans fin jonchée d'immondices. Sur leur droite le ressac de la couleur du thé venait s'effondrer sur le sable. De l'autre côté se dressaient les ruines gauchies et noircies d'Atlantic City.

Arista avait retrouvé son frère sur ce morne rivage qu'il voulait inspecter pour préparer l'argumentation de son prochain grand procès intenté contre l'administration, en offrant par la même occasion aux journalistes des opportunités de prendre quelques photogrammes. Les représentants des médias ne souhaitaient pas emplir leurs chaussures de sable et avaient préféré attendre sur l'aire de stationnement, ce qui permettait à Blake de bénéficier de l'isolement nécessaire pour exprimer son point de vue.

– Où je veux en venir, maître, c'est que la Première Directive a été promulguée à une époque où nulle preuve de vie autre qu'humaine n'existait dans le système solaire...

– Elles abondaient !

Blake crut l'entendre s'exclamer : *Objection, Votre Honneur !*

– Il y avait tous ces fossiles !

– Il est exact qu'une demi-douzaine de tels vestiges avaient été découverts à la surface de Vénus, mais les spécialistes estimaient qu'ils devaient avoir un milliard d'années, dater de l'époque lointaine où Vénus possédait des océans, un climat tempéré et une atmosphère comparable à celle de notre planète.

– Ce n'est pas l'essentiel, Redfield ! Il convient de fermer les portes *avant* que les pourceaux ne s'échappent. N'est-ce pas ce qu'ils ont dit ?

– Les chevaux, Dexter, marmonna sa sœur.

Il n'en fit pas cas.

– Ce n'est que plus tard que la plaque martienne a démontré que des extraterrestres avaient visité notre système et que ces découvertes spectaculaires ont été faites sur Vénus, ajouta-t-elle.

– J'étais alors à Port Hespérus, précisa Blake.
– Oh, vraiment ?
– Ma question est d'un ordre différent. Je me demande quelle est la véritable motivation...
– La motivation ! l'interrompit Dexter en donnant un coup de pied à un monticule de seringues. Il est logique qu'un ouvrier travaillant dans une station spatiale se soit adressé à nous parce qu'il se croyait infecté par des micro-organismes extraterrestres.
– Un beau fiasco ! ricana Arista. Vos prétendues preuves ont fait long feu, lors du procès.
– Nous avons perdu un fer, mais pas le cheval, rétorqua son frère.
– Vous avez été déboutés.
– Mais nous avons fait admettre ce *principe* ! Aucun contact prématuré entre humains et extraterrestres. Une quarantaine à observer en toutes circonstances. Une victoire éclatante de l'exo-écologie. Nous avons mis un frein à cette sale habitude de l'humanité qui consiste à foncer tête baissée et à jongler avec des choses qui la dépassent.
Il fit une pause pour racler le goudron qui venait d'adhérer à sa chaussure.
– C'est exact, maître. Cet ouvrier a perdu son procès mais le Bureau spatial n'a pu résister à la campagne que vous avez menée en faveur de l'adoption de la Première Directive, dit Blake.
Dexter parut apprécier : quel garçon brillant !
– En fait, leur service des projets à long terme s'est rallié à notre point de vue et a fourni un témoignage en notre faveur.
Blake hésita, le moment décisif approchait.
– L'homme dont vous avez entrepris de défendre les intérêts...
– Par une action collective, engagée au nom de tous les employés du Bureau spatial exposés à la contamination d'organismes extraterrestres infectieux.

– Infectieux mais inexistants, marmonna Arista.

– Nulle mesure n'a été prise à l'encontre de cet ouvrier qui avait pourtant entamé une action en justice contre ses employeurs, insista Blake.

– Nous y avons veillé !

– Le plus étrange, c'est qu'il a au contraire bénéficié d'une promotion accompagnée d'une augmentation de salaire substantielle moins d'un an après les faits.

Les sourcils broussailleux de l'avocat se haussèrent – oh, vraiment ? – mais il ne dit rien.

– J'étais curieux de savoir qui avait rédigé la Première Directive, continua Blake. Et j'ai découvert ce texte dans un mémo de Brandt Webster, qui comme vous devez le savoir est à présent le directeur adjoint du service des projets...

– Comment ? lança Dexter.

– Je vous demande pardon ?

– Comment avez-vous eu accès à ce document ?

– Grâce à, heu... un ordinateur domestique. La proposition de Webster est identique à celle qui a été adoptée plus d'un an plus tard. Je me suis demandé...

Dexter fronça ses sourcils épais et trébucha sur la carcasse d'une mouette.

– ...s'il n'avait pas collaboré avec Vox Populi pour rédiger le texte destiné au Conseil des Mondes.

Dexter lorgna sa sœur.

– C'est *possible*. Je ne pourrais pas vous le dire, il y a trop longtemps.

– Son supérieur hiérarchique avait rejeté cette proposition pour diverses raisons, dont le fait que dans des situations sans précédent les astronautes devaient disposer d'une totale liberté de jugement et d'action. En outre, il n'y avait à l'époque aucune preuve de vie dans le système solaire hors des planètes de type terrestre. Cinq mois plus tard un ouvrier du Bureau spatial vous confiait son dossier, dont j'ai des holocopies ici même...

Blake tapota sa sacoche en polytoile.

– Mmm. Plus tard, monsieur Redfield.

– J'ai aussi des doubles des documents que ce M. Gupta vous a fournis, des holos de la sonde *Jupiter* qui était censée avoir rapporté un organisme infectieux à la Base Ganymède et des microphotogrammes de ce prétendu virus. Je dispose également des rapports du médecin...

– Je m'en souviens parfaitement, l'interrompit Dexter avec irritation.

Mais son *objection* manquait de véhémence.

Un sourire mauvais incurva les lèvres de sa sœur.

– M. Redfield n'aura donc pas à te rappeler que l'organisme extraterrestre en question n'était que de la *S. cerevisiæ*, de la vulgaire levure dont des antibiotiques et une exposition à des rayons gamma avaient entraîné la mutation.

– Nous ne l'avons appris que bien plus tard, protesta Dexter.

– Quant à l'infection du système nerveux de cet homme, il s'agissait d'un herpès, ajouta Arista.

– C'est ce qu'a prétendu la défense.

– Et ce qu'ont cru les jurés.

– Mais nous avons fait la une des médias pendant des mois et permis à l'opinion publique de comprendre le plus important : l'existence de formes de vie extraterrestres dangereuses n'est pas à exclure. Pour reprendre les termes que j'ai employés à l'époque, mieux vaut prévenir que soigner...

– Guérir.

– ...et je n'ai pas changé d'avis depuis.

– Maître, je soupçonne ce Gupta d'appartenir à la secte dont j'ai parlé tout à l'heure, le Libre Esprit...

Les sourcils de Dexter bondirent.

– Ah, je vois ! Une conspiration !

Il prit brusquement sur la gauche pour contourner le déversoir d'un égout.

– Vous laissez entendre qu'on m'aurait manipulé afin de créer un climat qui permettrait à la Première Directive d'être retenue malgré les objections des sommités du Bureau spatial. Oui, oui, Redfield. Je comprends à présent pourquoi ma sœur a gobé avec tant d'empressement vos histoires. Mais vous avez oublié un détail.

– Et ce serait ? demanda Arista.

– Le mobile !

Objection !

– En quoi le fait de prendre des mesures destinées à protéger les hommes contre des germes extraterrestres pourrait-il profiter à ces *prophètes* ?

– En rien, monsieur.

– S.G.D.G. ! triompha Dexter.

– C.Q.F.D., marmonna Arista.

– Mais tel n'est pas le résultat de la Première Directive, précisa Blake d'une voix douce. Elle impose en fait à un explorateur de se sacrifier plutôt que de nuire ou simplement de gêner toute créature extraterrestre.

– Même si c'est un *insecte*, grommela Arista. Ferme-la une minute, Dexter. Cesse de te tenir sur la défensive et contente-toi d'écouter.

Le frère et la sœur se foudroyèrent du regard. Dexter cilla le premier.

– Allez-y, Redfield, dit Arista.

– Quand j'ai infiltré le Libre Esprit, j'ai appris que les croyances des membres de cette secte sont fondées sur des textes très anciens qui constituent, à leurs yeux, les chroniques des séjours que des extraterrestres auraient autrefois effectués sur notre monde. Ce qu'ils appellent leur Connaissance indique l'emplacement approximatif de l'étoile d'origine de ces êtres et aussi en quel lieu et à quel moment le Pancréateur doit revenir nous voir.

– Et ce serait ?

– Sur Jupiter. Dans deux ans.

Ils s'arrêtèrent. Devant eux la plage était jonchée

de petites formes purpurines semblables à des sacs en plastique.

– Qu'est-ce ? demanda Dexter. Les détritus laissés par des pique-niqueurs inconscients ?

– Des méduses, maître. Veillez à les éviter. Elles sont urticantes.

– Merci du conseil.

Dexter enfonça ses mains dans les poches de son manteau. A présent qu'ils étaient immobiles et muets, le vent semblait les cingler avec plus de vigueur.

– Pourquoi l'Institut Vox Populi devrait-il s'intéresser à ces fanatiques, Redfield ?

– Ces cinglés, marmonna Arista.

– Pour deux raisons, maître. Ils ont pris les rênes du pouvoir et consacrent une partie de l'argent des contribuables au financement de leur culte, si vous voulez considérer la situation sous l'angle financier. Depuis un siècle, trois cent vingt-six sondes ont été lancées dans les nuages de Jupiter. Dans deux ans et dans le cadre de l'expédition *Kon-Tiki*, un être humain ira pour la première fois explorer ce monde.

– Je ne nie pas que ce soit un gaspillage éhonté des deniers publics, mais n'est-ce pas le propre de tous les budgets scientifiques ? Des escrocs et des illuminés qui s'engraissent sur le dos des gens.

Blake préféra ne pas en discuter.

– Mais que se passera-t-il si une entité extraterrestre attend *effectivement* dans les nuages de Jupiter ? La Première Directive interdit d'établir tout contact avec elle.

Dexter secoua la tête.

– C'est de la folie !

– Que les prophètes soient des fous ne signifie pas que leurs croyances sont sans fondement. Les bribes de leur Connaissance qu'ils m'ont fait partager sont assez convaincantes.

– Qu'ils aient tort ou raison, il faut les empêcher de nuire, intervint Arista.

– Et *comment* vous proposez-vous d'y parvenir, Redfield ?

– Je suis heureux que vous m'ayez posé cette question, maître...

Ils firent demi-tour et revinrent le long de la plage. Le vent glacial et fuligineux qui avait soufflé dans leur dos cinglait à présent leurs joues et leurs yeux, en les assourdissant. Blake dut crier pour exposer ses projets.

Lorsqu'ils atteignirent l'aire de stationnement où quelques journalistes attendaient en frissonnant d'apprendre quelle serait la prochaine action en justice que Dexter intenterait contre les institutions, l'avocat était non seulement convaincu du bien-fondé des projets de Blake mais il songeait déjà au crédit qu'il pourrait en tirer.

– Comme je le dis souvent, Redfield, déclara-t-il, on ne fait pas d'omelette sans rompre des œufs.

– Et l'œuf, c'est moi, affirma gaiement Blake pendant qu'Arista levait les yeux au ciel.

QUATRIÈME PARTIE

LE MONDE DES DIEUX

17

Deux ans plus tard...

Le ravitailleur rétracta un peu trop tôt les conduites et un nuage d'oxygène s'échappa dans l'espace où il gela aussitôt. Sur la console du capitaine Chowdhury les nombres s'affolèrent. Nulle alarme ne se déclencha, car aucun élément important n'avait été endommagé, mais le *Garuda* devrait consommer plus de carburant que prévu pour conserver sa position stationnaire.

L'officier ravala un juron.

– *Garuda* à *Sofala*. Voilà un parfait exemple de ce que j'appelle une séparation lamentable. Apprenez votre boulot, avant de revenir.

– C'est votre responsable du ravitaillement qui n'est pas à la hauteur, rétorqua sèchement le capitaine du *Sofala*. Souhaitez-vous réclamer l'arbitrage d'un expert ?

Chowdhury hésita un instant – le rapport masse-carburant était à peine inférieur à la norme – avant de répondre plus posément :

– Ce sont tous des incapables. Contentez-vous de vous écarter sans à-coups, d'accord ?

L'homme du *Sofala* s'abstint de tout commentaire. Le ravitailleur remonta en douceur vers Ganymède.

Chowdhury coupa la liaison. Il devrait en toucher deux mots à l'homme mis en cause mais nul dégât n'était à déplorer et il avait pour l'instant d'autres sujets de préoccupation.

Il se demanda quel démon il avait bien pu oublier d'honorer avant d'appareiller de Ganymède à bord de ce tas de ferraille au nom pompeux, un mois plus tôt. Ce qui aurait dû n'être qu'un simple travail de routine malgré tout le tapage fait autour de leur chargement – après tout, son rôle se bornait à maintenir ce remorqueur reconverti en position stationnaire derrière Amalthée, la petite lune de Jupiter – l'avait confronté à tous les pépins, coups du sort et accrocs qu'il avait réussi à éviter en vingt ans de carrière passés à louvoyer entre les satellites de la planète géante.

*

Ses ennuis étaient dus à Sparta. Elle avait inséré ses sondes digitales dans un des microprocesseurs du système de surveillance du plein pour prolonger ce dernier d'une seconde, avant de rétablir les paramètres initiaux. Le contrôle qu'effectuerait Chowdhury ne révélerait aucune anomalie.

Sparta *écoutait* l'échange de paroles entre les deux capitaines – en filtrant les vibrations de l'appareil – alors qu'elle s'enfonçait plus loin dans les ombres des canalisations.

Elle empruntait les tunnels d'accès les plus étroits pour grimper vers son antre aménagé dans le renfoncement d'un bloc propulseur auxiliaire du *Garuda*. La graisse noire qui maculait son visage mettait en relief l'éclat de ses yeux. Elle progressait dans les passages exigus et obscurs en utilisant ses sens de l'ouïe et de l'odorat autant que celui de la vue qui lui révélait dans les infrarouges le halo ensanglanté des entrailles métalliques du vaisseau. Elle atteignit son nid avant que les mouvements de roulis dus à la séparation brutale ne se soient interrompus.

Dans une station spatiale ou une colonie satellitaire, elle aurait pu se fondre dans la population qui dépassait souvent 100 000 âmes – comme à Base Ganymède – mais à bord d'un appareil où ne vivaient que vingt-huit individus elle devait se cacher. Elle dissimulait sa masse supplémentaire, peu importante mais suspecte, en provoquant une succession d'incidents divers lors des pleins et autres ravitaillements.

Pendant un mois, depuis l'appareillage du *Garuda*, elle avait vécu l'existence d'une proscrite dans le petit espace qui s'ouvrait derrière l'écoutille de service de ce module de propulsion. Emaciée et sale, elle avait peu d'opportunités de procéder à un semblant de toilette et aucune de nettoyer sa combinaison et ses sous-vêtements. A deux reprises, elle avait couru le risque d'en subtiliser dans le recycleur, en les remplaçant par les siens. Elle avait chapardé de la nourriture dans les magasins à la moindre occasion et grappillé des déchets. Son alimentation réduite à la portion congrue se composait principalement d'éléments nutritifs présentés sous des formes peu appétissantes : jus de raisin déshydraté, extraits de levures salés, chips de tofu congelées...

Mais elle s'était munie d'un tube de Striaphan, des centaines de petits cachets blancs qui fondaient comme du sucre sous sa langue.

*

Le *Garuda* était le vaisseau porteur du *Kon-Tiki*. Dix-huit mois plus tôt, ce vieil appareil qui avait croisé pendant dix ans dans le secteur de Jupiter n'était encore qu'un remorqueur sans prétention doté d'un aménagement spartiate pour ses trois membres d'équipage. Ses constructeurs n'auraient pu désormais le reconnaître. On trouvait dans ses cales de fret des installations destinées aux passagers, petites mais luxueuses – cabines individuelles, réfectoire, salle de jeux, clinique, dépôt de vivres – et la capacité de ses centrales de production d'air et d'énergie avait été décuplée, celle de ses cuves de carburant chimique triplée. En son centre, le *Garuda* se hérissait tel un oursin d'antennes et de pylônes de télécommunications.

Sa modification la plus spectaculaire était le poste de contrôle de la mission, une vaste salle circulaire qui scindait en deux l'appareil et le ceignait d'un anneau de baies vitrées sombres sous le dôme de la passerelle. Dès le lancement du *Kon-Tiki*, trois équipes composées d'un directeur de vol et de cinq techniciens se relaieraient aux consoles pour suivre son vol sans interruption.

Et à présent que le *Sofala* était venu ravitailler le *Garuda* en carburant, le *Kon-Tiki* s'en détacherait dans seulement quelques heures.

*

Privée de poids et recroquevillée en position fœtale dans les ténèbres, elle *écoutait* le compte à rebours...

Le *Kon-Tiki* avait été emporté sur l'orbite de Jupiter en proue du *Garuda*, auquel il s'accouplait par son sas principal. Sparta entendit des écoutilles claquer et se verrouiller. Elle perçut la vibration transmise par les sabots de fixation qui se rabattaient et la secousse due à la séparation. Puis il y eut le sifflement des propulseurs auxiliaires de contrôle d'assiette de l'ex-remorqueur qui compensaient la légère poussée imprimée par les moteurs de la sonde jovienne lors du désaccouplement.

Sparta se représenta le *Kon-Tiki* qui s'éloignait

lentement du *Garuda*, dissimulé sous ses capots et boucliers thermiques.

Les deux engins se trouvaient à mille kilomètres des rochers et de la glace d'Amalthée, dans l'ombre de cet humble satellite. Falcon verrait bientôt Jupiter se lever sur l'horizon de la petite lune, mais la planète géante resterait invisible du *Garuda* tout au long de la mission. Dès la fin de la manœuvre de séparation et quand tous les systèmes auraient été vérifiés, le *Kon-Tiki* mettrait à feu ses rétrofusées et entamerait une très longue chute.

L'apogée de la quête d'Howard Falcon.

Celle de Sparta avait été plus personnelle et pénible, au cours de ces dernières années. Figée dans le noir, elle se contentait d'*écouter* alors qu'approchait l'instant de son triomphe et que sa conscience entrait en phase avec des rêves sinistres et des souvenirs faussés...

*

– *Ça va, ma chérie ?*

Cette question pleine de sollicitude vient d'être posée par une femme rubiconde et corpulente aux mains démesurées. La façon dont cette ex-fermière roule les R trahit ses origines du Sommersetshire. Elle garde les bras refermés sur un ballot de linge.

La fille cille et lui sourit, gênée.

– Est-ce que j'ai remis ça, Clara ?

– Dilys, je crains que tu ne finisses tes jours dans cette buanderie, si tu ne perds pas cette habitude de dormir debout.

Elle fourre les draps sales dans la gueule de la machine à laver industrielle.

– Sois gentille et va prendre les autres dans le panier, d'accord ?

Dilys se penche pour saisir le linge dans les profondeurs du réceptacle. A l'aplomb de sa tête s'ouvre un conduit qui grimpe sur trois niveaux jusqu'au dernier étage de la demeure campagnarde.

Clara hausse un sourcil.

– Si je ne te savais pas aussi innocente, je te suspecterais d'écouter ce qui se passe dans les chambres. Ce conduit permet de tout entendre, comme tu as déjà dû t'en rendre compte.

Dilys la fixe en ouvrant de grands yeux.

– Oh, je ne me le permettrais jamais !

Et un rire secoue l'opulente poitrine de l'autre femme.

– Ce serait d'ailleurs sans intérêt, à cette heure de la matinée. Il n'y a là-haut que Blodwyn et Kate, qui nous balancent tout ça.

Elle prend les draps que lui tend Dilys et les met dans la machine. Lorsqu'elle referme le hublot de verre, ses yeux marron brillent de malice.

– Mais ces simples bouts de toile peuvent t'apprendre bien plus de choses sur nos pensionnaires. Regarde, Mlle Martita n'a pas dormi dans son lit. Pourquoi ?

Elle en déplie un autre.

– Voici un indice. Ce Jurgen n'est pas le bœuf qu'il paraît être.

– Je ne comprends pas.

– Je parle de la différence qui existe entre un bœuf et un taureau, ma chérie.

– Clara !

– J'oublie toujours qu'une fille de mineur connaît mal les réalités campagnardes.

Elle roule le drap en boule et le pousse dans la machine.

– Mais cesse de rêvasser. Je veux que les nappes et les serviettes soient pliées et repassées à mon retour.

Dilys suit du regard le large dos et les hanches encore plus impressionnantes de la femme qui monte l'escalier. Au lieu d'entreprendre le repassage, la fille brune et svelte tombe en transe. Bien qu'éloignée du conduit vertical, elle fait ce dont Clara l'a accusée. Elle *écoute*. Elle ne désire pas apprendre qui couche avec qui. Elle ne s'intéresse pas à ces choses mais aux conversations des invités que Lord Kingman a réunis dans sa demeure pour le week-end. Des voix lui parviennent de l'entrée...

– *A l'ouest, le gibier abonde... nous devrions le laisser aux autres, ne pensez-vous pas ?*

Le timbre plein de distinction d'un homme d'un certain âge : Kingman.

– *Je sais que vous nous trouverez des cibles pleines d'intérêt, Rupert.*

Quelqu'un de plus jeune, dont les propos révèlent l'impatience qu'il dissimule sous son affabilité.

– *Je ne vous décevrai pas... ahh...*

Kingman baisse la voix, son intonation s'aigrit.

– *Voici venir l'Allemand.*

En bas, dans la buanderie, la fille brune reste figée, dans un état second. Ici, on tolère sa conduite singulière car les Gallois ont depuis longtemps une réputation romantico-mystique... et Lord Kingman paraît avoir un faible pour les *merch deg*. Mais sous sa perruque sombre elle a des cheveux blonds, ses yeux sont bien plus pâles qu'ils ne le semblent, et le maître de céans serait surpris s'il découvrait l'amertume qui la ronge.

Dans tout le système solaire, Sparta est la seule à savoir que Kingman a été le capitaine du *Doradus*, cet homme et ses amis exceptés.

UN VAISSEAU PIRATE DANS L'ESPACE, ont proclamé les médias. S'adonner à la piraterie entre les planètes est naturellement impossible. Sans parler des problèmes pratiques posés par la poursuite et l'arraisonnement d'un cargo, où pourrait-on se dissimuler ensuite ? Pas dans les parages des lunes et des mondes habités, en tout cas. Quant à la Grande Ceinture, elle n'a aucun point commun avec la mer des Caraïbes. Ses astéroïdes sont minuscules et privés d'atmosphère, et pour y rendre la vie possible il faudrait procéder à des travaux d'aménagement très coûteux qui ne pourraient passer inaperçus.

Le *Doradus* n'est donc pas un vaisseau pirate mais un engin de guerre armé en prévision d'un conflit avec le Conseil des Mondes. Dans tout le système solaire, moins d'une douzaine des cutters rapides du Bureau spatial sont dotés d'armes offensives. Dans ce contexte, le *Doradus* a constitué une force redoutable. Que son secret a été bien gardé ! Que le Libre Esprit doit regretter sa perte !

Comme l'ont raconté les médias, son certificat d'immatriculation est normal et au-dessus de tout soupçon. Il appartient à une banque des plus respectables, la Sadler de Delhi, qui a avancé les fonds nécessaires à sa construction. Suite à la banqueroute et à la saisie des chantiers navals, la Sadler a récupéré son bien et chargé une compagnie de navigation réputée de le gérer. Cette firme a loué le *Doradus* à une société minière des astéroïdes qui s'en est servie pour effectuer des navettes régulières entre Mars et la Grande Ceinture. Pendant cinq ans ce vaisseau a rapporté un profit non exceptionnel mais appréciable.

Il s'est cependant avéré que les identités des dix officiers et membres d'équipage inscrits sur son registre étaient fictives. Nul n'a pu identifier les quatre cadavres abandonnés sur Phobos lorsque le capitaine du *Doradus* a jeté bas le masque.

Il n'existe apparemment aucun lien entre ces hommes et la société minière qui paraît les avoir engagés en toute bonne foi, la compagnie de navigation, la banque et les chantiers navals.

Sparta sait qu'organiser une telle mise en scène n'a été possible que grâce à la complicité d'individus haut placés à l'intérieur du Bureau du Contrôle spatial. En utilisant ses méthodes d'accès aux médias électroniques, elle s'est frayé un chemin jusqu'aux services d'investigation de cet organisme et a pris connaissance presque en même temps que Terre Central des résultats de la perquisition du *Doradus*.

Son arsenal comprenait "12 missiles pour cibles passives de type SAD-5, sans numéros de série; 24 torpilles munies de têtes HE à détonateur de proximité, sans numéros de série et d'un modèle jusqu'alors inconnu; 4 fusils à répétition Tooze-Olivier adaptés pour une utilisation dans l'espace; 24 chargeurs de 24 munitions de type antipersonnel; 2 balles à pointe de cuivre de calibre 9mm datant d'au moins un siècle..." Des munitions pour un vieux pistolet, la preuve qu'un membre de l'équipage collectionnait des armes anciennes.

Un des directeurs de la banque Sadler, l'homme qui s'est chargé de régler les problèmes posés par la banqueroute des chantiers navals puis de confier la gestion du *Doradus* à la compagnie de navigation, est un amateur fervent de telles antiquités, un Anglais de bonne famille nommé Kingman.

Les enquêteurs du Bureau spatial relèveront ce fait tôt ou tard, lorsqu'ils étudieront avec ténacité toutes les possibilités, mais peut-être ne lui accorderont-ils pas autant d'attention qu'il le mérite. L'approche de Sparta a été plus intuitive et directe. Son curriculum vitae emprunté à une fille bien réelle qui vit à Cardiff et s'appelle Dilys a résisté à l'examen pourtant minutieux de l'intendant de la résidence de Kingman. Sparta a fait en sorte qu'une place soit vacante.

Peu après son arrivée dans la propriété, elle a obtenu la confirmation de sa supposition en bavardant avec ses collègues volubiles qui lui ont parlé longuement d'un célèbre ancêtre de leur employeur, un officier britannique qui a pris un pistolet comme trophée à un soldat allemand lors de la bataille d'El-Alamein : un Luger aux munitions identiques à celles oubliées à bord du vaisseau pirate.

A présent, "Dilys" écoute jusqu'au moment où les voix qui lui parviennent à travers les murs décroissent. Kingman et son invité du week-end sont partis chasser. La jeune fille revient vers la montagne de linge à repasser. Elle a la certitude qu'elle disposera sous peu de toutes les explications, qu'elle apprendra avant le lendemain les derniers secrets des prophètes...

*

A bord du *Garuda*, Sparta s'agita et entrouvrit les paupières. Le Striaphan, qu'elle prenait en quantités de plus en plus importantes depuis près de deux ans, réduisait sa vie émotionnelle à une colère sourde mais ne diminuait pas ses capacités de perception et de calcul... lorsqu'elle était assez éveillée et forte pour les mettre à contribution. Mais des pulsations ébranlaient son crâne et sa bouche était pâteuse. De longues secondes lui furent nécessaires pour se rappeler où elle se trouvait et pourquoi tout était glacial, obscur et malodorant dans ce minuscule réduit.

Puis la chaleur de la colère chassa une fois de plus sa froidure intérieure. C'était le *Kon-Tiki* qui venait de la réveiller.

Le *Kon-Tiki* qui avait entamé sa descente.

18

La chute entre l'orbite d'Amalthée et la limite supérieure de l'atmosphère jovienne ne durerait que trois heures et demie... plus quelques minutes nécessaires à l'acquisition d'une inclinaison qui permettrait d'éviter l'étendue de débris des anneaux diaphanes de la planète. Même avec ce détour, le trajet serait bref.

Peu d'hommes auraient pu dormir pendant un tel voyage. S'abandonner au sommeil était une faiblesse qu'Howard Falcon exécrait, mais il ne pouvait totalement s'en passer et il devait alors affronter les cauchemars que le temps n'avait pas exorcisés. Il lui serait cependant impossible de prendre du repos lors des trois jours à venir et il devait tirer parti de l'opportunité que lui offrait cette descente vers l'océan de nuages visible 96 000 kilomètres en contrebas.

Dès que le *Kon-Tiki* fut sur son orbite de transfert et que les contrôles informatiques confirmèrent que tout fonctionnait normalement, il se prépara à dormir. Il allait au-devant de périls impensables et savait que ce serait peut-être son dernier somme. Quand l'appareil pénétra dans l'ombre monstrueuse de la planète géante et que Jupiter éclipsa un soleil lointain au point d'en être minuscule, il trouva le spectacle approprié aux circonstances. Pendant quelques minutes le vaisseau évolua au sein d'un étrange crépuscule doré puis un quart du ciel fut occupé par un immense trou noir ouvert dans un univers d'étoiles.

De n'importe quel point d'observation à l'intérieur du système solaire leur disposition restait immuable, on voyait les mêmes constellations que de la Terre à des millions de kilomètres de distance. Ici, les seules différences étaient les croissants pâles de Callisto et de Ganymède. Une douzaine d'autres lunes traversaient le ciel, mais elles étaient trop petites et lointaines pour qu'il pût les voir à l'œil nu.

– Tout est normal, ici, annonça-t-il aux contrôleurs restés à bord du *Garuda*, dans la sécurité offerte par le bouclier d'Amalthée. Je compte fermer boutique pendant deux heures.

– Roger, répondit le directeur de vol.

Ce mot qui datait des balbutiements du programme d'exploration du système solaire aurait pu sembler anachronique et incongru, ainsi prononcé dans un anglais fortement teinté d'accent thaï, mais certaines expressions américaines ou russes étaient depuis longtemps devenues aussi courantes dans l'espace que les vieux termes nautiques sur les sept mers de la Terre.

Falcon brancha l'inducteur de sommeil et s'abandonna aux rêveries qui précèdent ce dernier. Son cerveau, qui stockait toutes les informations reçues pour les communiquer au conscient par associations d'idées en des instants tels que celui-ci, lui rappela l'étymologie du nom de la lune qui venait de lui offrir sa protection : il signifiait "tendre", doux et aimant. Dans sa caverne de Crète, Amalthée, la nymphe caprine, avait nourri de son lait Zeus enfant... ce dieu grec que les Romains assimilaient à Jupiter.

Pendant longtemps la lune la plus basse de la planète géante, découverte après les quatre satellites rendus célèbres par Galilée et baptisés des noms d'autres personnages mythologiques proches de Zeus, avait simplement été connue en tant que Jupiter V. Ce corps spatial possédait une utilité, tel un bulldozer cosmique il récoltait les particules radioactives qui rendaient les parages du grand monde malsains. Son sillage était presque exempt de radiations et de débris solides, et derrière son bouclier le *Garuda* pourrait attendre aussi longtemps que nécessaire sans avoir à redouter cette pluie mortelle.

Telles étaient les pensées de Falcon alors que les impulsions électriques le berçaient et que le *Kon-Tiki* tombait vers Jupiter en acquérant de la vitesse dans ce champ gravitationnel intense. Il s'endormit et sombra dans un sommeil pour l'instant sans rêves. Les songes arriveraient plus tard, peu avant son réveil. Il avait apporté avec lui ses cauchemars.

Il ne rêvait jamais de l'impact lui-même mais se

retrouvait souvent en face du superchimp terrifié rencontré pendant que les réservoirs de gaz cédaient de toutes parts. Un seul simp avait survécu, mais Falcon ignorait lequel. L'état de ceux qui n'avaient pas été tués sur le coup était si désespéré qu'il avait fallu mettre un terme à leurs souffrances et il se demandait parfois si l'unique rescapé n'était pas celui auquel il avait ordonné de remonter. Dans son univers onirique, c'était toujours celui-ci qui apparaissait devant lui. Il s'interrogeait. Pourquoi ne rêvait-il que de cette créature et jamais de ses congénères, ou des humains qui avaient disparu en même temps que le *Queen* ?

Les cauchemars qu'il redoutait le plus et débutaient sitôt qu'il entamait son retour vers la conscience ne s'accompagnaient d'aucune souffrance physique. A vrai dire, il ne ressentait rien. Il se retrouvait dans des ténèbres où il n'entendait aucun son. Il *ne* respirait *pas*...

...chose plus étrange encore, il ne pouvait localiser ses membres. Il les sentait, les percevait et les bougeait, mais il eût été incapable de les situer dans l'espace...

Le premier obstacle qui céda fut le silence. Après des heures, ou des jours, il remarqua des pulsations à peine audibles qu'il attribua après mûres réflexions aux battements de son cœur. La première d'une longue série d'erreurs.

Vinrent ensuite les picotements, les vagues lueurs, les illusions de contact sur ses membres toujours spectraux. Ses sens réapparaissaient l'un après l'autre, accompagnés par la souffrance. Il lui fallait tout réapprendre.

Il avait d'un bébé l'impuissance et les aspects rebutants qu'apportent le lait aigre et les couches souillées. Sans doute eût-il adressé de nombreux sourires à sa maman, s'il avait su comment procéder et qui était sa mère. Puis vint le jour où il fit ses premiers pas, et tous s'extasièrent quand il traversa la moitié de la chambre en faisant des embardées avant de se replier brusquement sur lui-même. C'était pareil à chaque fois. Réadaptation physique, pour citer le terme qu'ils employaient.

Mais sa mémoire n'avait pas été altérée. Elle semblait intacte, car il comprenait tout ce qu'on lui disait – des mois avant qu'il pût répondre autrement que par des battements de cils à leurs questions (mais pourquoi se penchaient-ils vers lui sous ces foutues lumières, ces projecteurs aveuglants disposés en cercle au plafond ?).

Le souvenir de ses triomphes était très net dans son esprit : lorsqu'il avait prononcé son premier mot... pressé pour la première fois le pavé numérique d'un livre-puce... puis, finalement, qu'il s'était *déplacé*. Une translation effectuée dans l'espace réel (celui d'une chambre d'hôpital) et non dans celui créé par son imagination, en mettant à contribution ses capacités physiques. Cela relevait véritablement de l'exploit et avait réclamé près de deux ans d'intenses préparatifs.

Il enviait souvent les superchimps. Ils avaient suivi la même voie que lui et étaient morts, alors qu'il vivait toujours et devait poursuivre ses efforts. Il n'avait pas le choix. Les médecins, ses proches amis, prenaient les décisions à sa place.

Et à présent, bien des années plus tard, il se retrouvait en un lieu où nul être humain n'était venu avant lui. Il tombait vers Jupiter à une vitesse que nul homme n'avait jamais atteinte.

*

Sparta l'accompagnait vers la planète lumineuse, mais en esprit seulement. Ses yeux étaient brûlants et les battements de son cœur déchiraient sa poitrine. Elle n'avait pas dormi depuis une vingtaine d'heures mais tous ses sens, ordinaires et extraordinaires, restaient en éveil, à leur plus haut degré d'efficacité.

Son corps lui hurlait son impérieux besoin d'être soulagé de la *souffrance* infligée par cette luminosité insoutenable, ses sens et son imagination. Elle chercha le tube à tâtons, fit sauter son bouchon et le secoua. Mais les cachets adhéraient les uns aux autres et refusaient de céder à ses désirs dans ce milieu en apesanteur. Elle déploya ses broches digitales et les utilisa comme leviers.

La drogue fondait lentement sous sa langue. La clarté devint moins vive, les fruits de son imagination acquirent un statut de simples souvenirs : réminiscences oniriques ou songes remémorés...

*

Dilys s'arrête pour écouter.

A l'exception du gardien de nuit et de son assistant qui font des rondes à l'extérieur de la demeure, tout le personnel est épuisé et a cédé au sommeil. A l'étage, les derniers convives en ont finalement fait autant.

Les chasseurs sont restés longtemps absents. Kingman et le nommé Bill ont battu les bois à l'est de la propriété pour ne pas risquer de rencontrer le gros Allemand... le partenaire du Dr Holly Singh.

Cette femme qui ne s'est même pas donné la peine de changer d'aspect ou de nom. Dilys s'est demandé si les autres ont conservé eux aussi leur identité véritable, et l'arrivée tardive d'un dernier invité lui a permis de répondre affirmativement à cette question. Il s'agit en effet de Jack Noble, l'homme qui a disparu après que la tentative de vol de la plaque martienne se fut soldée par un échec.

Au retour des chasseurs, les bois s'obscurcissaient et les ombres d'octobre s'étiraient dans la prairie.

Le cuisinier devait préparer un dîner pour six

mais le maître d'hôtel, une bonne et un domestique suffiraient pour assurer le service. Inexpérimentée, Dilys a pu ainsi rester dans sa petite chambre de l'aile réservée au personnel et regarder la vid jusqu'au moment où l'épuisement a eu raison d'elle.

Elle a essayé d'*écouter* les conversations, mais après le dîner Kingman et ses amis se sont certainement retirés dans une pièce insonorisée de l'ancien manoir. Au sein du fracas des cuisines proches Dilys a filtré des bruits de pas sur des marches de pierre, des bruissements de longues robes, un crissement de gonds métalliques et les grondements d'une porte aux lourds battants. Mais rien d'autre.

Elle est restée assise dans sa petite chambre tant que les autres membres du personnel se sont affairés dans la demeure, et elle a réfléchi. Tout indiquait qu'il existait sous la construction un lieu qui n'avait pas été porté sur les plans, ces fragments de parchemin de la fin du XIVe siècle, lorsque ce qui deviendrait un jour la résidence de Kingman avait un statut d'abbaye sur la route des pèlerins. Si la pièce enfouie dans la terre datait de cette époque, ses architectes et bâtisseurs avaient bien gardé le secret. Si elle avait été creusée par la suite, entrepreneurs et ouvriers avaient fait preuve d'autant de discrétion.

Comment était-ce possible ? Grâce à de vieilles méthodes sans doute toujours en vigueur. Combien d'inspecteurs des services de l'équipement, d'historiens et de prétendus archéologues avaient-ils brusquement connu la richesse ou une mort prématurée après s'être intéressés à ces vieilles pierres ?

Epuisée par quatorze heures de lavage et de repassage, Dilys n'a pu résister à la fatigue. Elle s'est endormie pour ne s'éveiller qu'à présent, dans un silence profond.

Elle sort de sa petite chambre et traverse la grande cuisine où flottent des odeurs de graisse et de détergent – le clair de lune pénètre par les hautes fenêtres plombées et se reflète sur les casseroles, les marmites et les lames des couteaux accrochés aux murs – puis elle s'engage dans la dépense pour atteindre le couloir de service qui longe la grande salle à manger.

Ici, une porte s'ouvre sur un étroit escalier, celui qu'elle les a entendus emprunter. Rien n'en interdit l'accès. Elle pousse le battant et descend les marches en hélice, dans de profondes ténèbres.

La chaleur irradiée par les murs de pierre lui permet de voir son chemin dans les infrarouges. Des casiers à bouteilles et des barriques ont été rangés contre les murs et quelqu'un est venu peu auparavant balayer la poussière et enlever les toiles d'araignée. Sous ses pieds, les dalles du sol ont été lavées et cirées. A l'extrémité opposée de la vieille cave à vins elle voit une seconde porte, non verrouillée. Ici, dans leur place forte, les conspirateurs ont laissé la confiance prendre le pas sur la prudence.

Elle franchit le seuil et descend d'autres marches de pierre, plus fraîches que les précédentes. Dans ce boyau souterrain la température reste constante en toute saison. Elle discerne des formes révélées par la luminescence rougeâtre de la radioactivité de la Terre.

Elle arrive au bas des marches et hume des odeurs de parfum et de sueur. A leurs senteurs, elle reconnaît Kingman et ses invités. Là... des spectres flottent au-dessus du sol : six robes blanches suspendues au mur qui irradient encore la chaleur corporelle de ceux qui les ont portées.

Devant elle il y a une nouvelle porte. Celle-ci est métallique. Elle l'effleure du bout de sa langue et perçoit par l'entremise de ses papilles la froideur et l'aigreur du bronze. Des empreintes encore tièdes et donc visibles subsistent sur le battant qui n'est autrement qu'un rectangle de noirceur au sein d'une pénombre ensanglantée.

Elle hume l'air, examine les marques de doigts qui refroidissent, *écoute*.

Elle exerce une pression. Un souffle d'air frais s'échappe de la salle souterraine. La réverbération du bruit de ses pas lui fournit une indication de ses dimensions.

Pour mieux voir ce qui l'entoure, il lui faut de la lumière. Elle place sa main en coupe sur la torche électrique qu'elle transforme ainsi en lanterne sourde. Son halo lui révèle une pièce octogonale de grès pâle d'une extrême simplicité. Les lieux font penser à une église privée de nefs latérales et de transept, plus haute que large. Le sol est de marbre noir, poli et nu.

Sur huit côtés, des piliers de pierre élancés s'élèvent pour supporter une voûte élevée contreboutée par des arcs brisés qui se rejoignent en son centre. Entre ces arcs, le plafond est peint en bleu si soutenu qu'il paraît noir sous la faible clarté rougeâtre. Des étoiles dorées à huit pointes le décorent. Les plus petites ont la taille d'une tête de clou, la plus grosse est une cible d'or ayant les dimensions d'un ombon de bouclier qui occupe le point central.

Une architecture gothique, de la dernière période, ce style appelé flamboyant en France et perpendiculaire en Angleterre. L'ouvrage est d'époque, ce n'est pas une copie, mais il ne s'agit pas d'une ancienne église. La disposition des étoiles qui ornent sa voûte le démontre.

Elle est dans un planétarium où est représenté le ciel austral, avec la Croix du Sud en son centre. Grâce aux confidences de Blake, elle connaît la nature de ce lieu. La voûte est semblable à celle de la dernière salle du sanctuaire parisien des prophètes où il a terminé son initiation.

Elle se déplace lentement dans ce lieu privé de fenêtres et d'ornements, et elle remarque que les étoiles dorées se reflètent sur le sol de marbre noir comme dans les profondeurs d'un puits.

Et là, au centre de la surface polie, elle voit l'unique objet décoratif, à l'aplomb de la Croix du Sud. Une pierre ronde, sculptée. Elle écarte sa paume de la torche et braque le faisceau de blancheur sur...

Une tête de Gorgone. Méduse.

Ce n'est pas la représentation classique d'une jolie femme avec des serpents en guise de cheveux mais un masque d'horreur en grès archaïque aux traits accentués et peint de couleurs vives – rouge, bleu et jaune – scellé sur le marbre : des yeux fixes, une large mâchoire, des défenses de sanglier incurvées, un cuir chevelu sur lequel grouillent des vipères.

La Mort.

La salle parisienne dont lui a parlé Blake datait du Siècle des Lumières et était surplombée par une gigantesque statue d'Athéna au piédestal (ô comble de calme et d'exubérance apolliniens !) constitué par un orgue. Mais sous l'égide de la déesse de la Sagesse, elle découvre à présent la tête d'une Gorgone.

Les prophètes vénèrent la Connaissance, *Agia Sophia,* Athéna et Méduse, la Sagesse et la Mort. Quiconque voit le visage de Méduse est transmué en pierre. Refuser la Connaissance, c'est mourir.

Elle pourrait devenir la plus grande d'entre nous.

S'opposer à nous, c'est s'opposer à la Connaissance.

La fille émaciée qui baisse les yeux sur les traits de la déesse ne partage pas ce point de vue. Sous ce masque de pierre repose quelque chose qui possède une valeur incommensurable pour ceux qui l'ont installé en ce lieu.

Si confronter la sagesse est mourir, la mort est la porte de la sagesse.

La plaque est lourde, mais elle la soulève aisément. La crypte doublée de grès blanc qu'elle découvre au-dessous n'est pas plus large ou profonde que la dalle qui la ferme mais elle contient des objets dissimulés sous un linceul de toile. Elle le retire. L'épieu de lumière transperce les ténèbres, et elle voit...

Un calice de fer où est représenté le dieu des Tempêtes. Hittite, antérieur à la Méduse sculptée, vieux d'au moins trois mille cinq cents ans.

Deux papyrus égyptiens, presque aussi anciens.

Les petits squelettes de deux bébés humains, des os que la patine du temps a teints en ivoire. Origine inconnue. Epoque indéterminée.

Une puce de données, noire, brillante et contemporaine.

*

– Contrôle de mission à *Kon-Tiki*, annonça le directeur de vol, Meechal Buranaphorn. Temps écoulé : trois heures dix minutes au top sonore. Et voici le bip... Guidage, je voudrais un rapport verbal.

– La descente atmosphérique est conforme aux prévisions.

– Médical ?

Le responsable répondit par le com.

– Tout est normal. L'électrocardiogramme indique que Falcon va émerger d'une deuxième phase de sommeil.

Le délai de réception des signaux en provenance du *Kon-Tiki* n'était pour l'instant que d'un vingtième de seconde mais il ne cessait de croître. Les ondes devaient transiter par des satellites en orbite temporaire, car le bouclier d'Amalthée dressé entre le *Garuda* et la planète géante faisait écran aux communications directes.

Les six contrôleurs de vol étaient allongés dans des harnais au-dessus de leurs vidéoplaques. Par les baies aménagées sur le pourtour de la salle circulaire pénétrait un faux jour solaire, le reflet renvoyé par un paysage spectaculaire de glace et de roche piqueté et accidenté. Ils voyaient une extrémité de la lune oblongue qui s'étendait sur des douzaines de kilomètres comme un moulage de plâtre convexe de la Vallée de la Mort. A la bordure de son horizon blanc sale un halo rouge orangé réfractait le reflet de Jupiter. De ce point d'observation ils ne pourraient à aucun moment voir la planète, seulement assister au retour triomphal du *Kon-Tiki*.

Malgré le luxe relatif de ses nouvelles installations, le *Garuda* était fort exigu pour cinq membres d'équipage et vingt et un contrôleurs, scientifiques et techniciens. Quand Howard Falcon avait été à bord, le total s'élevait à vingt-sept passagers. Sans compter un individu inscrit sur la liste d'embarquement mais considéré par tous comme une quantité négligeable quoique exaspérante et encombrante.

Et la mouche du coche prit la parole depuis son siège d'où elle pouvait surveiller les faits et gestes du directeur de vol. Tous les membres de l'expédition voyaient en cet homme le représentant d'une meute de chiens de garde accrédité par le Bureau du Contrôle spatial en tant qu'observateur, une place pour laquelle deux cents journalistes n'auraient pas hésité à s'entre-tuer.

– Consommables, pourriez-vous m'accorder un instant ? Mes calculs ne correspondent pas tout à fait à votre estimation du taux de consommation d'oxygène à bord du *Kon-Tiki*. Je voudrais une confirmation.

Sa voix et ses manières étaient celles d'un collecteur d'impôts.

Le contrôleur mis en cause n'émit pas de protestations. Sans rien dire, il pressa quelques touches. La mouche du coche les avait tous soumis à de telles humiliations, au cours des semaines écoulées depuis que le *Garuda* avait appareillé de Ganymède.

La mouche qui se faisait appeler Redfield grogna quand les nombres se mirent à défiler sur son écran. Blake ne fit pas de commentaires. Il n'y prêta pas vraiment attention, il ne s'y intéressa même pas.

En suivant ses directives, les Plowman avaient lancé une offensive de relations publiques... "Quis custodet custodies ?" avait demandé Arista, confiante dans son latin comme seuls peuvent l'être les prêtres et les avocats. Dexter avait exposé le problème de façon plus prosaïque : Qui eût chargé un chien de veiller sur des œufs ?

Face à l'insistance de Vox Populi et à cet argument, le Bureau du Contrôle spatial s'était vu contraint de céder. Après maintes intrigues et négociations – les Plowman n'hésitaient jamais à prendre le public à témoin sitôt qu'une situation s'enlisait –, il avait été convenu qu'un observateur impartial d'une organisation telle que la leur aurait libre accès aux diverses facettes du programme *Kon-Tiki*, du début à la fin des opérations.

Blake avait envie de sourire, lorsqu'il se rappelait avec quel empressement le Bureau spatial avait cédé à de telles exigences. Mais ce n'était pas risible, car une douzaine d'individus devaient être au courant de la véritable nature de ses activités et sans doute n'attendaient-ils qu'une occasion de l'éliminer. En outre, même ceux qui ne connaissaient pas le fond de cette affaire souhaitaient être débarrassés de lui.

Mais il était toujours là, à les interroger et les surveiller sans cesse, parfois pendant deux tours de garde successifs ou plus, sans dormir.

Ils ignoraient ce qu'il voulait. Son attitude était hostile, la leur aussi.

Ses réflexions teintées d'amertume furent interrompues par le responsable des télécommunications.

– Contrôle de vol, nous avons Howard en ligne.

19

Le *Kon-Tiki* émergeait de l'ombre de Jupiter dont l'aube dessinait dans le ciel un arc de lumière démesuré, quand le bourdonnement insistant du réveil tira Falcon de son sommeil. Les cauchemars inévitables (il voulait appeler une infirmière mais n'avait pas la force de presser le bouton) s'effacèrent de son esprit. Une aventure fantastique – et peut-être fatale – était sur le point de débuter.

Il appela le Contrôle de mission à bord du *Garuda,* qui était désormais distant de près de 100 000 kilomètres et continuait de descendre sous l'horizon de Jupiter, pour annoncer que tout était en ordre. Sa vitesse venait de franchir le cap des cinquante kilomètres par seconde (dans les zones supérieures de l'atmosphère d'une planète, c'était un exploit digne de figurer dans le *Livre des Records*), et dans une demi-heure le *Kon-Tiki* se heurterait à une résistance qui ferait de cette entrée la plus périlleuse à ce jour.

Des vingtaines de sondes avaient survécu à l'épreuve du feu, mais il s'agissait en l'occurrence de blocs d'instruments compacts capables de supporter plusieurs centaines de G. Le *Kon-Tiki* en subirait au maximum une trentaine, avec une moyenne supérieure à dix, avant de se stabiliser dans les couches supérieures de l'atmosphère.

Avec soin et minutie, Falcon entreprit d'installer les systèmes compliqués qui l'assujettiraient aux parois de la cabine. Un simple filet n'aurait pu suffire, en de telles circonstances. Lorsqu'il eut terminé d'assembler les derniers tubes et entretoises, de brancher les circuits électriques et les jauges de tension et de fixer les amortisseurs, il faisait partie intégrante de la structure de son vaisseau.

Sur le chronomètre de la console, les nombres défilaient en ordre décroissant. Cent secondes avant l'entrée. Pour le meilleur ou pour le pire, il n'avait plus le choix. Dans une minute et demie il atteindrait une atmosphère palpable et ne pourrait plus échapper à l'attraction de la planète géante.

Le compte à rebours se poursuivait : moins trois, moins deux, moins un, zéro.

Rien ne se produisit.

Le chrono repartit dans l'autre sens – plus un, plus deux, plus trois –, puis un soupir spectral s'éleva au-delà des parois de la capsule et s'amplifia régulièrement pour devenir un rugissement aigu assourdissant. Les prévisions étaient fausses de trois secondes, un écart négligeable quand les inconnues étaient si nombreuses.

Les bruits différaient de ceux entendus à bord d'une navette qui plongeait vers la Terre, Mars ou même Vénus. Dans cette atmosphère raréfiée d'hydrogène et d'hélium, les sons étaient plus aigus de deux octaves. Sur Jupiter, même le tonnerre grondait avec une voix de fausset.

Cette pensée l'eût fait sourire, s'il en avait eu la possibilité.

L'augmentation du volume sonore s'accompagna de celle de son poids. Il fut bientôt dans l'incapacité de se mouvoir. Son champ de vision se réduisit et finit par ne plus couvrir que le chronomètre et l'accéléromètre. Encore quinze G et quatre cent quatre-vingts secondes. Il resta conscient, comme prévu.

La traînée embrasée que le *Kon-Tiki* laissait derrière lui devait être spectaculaire. Elle avait plusieurs milliers de kilomètres de long, désormais. Cinq cents secondes après l'entrée dans l'atmosphère, les G commencèrent à décroître : dix, cinq, deux... Puis la sensation de poids disparut. Falcon tombait en chute libre.

Une brusque secousse ébranla l'appareil quand les vestiges incandescents du bouclier thermique furent largués. Les capots aérodynamiques sautèrent au même instant. Jupiter pouvait se les approprier, à présent qu'ils avaient terminé leur travail. Falcon démonta certains éléments de son système d'immobilisation afin d'avoir une liberté de mouvement plus grande à l'intérieur de la capsule – sans réduire pour autant sa communion avec la machine – et il attendit que le séquenceur automatique eût lancé la série de manœuvres suivante.

Il ne put voir le premier parachute de freinage jaillir de la queue de l'appareil mais perçut une légère secousse. La vitcssc diminua aussitôt. Le *Kon-Tiki* interrompit sa translation horizontale pour tomber à la verticale, à près de quinze cents kilomètres par heure.

La suite des événements dépendrait de ce qui se passerait pendant les soixante secondes à venir.

Le deuxième parachute caudal fut libéré. Falcon regarda par le hublot placé au-dessus de sa tête et vit, à son grand soulagement, un nuage de toile miroitant s'enfler derrière l'appareil. Telle une fleur démesurée qui s'ouvrait, les milliers de mètres cubes de l'enveloppe du ballon emplissaient le ciel, gonflés par les gaz présents dans l'atmosphère.

La chute du *Kon-Tiki* se réduisit à quelques kilomètres par heure puis resta constante. A présent, Falcon avait du temps devant lui. A cette allure, il lui faudrait des jours pour descendre jusqu'à la surface de Jupiter.

Mais il finirait par l'atteindre, s'il n'intervenait pas. Tant que la densité du gaz contenu par l'enveloppe serait identique à celle de l'atmosphère extérieure, le ballon ferait office de simple parachute et resterait privé de force ascensionnelle.

Avec un craquement caractéristique, le petit réacteur à fusion se déclencha et commença à réchauffer les gaz. En cinq minutes l'appareil interrompait sa chute, en six il remontait. D'après les indications fournies par l'altimètre, il se stabilisa à un peu plus de quatre cents kilomètres de la surface... ou de ce qui était considéré comme tel sur une planète gazeuse.

Dans une atmosphère d'hydrogène, le plus léger des gaz, un seul type d'aérostat pouvait demeurer dans les airs : un ballon à hydrogène chaud. Tant que la torche fonctionnerait, Falcon resterait dans les hauteurs et dériverait au-dessus de ce monde cent fois plus vaste que l'océan Pacifique. Après être allé par étapes jusqu'à cinq millions de kilomètres des mers de la Terre, le *Kon-Tiki* justifia enfin son nom. Il devint un radeau aérien parti à la dérive sur les courants de l'atmosphère jovienne.

*

En tombant vers Jupiter, Falcon était passé de la pénombre angoissante de ses songes à une clarté solaire triomphale. Dans sa cachette puante du *Garuda* et à l'ombre d'Amalthée, Sparta vivait toujours ses cauchemars...

"Dilys" a besoin d'un interface pour lire cette puce de données. Cinq minutes après la découverte de la crypte, elle est de retour dans la cuisine et s'assied devant l'ordinateur domestique. Le terminal a été installé trop près du fourneau et l'écran est recouvert d'une pellicule de graisse, de même que le clavier. Mais elle le pénètre avec ses broches digitales et sent les fourmillements du flux d'électrons. Elle insère dans la machine la puce subtilisée dont le contenu est copié dans son cerveau antérieur.

Elle fait rouler cette balle épineuse d'informations dans un espace mental multidimensionnel, à la recherche de sa clé. Si cette masse de données s'apparente à du charabia, on y trouve des répétitions. Le code d'accès n'est pas aussi simple qu'un grand nombre premier. Sa géométrie complexe échappe à toute analyse pendant de longues secondes. Puis une image se forme dans l'esprit de la jeune femme. Il lui est familier, ce maelström dans lequel ses rêves l'ont si souvent entraînée...

...mais elle le voit à présent en plongée et les tourbillons grumeleux des nuages de Jupiter lui apparaissent aussi nettement que si elle regardait un pot de peinture remuée lentement : des traînées d'orange et de jaune emportées dans des spirales blanches.

Des panoramas d'informations s'ouvrent devant elle.

Elle tombe dans les nuages... non, elle s'élève en leur sein comme un oiseau. Des ondes radio intenses la traversent et la réchauffent... une sensation si familière qu'elle s'accompagne d'une douce souffrance, la nostalgie de ce qu'elle pouvait autrefois ressentir dans sa chair.

Tout cela l'éblouit, la désoriente, l'enivre quelque peu. Elle se ressaisit pour conserver son objectivité et donner un sens à ce qu'elle découvre.

Ce sont les données transmises par une sonde. L'en-tête du fichier lui indique où et quand a été pris cet enregistrement. Elle vit ce qu'a "vécu" cet appareil par l'entremise de ses capteurs, ses objectifs, ses antennes et ses compteurs de radiations.

L'expérience s'achève. Brusquement, comme lors d'un changement de plan dans une vid, elle se retrouve ailleurs.

Une salle d'opération. Un essaim de lumières au-dessus des têtes. Un picotement douloureux dans tout le corps, du ventre aux extrémités des orteils et des doigts. Est-ce *elle*, sur ce billard ? Son agonie sur Mars a-t-elle été enregistrée et la revit-elle ? Non, c'est un autre lieu, un autre... patient. Les médecins prennent leur temps.

Ils sont invisibles, derrière leurs masques, mais

elle peut les sentir. Il ne reste plus guère de chair et de sang, sur la table chirurgicale, et ces restes pitoyables sont maintenus en vie par une installation compliquée de plastique et de métal... des machines qui remplacent des organes disparus. Des systèmes de maintien de la vie temporaires ? Des prothèses permanentes ?

Un bond. Nouveau fichier.

Falcon. Elle *est* cet homme. Elle/Il teste ses membres, et ses sens. Une expérience macabre... une méthode de rééducation physique des plus primitives. Ses progrès sont évalués par des mouchards internes...

Elle fait un nouvel effort pour séparer sa conscience de la tranche de vie dans laquelle elle est immergée. Elle partage ce que ressent Falcon, mais cet homme ne sait pas qu'il est épié, enregistré. Il ignore qu'on a implanté un espion à l'intérieur de son crâne.

Fascinée, elle subit avec lui son traitement, élongations et flexions douloureuses de membres et d'organes remplacés. Elle découvre en même temps que lui ses capacités restituées et décuplées. Ses yeux... désormais dotés d'une vision microscopique et télescopique, sensibles aux ultraviolets et aux infrarouges. Son odorat... capable de fournir des analyses chimiques instantanées. Sa sensibilité aux ondes radio et aux radiations. Son ouïe qui peut *écouter*...

Il est comme elle. Mais en plus performant. Un nouveau modèle amélioré. Détecteurs plus sensibles. Meilleurs microprocesseurs. Elle bout de colère, de jalousie.

Un bond. Nouveau fichier.

Une simulation de vol, en bas dans les nuages tournoyants d'une géante gazeuse, une planète qui ne peut être que Jupiter. Des données visuelles et autres, transmises par des sondes. Vents supersoniques. Boues d'hydrocarbures. Variations de température, de pression... tout cela vu de l'intérieur du cerveau de Falcon. Et elle partage son expérience, elle évolue avec lui dans ce milieu.

Elle découvre la douce chaleur d'une émission radio...

...puis un son, un chant, un chœur qui résonne et atteint sa poitrine, en jaillit, et cela lui communique une sensation de plénitude de plus en plus intense ainsi qu'un besoin impérieux qui l'ébranle. Car le Chant est la Connaissance, et la Connaissance permet de savoir que, finalement, *Tout sera bien...* Malgré le Sacrifice et à cause de lui, cette immolation indispensable est attendue dans la sérénité et la joie. Une voix, celle du Dieu des Nuées, se réverbère de toutes parts :

– Souviens-toi du Commencement.

Elle s'abandonne aux délices et à l'extase de la simulation. Comme Falcon. Il recherche lui aussi l'abandon total, final...

– Souviens-toi du Commencement.

Puis elle comprend. La colère et la jalousie prennent le pas sur tout le reste alors qu'elle communie avec l'esprit de l'homme qui a pris *sa* place, l'usurpateur dont ils ont fait un être qui lui est supérieur.

Elle interrompt l'afflux de données et retire la puce du terminal, ses sondes digitales des prises. Elle arrête l'appareil, rongée par un dépit et une rage incontrôlables.

20

Tout un monde nouveau s'offrait à son regard mais Falcon dut attendre plus d'une heure avant de pouvoir l'admirer. Il lui fallait tout d'abord vérifier les systèmes et s'assurer qu'ils répondaient aux commandes, puis faire des tests pour déterminer quelle chaleur permettait d'obtenir la force ascensionnelle désirée et quelle quantité de gaz il convenait de libérer pour redescendre. Le problème de la stabilité était capital et il lui restait à régler la longueur des suspentes reliant la capsule à l'énorme ballon piriforme afin d'amortir les vibrations et de se déplacer sans à-coups.

Il avait eu de la chance. A cette altitude les vents étaient réguliers et le Doppler qui sondait la surface invisible de la planète géante lui indiquait que sa vitesse relative était de 348 kilomètres par heure, modeste pour un milieu où des déplacements d'air à 2 000 kilomètres par heure avaient été observés. Mais la rapidité était en soi secondaire car les véritables dangers provenaient des turbulences. S'il pénétrait dans l'une d'elles, il ne pourrait compter que sur son habileté et son expérience conjuguées à une réaction immédiate pour s'en tirer. Et ce n'étaient pas des paramètres qu'il pouvait programmer à ce stade dans l'ordinateur de bord du *Kon-Tiki*.

Il attendit d'avoir obtenu la confirmation qu'il avait l'appareil bien en main pour prêter attention aux responsables du Contrôle de mission qui le pressaient de passer à la suite du programme. Il déploya alors les pylônes hérissés d'instruments de mesure et d'analyseurs d'atmosphère. La capsule qui ressemblait à présent à un sapin de Noël décoré sans symétrie dérivait en douceur sur les vents joviens et transmettait des flots de données aux enregistreurs du *Garuda*, et il eut enfin le loisir de regarder autour de lui.

Sa première impression fut quelque peu décevante, ainsi basée sur des souvenirs personnels de la Terre. Toute proportion gardée, il aurait pu faire de l'aérostation au-dessus des nuages de l'Inde. L'horizon ne paraissait pas plus éloigné que sur son monde natal. Il ne pouvait croire qu'il se déplaçait sur une planète au diamètre onze fois plus important. Il sourit et effectua une correction mentale, car un coup d'œil au radar infrarouge qui sondait les strates atmosphériques venait de lui confirmer à quel point il était aisé d'induire en erreur les sens d'un être humain.

Les souvenirs qui lui servaient de référence changèrent de nature. Il voyait désormais Jupiter comme des centaines de sondes automatiques l'avaient fait avant lui. Les nuages qui paraissaient n'être qu'à cinq kilomètres de distance se situaient en fait douze fois plus bas. Et l'horizon, qu'il eût estimé à environ deux cents kilomètres, se profilait à près de 3 000.

La clarté cristalline de l'atmosphère d'hydrohélium et la courbure de l'énorme planète auraient trompé tout observateur non averti. Il était ici encore plus difficile d'évaluer des distances que sur la Lune. Tout devait être au moins multiplié par dix. On l'avait préparé à procéder à cette conversion mais des éléments de son esprit refusaient d'admettre que Jupiter était démesuré à ce point et préféraient encore croire qu'il avait été réduit au dixième de sa taille normale.

Sans importance. Ce monde était sa destinée. Il savait au fond de son être qu'il finirait par s'accoutumer à son échelle.

Mais, alors qu'il fixait cet horizon incroyablement lointain, il lui semblait qu'un vent plus froid que l'atmosphère extérieure soufflait à l'intérieur de son âme. Tous ses arguments en faveur d'une exploration non robotisée de cette planète s'avéraient spécieux et il obtenait la confirmation d'une conviction profonde. Les humains n'avaient pas leur place, ici. Il serait le premier et dernier homme à descendre au sein des nuages de Jupiter.

Au-dessus de lui le ciel était presque noir et uniforme, à l'exception de quelques cirrus d'ammoniac qui dérivaient à une altitude supérieure d'une vingtaine de kilomètres. Il régnait un froid intense, là-haut aux marches de l'espace, mais la température et la pression croissaient rapidement au fur et à mesure de la descente. Là où le *Kon-Tiki* dérivait actuellement il faisait cinquante degrés au-dessous de zéro et la pression était déjà cinq fois plus importante que sur la Terre. Cent kilomètres plus bas l'air était aussi chaud qu'à l'équateur et la pression équivalente à celle du fond des mers les moins profondes. Des conditions d'existence idéales.

Un quart de la brève journée jovienne s'était déjà écoulé. Le soleil arrivait à mi-chemin de son ascension vers le zénith mais sa clarté sur la nappe de nuages manquait singulièrement d'éclat. Le parcours supplémentaire de six cents millions de kilomètres affaiblissait son intensité et, bien que limpide, le ciel paraissait couvert. A la tombée de la nuit le crépuscule serait bref. C'était le matin, mais la luminosité correspondait à celle d'une fin de journée d'automne.

Même s'il n'y avait pas de saisons, sur Jupiter.

Le *Kon-Tiki* s'abaissait au centre de la ceinture équatoriale... la zone la plus terne de la planète. Ici, la mer de nuages qui s'étendait jusqu'à l'horizon avait une teinte saumon presque uniforme, sans les jaunes, les roses et les rouges qui zébraient Jupiter partout ailleurs. La grande tache rouge – la caractéristique la plus spectaculaire de ce monde – se situait des milliers de kilomètres plus au sud. Ils avaient été tentés d'effectuer la descente à son emplacement, là où les sondes avaient transmis des images de panoramas fantastiques, mais les planificateurs de la mission estimaient que les perturbations tropicales étaient "plus actives que de coutume" depuis quelques mois, avec des courants qui dépassaient un milliard de kilomètres par heure. Se diriger vers ces tourbillons eût été aller au-devant de sérieux ennuis. Il faudrait attendre une prochaine expédition pour tenter de percer les mystères de la grande tache rouge.

Le dais argenté du ballon éclipsait le Soleil qui

traversait le ciel deux fois plus vite que sur la Terre et approchait déjà du zénith. Le *Kon-Tiki* dérivait rapidement et sans heurts vers l'ouest à 348 kilomètres par heure, mais seuls les échos du radar et les calculs instantanés de son pilote le révélaient.

Tout était-il toujours aussi paisible, ici ? se demanda Falcon. Les scientifiques chargés d'analyser les données transmises par les sondes tenaient des discours persuasifs sur les zones de calme joviennes. Ils avaient affirmé que l'équateur serait le secteur le plus paisible et tout laissait présager qu'ils avaient vu juste. Sur l'instant, leurs prévisions l'avaient laissé sceptique. Il partageait sans réserve l'opinion d'un chercheur à la modestie rare qui lui avait déclaré :

– Nul ne peut se targuer d'être un expert de Jupiter.

Eh bien, sans doute le pourrait-il avant la fin de cette journée. S'il survivait jusque-là.

*

A bord du *Garuda*, Buranaphorn déboucla son harnais et s'écarta de la console en flottant lentement dans les airs. Un instant plus tard, la remplaçante du directeur de vol se glissa dans le système de sangles. Budhvorn Im, une petite Cambodgienne, portait l'uniforme du Service spatial indo-asiatique et avait l'oiseau de feu symbole du grade de colonel cousu sur ses épaules.

– Pour l'instant, c'est encore moins passionnant qu'une simulation, commenta Buranaphorn.

– Je m'en félicite, déclara Im. Et j'espère que ça va durer.

Elle procéda à l'appel de ses collègues qui remplaçaient les contrôleurs de la première équipe.

Le com interne du *Garuda* grésilla et ils entendirent la voix lasse de Chowdhury.

– Passerelle à Contrôle de mission.

– Oui, capitaine ?

– Un cutter du Bureau spatial qui appareille de Base Ganymède sollicite l'autorisation de nous aborder. Il n'a que deux passagers à son bord et le rendez-vous est prévu à dix-neuf heures et vingt-trois minutes.

– Quelle est la raison de leur visite ? s'enquit Im, surprise.

– Ils n'ont fourni aucune précision.

Il se tut. Un com crépitait en arrière-plan.

– Ils confirment leur requête.

– Pas d'objections des deux équipes, mais je crains un mauvais alignement pendant les manœuvres de jonction.

– Dois-je répondre que vous me demandez de refuser cette autorisation ?

– S'ils ont vraiment l'intention de venir nous voir leur simple demande deviendra un ordre, et il serait sans objet de les mécontenter. Mais veuillez rappeler au commandant de cet appareil que notre mission est très délicate et me tenir informée de la suite des événements.

– Comme vous voudrez.

Chowdhury coupa la liaison.

Im ignorait pourquoi le Bureau spatial leur envoyait deux hommes en plein déroulement de l'opération, mais cet organisme avait tous les droits. Et elle ne redoutait pas vraiment un incident. Seul un accident lors de l'accouplement des appareils – fortement improbable – pourrait provoquer une interruption des communications avec le *Kon-Tiki*.

Mais lorsqu'elle leva les yeux sur ses collègues – dont les consoles étaient disposées en cercle en face de son poste –, elle vit de l'appréhension sur les visages de certains d'entre eux... une inquiétude que ne pouvait justifier le déroulement normal de cette mission.

*

Elle prit conscience du monde obscur qui la cernait au sein d'un brouillard rougeâtre de souffrance. Sparta *écouta,* assez longtemps pour s'assurer de la bonne marche de l'opération. Elle entendit Im et Chowdhury discuter de l'approche d'un cutter du Bureau spatial mais ne se sentit pas concernée. Ce n'était pas son affaire. Le dénouement approchait.

Elle chercha à tâtons son tube de Striaphan et en sortit un autre cachet blanc. Il fondit avec une douceur exquise sous sa langue...

*

Elle n'est plus "Dilys". Elle est redevenue Sparta. Sa combinaison noire la protège du froid qui ne peut agresser que ses joues et le bout de son nez. Elle n'est qu'une ombre qui se déplace dans les bois révélés par l'aube. Ses cheveux courts sont dissimulés sous la capuche de son vêtement et seul son visage est exposé à la morsure de l'air.

Elle attend dans la forêt que le soleil monte dans le ciel et apporte aux arbres humides de rosée les chaudes couleurs de ce mois d'octobre. L'odeur des feuilles lui rappelle celle d'un autre automne, dans l'État de New York, en compagnie de Blake. Juste avant leur séparation.

Ces senteurs... on ne peut les humer sur nulle autre planète du système solaire. Les relents de la pourriture. Sans décomposition, pas de vie. Sans vie, pas de putréfaction. Ont-ils vraiment créé cette chose immonde, ou favorisé son développement sur Vénus, Mars et la Terre ? Sur deux de ces mondes les semences de l'existence ont été desséchées, gelées, cuites ou emportées par des pluies acides brûlantes ou des vents de CO_2 glacés. Ce n'est que sur la Terre qu'elles ont pris racine dans l'humus de leur propre désagrégation.

Et cette corruption se répand vite. Elle a envahi toute la planète et se dissémine déjà dans l'espace.

La vie, si répugnante, est-elle un don du *Pancréateur*... pour reprendre le terme singulier qu'utilisent les prophètes pour se référer à Eux ? Ceux qui "séjournent sur le grand monde", à en croire la Connaissance. Elle se rappelle à présent tous ses enseignements, qui ont été également inclus dans la programmation de Falcon. Il y est proclamé que les Créateurs attendent parmi les "messagers qui résident dans les nuages" le signal du "réveil" que doivent leur transmettre les "élus"... les membres du Libre Esprit.

Ces derniers l'ont *choisie* pour apporter ce signe, *façonnée* pour tenir ce rôle. Ils l'ont modifiée afin qu'elle puisse se porter à leur rencontre, les écouter et leur parler – grâce aux organes émetteurs qu'elle a perdus sur Mars – dans le langage des symboles qu'ils lui ont appris avant de l'effacer imparfaitement de son esprit après l'avoir jugée indigne d'une telle mission.

Le soleil se lève. Un dard de lumière orangée empale la forêt imprégnée de rosée et se reflète dans les yeux pâles de Sparta.

Elle résiste à notre autorité.

S'opposer à nous, c'est s'opposer à la Connaissance.

Mais les traîtres à son enseignement sont les membres du Libre Esprit. Esclaves de leurs ambitions, ces faux prophètes se gaussent du nom qu'ils se sont donné. Ils sont aveugles à leurs traditions et n'ont pu voir que Sparta a assimilé la Connaissance qui s'est épanouie en elle. Ce savoir a mûri, puis éclaté comme une figue restée trop longtemps suspendue à sa branche et qui s'ouvre sur sa chair cramoisie lourde de semences. Ils sont trop stupides pour constater qu'ils ont obtenu bien plus qu'ils n'auraient pu espérer, trop bornés pour voir ce qu'ils ont créé. Car Sparta est la Connaissance Incarnée.

Face à son refus de s'engager sur la même voie qu'eux, ils se sont retournés contre elle. Ils ont tenté d'effacer la Connaissance de son esprit, de la consumer par le feu, de la drainer en même temps que son sang.

Mais elle leur a échappé et a mis à profit les années écoulées depuis pour procéder lentement à la reconstitution de son être à partir des lambeaux de chair déchiquetée et brûlée qui subsistaient d'elle. Elle s'est endurcie, dépouillée de sa compassion, et à la fin de ce processus de résurrection elle doit agir conformément à son destin. Elle fera ce que la Connaissance – dont elle est un avatar – exige d'elle.

Elle commencera par tuer ceux qui ont tenté en vain de la pervertir. Pas pour assouvir une vengeance, car elle a dépassé le stade de la colère et ces misérables la laissent désormais indifférente, mais la situation doit être clarifiée, assainie. Et éliminer ceux qui ont fait d'elle ce qu'elle est devenue, en commençant par Lord Kingman et ses invités, permettra déjà d'y voir un peu plus clair.

Ensuite, elle tuera l'usurpateur, la créature semihumaine qu'ils ont voulu lui substituer. Ce Falcon. Avant qu'il ne puisse apporter son message mensonger dans les nuages.

Depuis son point d'observation dans les bois elle voit une silhouette apparaître sur la terrasse de la demeure de Kingman. Le soleil levant ourle la maison de lumière. La brume matinale qui se love sur la pelouse et dans les fougères donne au bâtiment l'aspect d'un décor peint sur la scène d'un théâtre.

Elle laisse l'image transmise par son œil droit s'agrandir sur l'écran de son esprit. Elle est incroyablement nette et sans distorsion... le Striaphan a un tel effet sur le cerveau.

Il s'agit de l'homme qu'ils appellent Bill, celui dont l'odeur corporelle est un étrange mélange de senteurs diverses. Il regarde dans sa direction, comme s'il savait où elle se dissimule... ce qui est impossible, à moins qu'il ne possède une vision télescopique comparable à la sienne.

Là où il se dresse, il constitue une cible dégagée. Mais elle ne peut tirer, bien qu'elle dispose d'un pistolet de compétition. Le tournoiement gyroscopique imprimé à tout projectile qui résiste à la gravité l'entraînerait dans une large spirale avant qu'il n'ait atteint la terrasse. A une telle distance, même l'ordinateur le plus performant de la planète – celui enchâssé dans son cerveau – ne peut calculer quel sera le point d'impact avec une précision supérieure à un demi-mètre.

D'autre part, ses balles explosives sont fatales dès qu'elles atteignent un bout de chair, même à cinquante centimètres d'un organe vital.

Mais non, Bill peut attendre.

Et voici que Kingman sort par la grande porte. Il a enfilé une veste de chasse et s'est muni d'un fusil. Il recule en voyant Bill. Il est évident qu'il préférerait l'éviter, mais il est trop tard. Elle *écoute...*

– *Rupert, il n'était pas dans mes intentions de...*

– *Veuillez m'excuser. J'ai décidé d'aller faire un nouvel essai contre ce maudit rat des arbres. Je l'aurai peut-être, cette fois.*

La voix de Kingman est à la fois cassante et basse. Il ne regarde pas son interlocuteur dans les yeux. Le fusil de chasse repose au creux de son bras et il est évident qu'il doit faire un effort de volonté pour ne pas relever son canon et cribler de chevrotines cet autre rat, celui qui se dresse devant lui. Mais il se détourne et s'éloigne, vers le bas de l'escalier et la pelouse humide de rosée. Il s'y engage... droit vers Sparta.

Nul chien ne l'accompagne. Sans doute pense-t-il qu'ils constituent une gêne, lorsqu'il veut chasser ce qu'il appelle les rats des arbres.

Kingman mourra donc le premier, une fois arrivé à mi-chemin. Puis ce sera au tour de Bill, s'il est toujours à découvert...

Elle *écoute* les bruits de succion et de glissement des bottes de caoutchouc de Kingman sur l'herbe gorgée d'eau. Le soleil est visible derrière la ramure des arbres de l'orée du bois dont il teinte les feuilles de rouge et de jaune, en mettant en relief le tracé de leurs veines.

Elle se ravise. Mieux vaut éliminer cet homme dans les bois puis revenir vers la demeure et y pénétrer, si nécessaire, pour abattre les invités les uns après les autres. Sans bruit. Sans témoins. D'une balle dans la tête, car c'est la méthode la plus efficace.

Kingman est à présent au milieu des fougères brunies par l'automne qui détrempent son pantalon de serge jusqu'aux genoux. Des troncs s'interposent, mais elle l'entrevoit par instants, avançant dans la brume.

Elle *écoute* toujours pour suivre sa progression et s'apprête à sortir de sa transe pour s'avancer et l'intercepter...

...lorsqu'elle entend d'autres pas.

Des vibrations à la limite de perception de son ouïe hyperdéveloppée, loin sur la droite. Une allure rythmée, lente et compliquée, évocatrice des dernières gouttes de pluie qui tombent d'un toit après un orage.

Un cerf. Deux. Des biches, plutôt, qui traversent les bois en quête de nourriture.

Mais un pas s'en détache, plus lent et plus lourd. Ce n'est pas un animal, même s'il se déplace de la même manière. Avec légèreté et souplesse. La démarche d'un pisteur.

Le garde-chasse de la propriété ? Impossible, car

une demi-heure plus tôt il dormait dans sa chambre de l'aile ouest, après une soirée de beuverie.

La partie comporte un nouveau joueur.

Elle relève le vecteur du point d'origine de ce son puis cesse d'*écouter* et repart. Elle ne l'entend plus aussi bien mais imagine aisément la progression prudente de l'inconnu.

Voici venir Kingman, sur sa gauche. Il s'avance dans les broussailles avec la lourdeur d'un éléphant et l'assurance apportée par une parfaite connaissance des lieux. Elle s'éloigne sur la droite, pour ne pas couper la route du nouveau venu. Elle désire s'en rapprocher par-derrière, afin de l'identifier. Elle s'enfonce dans la forêt qui s'illumine, tous ses sens en éveil.

Elle s'arrête – de justesse – avant de le rejoindre. Si elle avait ignoré sa présence dans ces bois... Eh bien, cet homme est décidément très fort. Elle tremble, immobile contre l'écorce rugueuse d'un vieux chêne noueux.

Puis il se déplace et pénètre dans son champ de vision. Avec ses cheveux roux bouclés, son manteau en poil de chameau et ses gants en porc, il est presque mieux camouflé qu'elle au sein de ce feuillage d'automne. Sparta n'a plus aucune raison d'être surprise par son habileté.

L'homme orange. Il a failli la tuer sur Mars, puis sur Phobos. Une occasion d'éliminer la menace qu'il représente s'offre à elle, mais elle cède à une impulsion impossible à analyser – justice ? fair-play ? – et s'en abstient. Elle sait pourtant qu'il a abattu le médecin qui lui a permis de s'échapper de ce maudit sanatorium et – même si elle n'a établi aucun rapport précis dans son esprit – qu'il a tenté d'assassiner ses parents. Et peut-être réussi.

Elle laisse sa joue reposer contre un coussin de mousse accrochée à un tronc et retient sa respiration. Elle attend qu'il soit passé sur le tapis de feuilles mortes d'un ruisseau tari. Ses scrupules n'ont plus de raison d'être, à présent.

Il s'arrête.

Elle avance prudemment son visage, pour regarder au-delà de l'écorce. Elle ne peut le voir. Mais les pas de Kingman se rapprochent.

Le claquement du pistolet de l'homme orange rompt le calme du matin. Même sans son silencieux, elle reconnaît le calibre .38 à sa détonation...

...qui effraie les biches. Elles partent en bondissant plus loin dans la réserve et chargent les broussailles sans faire de pause pour regarder derrière elles, mais le bruit de leur fuite ne peut couvrir celui de la chute du cadavre. Kingman s'effondre tel un arbre abattu. Touché en pleine tête.

Elle éliminerait l'homme orange, si elle pouvait le voir, mais il s'éloigne déjà entre les troncs. Il se dirige calmement vers la maison. Elle se glisse derrière lui, jusqu'au moment où elle a une vue dégagée de la prairie et de la demeure.

Il est sorti des bois, à terrain découvert, sans se dissimuler. Tous les invités de Kingman sont réunis sur la terrasse. Ils discutent posément et le regardent approcher. Bill s'est détourné de la balustrade, détendu et arrogant.

Elle consacre quinze secondes à *écouter...*

– *Nous partons donc pour Jupiter...* dit Holly Singh. *Mais Linda ne risque-t-elle pas d'y arriver avant nous, comme sur Phobos ?*

Bill s'accorde un moment de réflexion puis déclare :

– *En fait, ma chère, j'y compte bien.*

Sa transe est brève. Lorsqu'elle en émerge, elle a pris une décision. Elle vise et presse la détente. La tête de l'homme orange éclate, plus rose qu'orangée.

Tirer les autres balles prend du temps, peut-être un tiers de seconde entre chaque munition. L'imprécision due à la distance prélève son tribut.

Seuls deux des quatre projectiles atteignent une cible.

Celui destiné à Bill le rate et touche Jack Noble, en plein ventre. Le deuxième va se perdre dans le mur de la maison. Le suivant file vers Holly Singh et pénètre dans son épaule, qu'il emporte avec la moitié de son cou. Le dernier se contente d'ébrécher un des piliers de la balustrade...

...et à présent tous les prophètes se sont jetés sur le sol, derrière la protection offerte par les montants de pierre. Quelques secondes plus tard, ils ripostent.

Mais Sparta est déjà repartie et court dans le sous-bois, encore plus agile que les biches.

21

Tout au long de cette première journée, Falcon obtint la faveur du Père des Dieux. Ici, sur Jupiter, son vol était aussi calme et paisible que celui effectué bien des années plus tôt en compagnie de Webster au-dessus des plaines du nord de l'Inde. Il eut le temps de se familiariser avec les commandes du *Kon-Tiki* qui devint une extension de son être. Il n'avait pas osé en espérer autant et commençait à se demander s'il ne devrait pas en payer le prix tôt ou tard.

Il eut envie de sourire. Même dans l'esprit de l'homme parfait subsistaient des lambeaux de superstition.

Les cinq heures de jour s'achevaient. Les nuages s'emplissaient d'ombres qui leur apportaient un semblant de solidité et le ciel perdait ses couleurs, hormis à l'ouest où une bande d'un pourpre de plus en plus soutenu ourlait l'horizon, surmontée par l'étroit croissant d'une lune pâle et délavée sur la noirceur de l'espace.

Il put suivre à l'œil nu la descente du soleil derrière la courbe de la géante gazeuse visible à près de 3 000 kilomètres, puis le ciel fut constellé de points lumineux... et il reconnut à la frontière du crépuscule la magnifique étoile du soir, la Terre, qui lui rappela à quel point il en était éloigné. La première nuit qu'un homme allait passer sur ce monde débutait.

La venue des ténèbres entraîna la chute du *Kon-Tiki*. La faible chaleur solaire n'était plus communiquée au ballon qui perdait ainsi une partie de sa force ascensionnelle. Falcon n'intervint pas pour la rétablir. Il avait su que ce phénomène se produirait et désirait descendre.

Il surplombait encore d'une cinquantaine de kilomètres la nappe de nuages désormais invisibles qu'il atteindrait vers minuit. Elle apparaissait nettement sur l'écran du radar infrarouge qui signalait la présence d'une vaste palette de composés carboniques complexes au milieu de l'hydrogène, de l'hélium et de l'ammoniac. Grâce à ses capacités d'analyse, Falcon n'avait pas besoin de cet appareil pour le constater.

Les chimistes réclamaient à cor et à cri des échantillons de cette matière duveteuse rosâtre. Les quelques grammes récupérés par les sondes atmosphériques précédentes avaient été analysés à bord par des instruments automatiques, au cours du bref laps de temps écoulé avant que tout ne fût broyé par la pression des profondeurs. Ce que les spécialistes avaient appris ainsi n'avait fait qu'éveiller leur intérêt. La moitié des molécules nécessaires à la vie étaient présentes, loin au-dessus de Jupiter. Etait-il concevable que la vie fût absente là où elle avait de quoi se “nourrir” ? Un siècle de recherches n'avait pas permis d'apporter une réponse à cette question.

Les infrarouges ne perçaient pas la couche supérieure de nuages mais les micro-ondes du radar en étaient capables et elles révélaient toutes les strates jusqu'au "sol" dissimulé 400 kilomètres plus bas. Des pressions et des températures impensables en interdisaient l'accès à Falcon. Même les sondes automatisées n'avaient pu y arriver intactes. Au bas de l'écran, son image – d'autant plus tentatrice qu'il demeurerait inaccessible – était brouillée par une étrange granulosité que les systèmes d'amélioration des contours de l'ordinateur du bord et du cerveau du pilote ne réussissaient pas à réduire.

Il lâcha sa première sonde une heure après le coucher de soleil. L'engin tomba rapidement sur une centaine de kilomètres puis fut ralenti par une atmosphère plus dense. Il émettait des torrents d'informations que le *Kon-Tiki* retransmettait au Contrôle de mission. Jusqu'au lever du jour Falcon aurait pour seules tâches de stabiliser la vitesse de sa descente et de surveiller les instruments du bord.

Tant qu'il dériverait sur ce courant régulier, le *Kon-Tiki* pourrait se passer de lui.

*

Im, la directrice du vol, lui annonça la fin du premier jour.

– Bonsoir, Howard. Il est minuit et une minute, et les données dont nous disposons indiquent que tout se déroule à merveille. J'espère que vous vous amusez bien.

La réponse de Falcon lui parvint retardée par le délai de transmission et brouillée par des parasites.

– Bonsoir, Contrôle de vol. Tout est parfait, ici aussi. J'attends avec impatience que l'aube se lève et me permette de voir quelque chose par les hublots.

– Appelez-nous, le moment venu. Entre-temps, je ne vous importunerai plus.

Elle joignit la passerelle.

– Ici Mangkorn, Contrôle de vol.

Le lieutenant, un Thaï qui naviguait depuis dix ans parmi les lunes de Jupiter, assumerait le commandement du *Garuda* tout au long de la deuxième journée. Le capitaine Chowdhury s'était rendu dans sa cabine afin de rattraper son retard de sommeil.

– Bonjour, Khun Mangkorn, fit-elle. Pourriez-vous me donner des nouvelles de nos visiteurs ?

– Le cutter suit toujours une trajectoire balistique d'Hollmann depuis Ganymède et il devrait arriver à l'heure prévue.

– Merci.

Dix minutes s'écoulèrent puis les lignes s'affolèrent soudain sur les écrans de représentation graphique et Im tendit la main vers le com.

– Howard ! Branchez-vous sur le canal quarante-six et poussez le gain à fond.

Les circuits télémétriques étaient si nombreux qu'elle ne lui eût pas tenu rigueur d'avoir oublié ceux dont l'importance était secondaire, mais Falcon n'eut pas la moindre hésitation. Le com retransmit aussitôt le cliquetis d'un interrupteur sur la console de pilotage du *Kon-Tiki*.

Il chercha la fréquence sur le démodulateur des microphones de la sonde qui poursuivait sa descente 125 kilomètres en contrebas dans une atmosphère presque aussi dense que de l'eau.

– Branchez les haut-parleurs, ordonna Im.

Le responsable des télécommunications procéda immédiatement à la commutation.

Il n'y eut tout d'abord que les sifflements du vent dans les ténèbres de ce monde fantastique. Puis une pulsation se détacha du bruit de fond et s'amplifia, une sorte de roulement de tambour. Le rythme était si lent qu'ils le percevaient dans leurs entrailles plus qu'ils ne l'entendaient, mais le tempo s'accélérait régulièrement sans que la hauteur des sons en fût pour autant modifiée. C'était à présent une vibration rapide, presque infrasonore.

Tout s'interrompit, si brusquement que l'esprit ne pouvait accepter un tel silence et allait chercher dans les cavernes les plus profondes du cerveau un écho spectral.

Les contrôleurs échangèrent des regards. Ils n'avaient jamais rien entendu d'aussi extraordinaire, même parmi la multitude de bruits de la Terre. Nul ne pouvait imaginer un phénomène naturel à même d'engendrer un tel son. Il ne rappelait pas le cri d'un animal, pas même le chant des baleines.

Si Im n'avait pas été occupée à ce point, sans doute eût-elle remarqué que deux de ses collègues avaient des difficultés à contenir leur surexcitation. Mais elle était alors en liaison avec la passerelle.

– Khun Mangkorn, pourriez-vous envoyer quelqu'un réveiller le Pr Brenner ? demanda-t-elle. C'est peut-être ce qu'il attendait.

Le son impressionnant jaillit à nouveau des haut-parleurs, selon la même séquence. Cette fois ils ne furent pas pris au dépourvu et purent la minuter : du premier battement à peine audible au crescendo final, elle ne dura guère plus de dix secondes.

Mais il se produisit un véritable écho, pas une simple illusion issue des souvenirs. Un son très léger et lointain qui pouvait provenir d'une des nombreuses couches réfléchissantes de cette atmosphère stratifiée.

Ou d'une source différente, plus éloignée encore. Ils attendirent un deuxième écho, en vain.

– Howard, lâchez une autre sonde, d'accord ? Avec deux systèmes de détection nous devrions pouvoir relever la position de la source.

– Bien reçu, Contrôle de vol, répondit Falcon après le délai de transmission.

Et ils entendirent simultanément le claquement qui leur signalait que l'engin robotisé s'était séparé de la capsule. Chose étrange, les micros extérieurs du *Kon-Tiki* ne captaient que les plaintes du vent. Les grondements d'origine inconnue étaient canalisés par une couche atmosphérique inférieure.

Olaf Brenner arrivait par la coursive des quartiers du *Garuda* et il franchit l'écoutille qui s'ouvrait au centre du "plancher" de la salle avec tant de hâte qu'il faillit continuer sur sa lancée. L'exobiologiste replet et grisonnant sommeillait encore, et il tenta de se sangler à la console située à côté de celle d'Im tout en enfilant simultanément son sweater. La directrice de vol dut le retenir pour l'empêcher de partir à la dérive.

Brenner ne prit pas la peine de la remercier.

– Que se passe-t-il ? voulut-il savoir.

– Ecoutez.

Les grondements leur parvenaient à nouveau. La deuxième sonde de Falcon avait traversé les strates réfléchissantes et on voyait sur les écrans lumineux du centre de contrôle que ces étranges sons provenaient d'un groupe de sources situées à environ 2 000 kilomètres du *Kon-Tiki*. Il était possible de déterminer leur distance mais pas leur puissance, et dans les océans de la Terre des bruits très faibles se propageaient aussi loin.

– A quoi cela vous fait-il penser ? demanda Im.

– Je vous retourne la question.

– L'expert, c'est vous. Mais j'ai l'impression qu'il s'agit d'un signal qui nous est adressé.

– C'est absurde. Je n'exclus pas qu'il y ait de la vie, là en bas. Je dois même avouer que je serais fortement déçu si nous n'y trouvions pas des micro-organismes, ou même des formes primitives de plantes. Mais rien d'animal, pas selon le sens que nous donnons à ce terme... je me réfère à des choses capables de se déplacer à leur gré.

– Etes-vous catégorique ?

– Tout ce que nous savons sur Mars, Vénus et la préhistoire de la Terre démontre qu'il n'est possible d'engendrer assez d'énergie pour se mouvoir que dans un milieu riche en oxygène. Jupiter en est dépourvu. Il en découle que tout ce qu'on y trouve ne peut "bouger".

– Recevez-vous notre conversation, Howard ? s'enquit Im.

Ce fut d'une voix neutre que Falcon répondit :

– Cinq sur cinq, Contrôle de vol. Ce n'est pas la première fois que le Pr Brenner avance cet argument.

L'exobiologiste reporta son attention sur les données qui s'affichaient sur sa vidéoplaque et utilisa son com pour s'adresser directement à Falcon.

– Quoi qu'il en soit, la longueur d'ondes de ces signaux dépasse apparemment une centaine de mètres. Même les baleines ne sont pas assez grosses pour émettre des sons dans ces fréquences. Non, tout cela a indubitablement une origine naturelle.

– Les physiciens finiront sans doute par percer ce mystère.

– Eh bien, réfléchissez un peu à ceci. Que déduirait un extraterrestre aveugle qui se retrouverait sur une plage pendant une tempête, ou à côté d'un geyser, d'un volcan ou encore d'une cataracte ? Ne risquerait-il pas d'attribuer les sons qu'il entend à une énorme bête ?

Une ou deux secondes s'écoulèrent, puis Falcon répondit :

– Voilà qui donne matière à réflexion.

– Je ne vous le fais pas dire, grommela Brenner.

Ce qui mit momentanément un terme à leur conversation.

Les signaux mystérieux qui leur parvenaient toujours par intermittence de Jupiter étaient enregistrés et analysés par des batteries d'appareils. Brenner étudiait les informations qui défilaient sur son écran, et une rapide transformation de Fourier ne lui permit pas de trouver la moindre signification à ces grondements.

Il bâilla et regarda autour de lui.

– Où est passée notre mouche du coche ? demanda-t-il à Im.

Il venait de remarquer que le harnais de Blake Redfield était inoccupé.

– Même les fouineurs professionnels ont parfois besoin de se reposer, lui répondit la directrice de vol.

*

Blake allait s'enfermer dans sa minuscule cabine pour de brèves périodes de sommeil. Depuis leur appareillage, il n'avait dû dormir que cinq heures par journée de vingt-quatre, et jamais d'une seule traite. Il espaçait ses siestes car il se faisait un point d'honneur de suivre les opérations de chacune des trois équipes qui se relayaient pour assurer une permanence. Cela lui avait permis de repérer les agents infiltrés, ceux qui contrôlaient trop bien leurs réactions lorsqu'il les poussait dans leurs derniers retranchements.

Les participants à l'épreuve en cours étaient nombreux mais peu importait à quel camp ils appartenaient. L'essentiel, c'était qu'ils savaient comme lui ce qu'ignoraient les autres passagers du *Garuda*, c'est-à-dire que Falcon poursuivait dans les nuages de la planète géante un but qui dépassait de loin les objectifs officiels de cette expédition.

Falcon lui-même paraissait l'ignorer. Jouait-il une comédie, lui aussi ? C'était une question – parmi tant d'autres – qui ne recevrait une réponse que lors du dénouement.

*

Dans sa cachette, Sparta s'éveilla de ses rêves de vengeance. Ses yeux rougis s'entrouvrirent et elle fit courir sa langue râpeuse sur ses dents jaunâtres. La réalité refit surface.

Elle *écouta*, le temps d'obtenir une confirmation du temps écoulé. Tout se jouerait bientôt... elle savait que c'était le moment ou jamais de joindre Blake, mais désirait-elle encore le contacter ? Elle s'interrogea...

Elle l'avait longuement observé depuis diverses cachettes, alors qu'il effectuait son travail avec zèle, prenait connaissance de données sans en solliciter la permission, posait des questions brutales aux contrôleurs... en bref, qu'il se rendait insupportable. Les raisons d'une telle conduite étaient pour elle évidentes. Il savait lui aussi que la mission *Kon-Tiki* servait de couverture à quelque chose de malsain. Mais, contrairement à Sparta, il ignorait quoi. Il grattait et arrachait les croûtes du monstre assoupi dans l'espoir de l'irriter suffisamment pour l'inciter à bondir... et à révéler ainsi son existence.

Il subsistait des sentiments qu'il lui avait autrefois inspirés quelques braises qui se consumaient encore au tréfonds de son esprit. Blake ne se doutait pas que ses adversaires l'avaient condamné à mort et prenaient simplement leur temps. Tout le mal qu'il se donnait était dangereux et inutile.

Elle ne lui devait rien, mais elle pouvait l'informer de l'imminence et de la nature de ce qui se préparait. Elle avait fait de son mieux pour décapiter le Libre Esprit. Comme celles de l'Hydre, ses têtes repoussaient sitôt tranchées.

22

Les voix des profondeurs moururent environ une heure avant le lever de l'aube et Falcon se consacra alors aux préparatifs de cette deuxième journée. Le *Kon-Tiki* n'était plus qu'à cinq mille mètres de la couche de nuages, la pression extérieure atteignait dix atmosphères et la température était tropicale : trente degrés centigrades. Un homme aurait pu évoluer confortablement dans un tel milieu, à condition de disposer d'un masque et de réservoirs contenant un mélange approprié d'héliox.

Le Contrôle de mission ne s'était pas adressé à lui depuis plusieurs minutes, mais peu après que le soleil eut embrasé les nuages la voix d'Im résonna dans l'habitacle :

– J'ai de bonnes nouvelles à vous annoncer, Howard. Au-dessous de votre appareil le banc de nuages se déchire et vous bénéficierez d'une éclaircie partielle dans une heure. Vous devrez vous méfier des turbulences.

– J'ai déjà remarqué quelques perturbations. Le ciel sera dégagé jusqu'à quelle profondeur ?

– Une vingtaine de kilomètres, la deuxième thermocline. Là en bas la couverture nuageuse est très dense... elle ne se dissipe jamais.

Ce que Falcon savait déjà. Il savait aussi que cette zone lui resterait inaccessible. A son altitude la température devait dépasser cent degrés. Il lui vint à l'esprit que c'était sans doute la première fois que pour un aérostier les dangers résidaient dans les couches inférieures de l'atmosphère et non au-dessus de lui.

Dix minutes plus tard il découvrit à son tour ce que le Contrôle de mission avait déjà pu constater depuis son point d'observation éloigné. Près de l'horizon les couleurs se modifiaient et les nuages s'effilochaient, comme lacérés. Il augmenta la puissance de la torche nucléaire de deux graduations pour faire remonter le *Kon-Tiki* de cinq mille mètres et mieux voir le phénomène.

Sous lui le ciel se dégageait rapidement, comme si quelque chose dissolvait les formations nuageuses. Des abysses s'ouvraient sous ses yeux. Un instant plus tard il franchit le rebord d'une gorge immatérielle de vingt kilomètres de profondeur sur un millier de large.

Un nouveau monde apparaissait à l'aplomb de la capsule. Jupiter venait de se dépouiller d'un de ses nombreux voiles. La deuxième couche de nuages, trop basse pour être accessible, possédait des couleurs plus sombres que la précédente : presque rose saumon et tachetée de petites îles rouge brique. Ces dernières avaient une forme ovale et étaient orientées d'est en ouest dans le sens de leur longueur, la direction des vents dominants. Il y en avait des centaines, et toutes avaient approximativement la même taille. Elles lui rappelaient les petits cumulus joufflus qui traversaient les cieux de la Terre.

Il réduisit la force ascensionnelle du *Kon-Tiki* qui entama sa chute le long de la paroi de la falaise en cours de dissolution.

Ce fut à cet instant que la neige attira son attention.

Il voyait des flocons se former dans l'atmosphère puis descendre lentement. Mais la température était bien trop élevée et la vapeur d'eau presque inexistante. En outre, ils ne scintillaient pas et n'avaient aucun éclat. Quand quelques-uns d'entre eux se posèrent sur les pylônes visibles du hublot principal, il put constater qu'ils étaient blanc terne et opaques, gros de plusieurs centimètres, et qu'ils n'avaient pas une structure cristalline. Ils lui firent penser à des grumeaux de cire.

Et il eut tôt fait de comprendre qu'il avait vu juste. Autour de lui, une réaction chimique condensait les hydrocarbures en suspension dans l'atmosphère.

Sur l'avant, à une centaine de kilomètres de distance, une perturbation apparaissait dans les nuages. Les îlots ovales rougeâtres entamaient un parcours en spirale, un mouvement cyclonique bien connu des météorologues. Le tourbillon se formait avec une rapidité sidérante et Falcon ne put s'empêcher de penser que s'il allait au-devant d'une tempête il allait également au-devant de sérieux ennuis.

Puis son inquiétude se changea en émerveillement... et en peur.

Ce n'était pas un ouragan mais une chose énorme – de plusieurs vingtaines de kilomètres de diamètre – qui s'élevait au sein des nuages.

Il ne put se raccrocher qu'un très court instant à la pensée rassurante qu'il s'agissait peut-être d'un cumulus bourgeonnant. Non, ce qu'il voyait était *solide* et cela s'ouvrait un passage dans les nuées roses et saumon tel un iceberg grimpant des abysses.

Un bloc de glace plus léger que de l'hydrogène ? Impossible. Mais l'analogie n'était peut-être pas dénuée de tout fondement. Il braqua son œil télescopique sur l'énigme, puis en fit autant avec les systèmes optiques du *Kon-Tiki* pour que le Contrôle de mission reçût la même image. Il put ainsi constater que c'était une masse blanchâtre démesurée striée de rouge et de brun. Il finit par conclure qu'elle se composait de la même substance que les “flocons de neige”. Il avait sous les yeux une montagne de cire.

Et sans doute n'était-elle pas aussi solide qu'il l'avait tout d'abord supposé car son pourtour ne cessait de s'effriter pour se reconstituer aussitôt...

Ceux du *Garuda* l'assaillaient de questions depuis plus d'une minute et il décida de répondre :

– Je sais ce que c'est, fit-il sur un ton catégorique. Un conglomérat de bulles, une sorte d'écume, de la mousse d'hydrocarbures. Les chimistes vont pouvoir s'amuser... *Un instant !*

– Que se passe-t-il ? s'enquit Im d'une voix calme mais pressante à la fin du délai de transmission. Que voyez-vous, Howard ?

Falcon entendait Brenner débiter des chapelets de paroles en arrière-plan, mais il fit abstraction de ses questions pour concentrer son attention sur l'image télescopique fournie par son œil modifié. A retardement, il réajusta le réglage des instruments d'optique. Il avait une idée... mais il devait s'assurer de son bien-fondé s'il ne voulait pas courir le risque de devenir la risée de ceux qui suivaient la retransmission de cette aventure dans tout le système solaire.

Finalement, il se détendit, regarda l'horloge et interrompit la voix insistante qui lui parvenait du *Garuda*.

– Ici Howard Falcon qui appelle le Contrôle de mission depuis le *Kon-Tiki*, dit-il en respectant les procédures prévues. A l'éphéméride du bord, il est dix-neuf heures vingt et une minutes et quinze secondes. Latitude zéro degré cinq minutes nord. Longitude cent cinq degrés quarante-deux minutes... Si le Pr Brenner est présent, pourriez-vous l'informer qu'il y a des formes de vie sur Jupiter ? Et qu'elles sont bien plus *grosses* qu'il ne l'avait prévu.

– Je suis ravi de m'être trompé, répondit Brenner, apparemment sincère malgré la véhémence avec laquelle il avait jusqu'alors défendu son point de vue. Voilà qui nous confirme que Dame Nature nous réservera toujours des surprises, pas vrai ? N'interrompez surtout pas la transmission de ces images, d'accord ?

Si Falcon avait eu un penchant pour l'ironie, sans doute se serait-il demandé ce que l'exobiologiste s'attendait à le voir faire en un pareil instant. Mais il n'avait jamais eu le sens de l'humour.

Il régla avec minutie un télescope stabilisé et regarda l'image sur la vidéoplaque avant d'en faire autant avec son œil. Il ne discernait pas les détails de ce qu'il voyait gravir et descendre les pentes de l'énorme bloc de cire, mais ces choses devaient être démesurées pour qu'il pût simplement les voir à une pareille distance. Presque noires, en forme de pointe de flèche, elles se déplaçaient en faisant lentement onduler leur corps, telles des mantes géantes évoluant au-dessus de récifs coralliens tropicaux.

Peut-être s'agissait-il de créatures comparables aux herbivores terrestres qui paissaient dans les pâturages célestes de Jupiter, car elles semblaient brouter les traînées brun-rouge qui striaient comme des lits de rivières taries l'île de cire flottante. Parfois, l'une d'elles plongeait tête la première dans la montagne d'écume et y disparaissait.

Le *Kon-Tiki* se déplaçait lentement, par rapport aux nuages visibles en contrebas, et il lui faudrait au moins trois heures pour atteindre ces collines aériennes. Falcon faisait la course avec le soleil et espérait que la tombée de la nuit ne l'empêcherait pas de voir de plus près ces mantes – pour reprendre le nom qu'il leur avait donné – et le paysage fragile au-dessus duquel elles évoluaient.

Le com grésilla.

– Howard, lui dit Im, croyez bien que c'est à contrecœur que je vous laisse, mais c'est l'heure de la relève. Quant au Pr Brenner, il vient de commander un litre de café et je présume qu'il a la ferme intention de ne pas vous fausser compagnie de sitôt.

– C'est exact, confirma l'exobiologiste, jovial.

– Je salue toute l'équipe du Contrôle de vol, et également sa relève.

– Salut, Howard.

C'était la voix de David Lum, un Chinois de Ganymède qui participait au programme spatial indo-asiatique depuis très longtemps.

– Nous avons dû employer la force pour faire sortir Budhvorn, ajouta-t-il. Elle ne voulait pas rater la suite du programme.

Une suite qui fut longue à venir... trois heures interminables pendant lesquelles Falcon garda les micros externes du *Kon-Tiki* réglés sur leur sensibilité maximale. Il se demandait si les mantes n'étaient pas à l'origine des grondements entendus au cours de la nuit. Elles lui semblaient assez volumineuses pour pouvoir émettre de tels sons. Lorsqu'il eut la possibilité d'évaluer leurs dimensions avec plus de précision, il découvrit que l'envergure de leurs ailes atteignait près de 300 mètres ! Trois fois plus que la plus grosse des baleines, et sans commune mesure avec les mantes de la Terre qui ne pesaient que quelques tonnes.

Finalement, une demi-heure avant le coucher du soleil, le *Kon-Tiki* se retrouva à l'aplomb du bloc de cire montagneux.

– Non, répondit-il aux questions que Brenner répétait sans cesse. Ces créatures n'ont toujours pas réagi à ma présence. Elles ne semblent pas posséder un esprit très vif et me feraient presque penser à des moutons. Mais même si elles voulaient me prendre en chasse, je ne les crois pas capables de grimper jusqu'à moi.

Il était un peu déçu de constater que les mantes ne manifestaient pas le moindre intérêt à son égard, alors qu'il survolait leurs pâturages. Peut-être ne pouvaient-elles pas détecter sa présence. Il ne discernait presque aucun détail et même les photogrammes du télescope traités par les systèmes de correction informatiques ne révélaient rien qui ressemblât à un organe sensoriel. Ces choses n'étaient que des ailes delta noires démesurées qui se déplaçaient par des mouvements ondulatoires au-dessus de collines et de vallées guère plus matérielles que les nuages de la Terre. Cette île flottante paraissait solide, mais il savait que s'il avait été se promener à sa surface il serait passé au travers comme si c'était un cerf-volant en papier de soie.

Il voyait à présent les myriades de cellules, ou de bulles, qui constituaient cet amas. Certaines devaient atteindre un mètre de diamètre et Falcon se demandait dans quel chaudron de sorcière ces hydrocarbures avaient été préparés. Il y avait sans doute assez de produits pétrochimiques dans les profondeurs de l'atmosphère jovienne pour pourvoir aux besoins de toute l'humanité pendant un million d'années.

La brève journée tirait à sa fin et la lumière décroissait au pied des collines de cire quand le *Kon-Tiki* franchit leur crête. Il ne vit pas une seule mante sur le versant ouest et, pour une raison inconnue, la topographie des lieux changeait radicalement. Ici, l'écume formait de longues terrasses planes rappelant l'intérieur d'un cratère lunaire. Falcon eut l'impression d'avoir sous les yeux les marches d'un escalier prévu pour des Titans qui descendait jusqu'à la surface cachée de la planète.

Sur le plus bas de ces gradins, près des nuages tourbillonnants que la montagne avait repoussés en s'élevant dans le ciel, apparaissait une masse à peu près ovale de cinq ou six kilomètres de largeur. Guère plus sombre que la mousse gris pâle sur laquelle elle reposait, elle était difficile à discerner. Il eut une pensée absurde : il crut que c'était une forêt d'arbres décolorés, ou de champignons géants qui n'auraient jamais reçu la lumière du soleil.

Et il s'agissait bien d'une forêt ! Des centaines de troncs filiformes se dressaient hors de l'écume cireuse blanchâtre dans laquelle ils prenaient racine. Et la densité de cette plantation le sidérait : les fûts se touchaient presque. Peut-être n'était-ce pas un bois mais une seule plante démesurée comparable aux figuiers des banians orientaux. Autrefois, à Java, il en avait vu un qui, avec ses racines adventives, mesurait plus de 650 mètres de diamètre. Celui qu'il avait à présent sous les yeux était au moins dix fois plus grand.

Les ténèbres descendaient sur ce monde et la lumière réfractée faisait virer le panorama de nuages au pourpre. Dans quelques secondes, même cette luminescence aurait disparu. Et dans le crépuscule de cette deuxième journée passée dans l'atmosphère jovienne, Howard Falcon vit – ou crut voir – une chose qui l'incita à remettre en question son hypothèse sur la nature de l'ovale blanchâtre et stimula son imagination d'une façon impossible à analyser au niveau du conscient.

Sauf si la pénombre faussait complètement ses sens, ces centaines de troncs effilés se balançaient en synchronisme parfait, tels des cordons de varech agités par le ressac.

Et ils n'occupaient plus l'emplacement où il les avait vus lors de son arrivée sur ce versant.

CINQUIÈME PARTIE

RENCONTRE AVEC MÉDUSE

23

Un cutter d'une blancheur éblouissante se rapprochait lentement du sas principal du *Garuda*. Sur sa proue, une bande diagonale bleue et une étoile dorée proclamaient son autorité, car le Bureau du Contrôle spatial était le service le plus important du Conseil des Mondes. Comme Siva, cette organisation possédait de nombreux bras, protecteurs ou disciplinaires. Elle était chargée de coordonner le développement de l'espace et de financer des missions scientifiques – telle que l'expédition du *Kon-Tiki* – mais ses représentants avaient aussi des fonctions de policiers, de gardes-côtes et de soldats d'élite. Et si cet appareil avait une ligne aérodynamique surprenante pour un vaisseau spatial, c'était parce qu'il devait pouvoir poursuivre ses objectifs même dans les profondeurs d'une atmosphère.

Ce cutter était en l'occurrence bien loin d'une planète, et dès qu'il se fut immobilisé dans l'espace, un manchon de liaison sortit du pourtour de son sas et s'étira pour venir se coller à celui de l'autre appareil. Quelques minutes plus tard un commandant et un grand lieutenant blond avec un étourdisseur à la ceinture se propulsaient sur la passerelle du *Garuda* par l'écoutille ouverte au milieu du plancher de la salle.

Où ils furent accueillis par Rajagopal, l'officier en second.

– En quoi puis-je vous être utile, commandant ?

Mais, de la bouche aux lèvres rouges de cette femme, même les formules de politesse étaient pleines d'arrogance.

– Nous sommes venus en simples observateurs.

Le représentant du Bureau spatial, un homme grand et hâlé, avait une voix rauque à l'accent canadien.

– Parfait. Si vous voulez bien me dire...

– Désolé, l'interrompit-il. Veuillez nous guider jusqu'au Contôle de mission, et nous ferons en sorte de ne pas gêner le déroulement des opérations.

Les lèvres de la femme se pincèrent.

– Alors, suivez-moi.

La coursive qu'ils empruntèrent s'achevait sur un sas ouvert, lorsque le *Garuda* subissait une accélération, dans le plafond de la salle. Six techs levèrent les yeux avec curiosité à l'entrée des deux spatiaux en uniforme. Rajagopal annonça sèchement leur arrivée à Lum puis regagna la passerelle.

Un instant plus tard les envoyés du Bureau spatial prenaient position de chaque côté de ce passage, afin d'informer les hommes et les femmes présents qu'ils étaient en état d'arrestation.

*

Blake Redfield ouvrit les yeux et *la* vit descendre sans bruit du plafond de sa cabine. En apesanteur, elle se percha au-dessus de la couchette et se pencha vers lui comme dans un cauchemar.

Il ne pouvait en croire ses yeux. Il cilla, peut-être pour laisser à cette horrible apparition le temps de disparaître. Mais ce n'était pas un mauvais rêve.

Sparta devait lire de la peur dans son regard, la métamorphose de la surprise en une appréhension moins irraisonnée mais plus angoissante.

– Es-tu venue me tuer ?

Il voulait s'adresser à elle avec courage mais ne pouvait que murmurer.

Elle sourit. Sous le masque de graisse noire qui couvrait son visage ses dents avaient des reflets jaunâtres et sa langue était rouge sang.

– Tu n'as plus rien à faire, Blake. Je me suis déjà chargée de tout. Contente-toi de surveiller tes arrières.

– Que... ?

– Non, ne bouge pas.

Il feignit de se détendre, les yeux toujours levés vers elle.

– Qu'as-tu fait, Ellen ?

– Ne m'appelle pas Ellen.

Ne m'appelle pas Ellen ?... Il inspira à fond. Ses oreilles bourdonnaient, à cause de la tension nerveuse. *Elle a insisté pendant des années pour que je lui donne ce nom.*

– Quelle est ton identité, à présent ?

– Tu sais qui je suis. Le reste importe peu.

– Comme tu voudras.

Elle n'avait plus toute sa raison. C'était aussi visible que le rictus mauvais qui incurvait ses lèvres. Il suffisait de la regarder, émaciée par la faim, les yeux rougis et brillants.

– Qu'as-tu fait ?

Les mots sortirent de la bouche de la femme en sifflant comme un jet de vapeur.

– Vouloir les inciter à jeter bas le masque est inutile. La mission *Kon-Tiki* est vouée à l'échec. J'y ai veillé. Ensuite, les derniers prophètes sortiront au grand jour et je me chargerai d'eux.

– Qu'as-tu *fait* ?

– Ne révèle pas ma présence au commandant, fit-elle.

Elle redressa ses jambes et se propulsa vers le plafond d'une poussée contre les genoux de Blake.

– Le commandant ? Cet homme serait...

Il s'interrompit, sidéré de la voir se glisser dans le conduit d'aération, une ouverture qu'il aurait crue bien trop exiguë pour autoriser le passage d'un être humain.

– Ne me trahis pas, répéta-t-elle après avoir disparu. Tu tiens à la vie, pas vrai ?

*

– Désolé, mais je dois vous annoncer que la Source Bêta est devenue instable, fit la voix en provenance du Contrôle de mission. Les probabilités pour qu'une explosion se produise dans moins d'une heure sont de soixante-dix pour cent.

Falcon utilisa l'écran du système cartographique. Bêta – à une latitude de cent quarante degrés – était presque à 30 000 kilomètres de là et bien au-dessous de l'horizon. Même si les éruptions les plus importantes atteignaient dix mégatonnes, l'onde de choc ne pourrait représenter un danger à une pareille distance. Mais la tempête électromagnétique qui s'ensuivrait lui poserait de sérieux problèmes.

Les déflagrations décamétriques qui faisaient parfois de Jupiter le plus puissant émetteur radio de tout le système solaire avaient été découvertes dans les années 1950, à la grande surprise des astronomes alors cloués au sol. Plus d'un siècle s'était écoulé depuis mais les causes du phénomène demeuraient un mystère. Seuls les symptômes étaient compris.

De toutes les théories, celle du "volcan" avait le mieux résisté à l'épreuve du temps, mais il allait de soi que ce terme n'avait pas la même signification sur une géante gazeuse que sur la Terre. A intervalles fréquents – voire plusieurs fois dans la même journée –, des éruptions gigantesques se produisaient dans les couches inférieures de l'atmosphère, sans doute à la surface d'où jaillissait une colonne de gaz haute d'un millier de kilomètres qui voulait s'échapper dans l'espace.

Contrée par la gravité la plus forte de toutes les planètes, une telle tentative était vouée à l'échec. Mais des traces – seulement quelques millions de tonnes – réussissaient à s'élever jusqu'à l'ionosphère où elles déclenchaient un véritable enfer.

Les ceintures de Van Allen qui ceignaient la Terre étaient insignifiantes, par rapport à celles de Jupiter. La puissance de la décharge électrique produite par le court-circuit d'une colonne de gaz ascendante était des millions de fois plus importante que celle de la foudre et le coup de tonnerre se réverbérait sous forme d'ondes électromagnétiques dans tout le système solaire, et vers les étoiles.

Des sondes avaient démontré que ces éruptions se produisaient dans quatre zones de la planète. Peut-être possédaient-elles une structure affaiblie qui permettait au feu intérieur de s'échapper. Les chercheurs basés à Ganymède se déclaraient capables d'annoncer de tels orages, mais la précision de leurs prédictions n'était guère plus grande que celle des météorologues de la Terre un siècle et demi plus tôt.

Falcon ne savait s'il devait se lamenter ou se féliciter de cette tempête qui augmenterait indubitablement l'intérêt scientifique de sa mission... s'il y survivait. Sur l'instant, il en fut simplement irrité car cela le distrairait d'un but plus important. La trajectoire du *Kon-Tiki* était calculée pour éviter ces centres de perturbations, surtout le plus actif : la Source Alpha. Par malchance, c'était Bêta, le plus proche, qui se réveillait. Il ne lui restait qu'à espérer que la distance – près des trois quarts de la circonférence de la Terre – suffirait à le protéger.

– Les probabilités sont désormais de quatre-vingt-dix pour cent, annonça Lum d'une voix pressante. Oubliez ce que je vous ai dit il y a une heure. D'après Ganymède, l'éruption risque d'avoir lieu d'une seconde à l'autre.

A peine Falcon eut-il reçu cet avertissement que la représentation graphique des champs magnétiques bondit vers le haut. Juste avant de sortir de l'écran, la ligne s'inversa et redescendit aussi vite qu'elle s'était élevée en dessinant la pointe aiguë d'un pic à glace. Des milliers de kilomètres plus loin et plus bas, quelque chose avait imprimé au cœur en fusion de la planète une secousse d'une violence inouïe.

Le Contrôle de mission la signala à retardement.

– Ça y est !

– Merci, je le savais déjà.

– Où vous êtes, vous devriez en sentir les effets dans cinq minutes, avec une crête dans dix.

Il le savait également mais ne précisa pas de quelle manière.

– Bien reçu.

Loin au-delà de la courbe de Jupiter une colonne de gaz aussi large que l'océan Pacifique grimpait vers l'espace à une vitesse de plusieurs milliers de kilomètres par heure. Dans les couches inférieures de l'atmosphère des orages devaient déjà faire rage, mais ce n'était rien comparé à la violence qui serait libérée quand le jet atteindrait la ceinture de radiations et libérerait ses surplus d'électrons.

Falcon commença par rétracter les pylônes déployés un peu plus tôt. C'était l'unique mesure de précaution qu'il pouvait prendre. Quatre heures s'écouleraient avant l'arrivée de l'onde de choc mais, sitôt déclenché, le souffle électromagnétique se propagerait à la vitesse de la lumière et ne mettrait qu'un dixième de seconde pour parvenir jusqu'à lui.

Toujours rien. Le récepteur radio balayait le spectre sans capter la moindre anomalie. Il n'y avait que les bruits de fond habituels, mais Falcon remarqua une augmentation graduelle de leur intensité. De l'énergie s'accumulait, en prévision de l'explosion.

Il ne s'attendait pas à voir quoi que ce soit à une pareille distance, mais une lueur dansa sur l'horizon sud et lui fit penser à un éclair de chaleur. Au même instant, la moitié des disjoncteurs des circuits du pupitre principal se déclenchèrent. Tout s'éteignit dans la capsule et la liaison radio fut interrompue.

Il voulut bouger, et en fut incapable. La paralysie qui le saisissait n'était pas psychologique. Il avait perdu le contrôle de ses membres et sentait des picotements douloureux dans tout son système nerveux. Le champ électromagnétique ne pouvait traverser le blindage de la cabine – une cage de Faraday – mais un halo vacillant nimbait la console, accompagné par les crépitements de l'électricité statique.

Bang ! Bang !

Les régulateurs de tension – *bang !* – furent mis à contribution – *bang !* – et écrêtèrent les surtensions. La lumière revint, en papillotant. Sa paralysie humiliante disparut aussi vite qu'elle l'avait frappé. Il jeta un regard au pupitre puis se pencha vers les hublots.

Brancher les projecteurs externes eût été inutile, car des dards de feu bleuté électrique suivaient leurs câbles d'alimentation alors que des sphères ignées éblouissantes grimpaient lentement le long des suspentes en direction de la ligne équatoriale du ballon géant.

Cette vision était à la fois si étrange et si belle qu'il ne pouvait l'assimiler à une menace... même s'il savait que peu de gens avaient pu voir la foudre en boule de si près et que personne n'aurait pu survivre à une telle expérience à bord d'un aérostat gonflé d'hydrogène dans l'atmosphère de la Terre. Il se rappela la fin du *Hindenburg* dévoré par les flammes – nul aérostier n'aurait pu l'oublier, il gardait chaque image de ce vieux film d'actualités gravée dans sa mémoire – condamné par une étincelle lors de son amarrage à Lakhurst, en 1937. Une telle catastrophe n'aurait pu se produire dans ce milieu, bien qu'il eût au-dessus de sa tête bien plus d'hydrogène qu'en avait contenu le dernier des zeppelins. Il faudrait attendre plusieurs milliards d'années pour qu'il fût possible d'allumer un feu dans l'atmosphère de Jupiter, où on ne trouvait pour l'instant aucune trace d'oxygène.

Avec un grésillement comparable à celui d'une tranche de bacon en train de frire la radio se fit à nouveau entendre. Il reconnut la voix de Lum, frénétique.

– J'appelle le *Kon-Tiki*... Howard, me recevez-vous ? Me recevez-vous ?

Hachées et distordues, les paroles du directeur de vol étaient à peine intelligibles.

Le moral de Falcon remonta. Il avait repris contact avec l'humanité.

– Très bien, David. Le *Kon-Tiki* vient de recevoir une sacrée décharge, mais elle n'a pas fait de dégâts.

– Nous pensions vous avoir perdu, Howard. Pourriez-vous régler les canaux télémétriques trois, sept et vingt-six ? Et le gain du circuit vidéo numéro deux. Au fait, nous mettons en doute les données fournies par vos détecteurs d'ionisation externes.

Falcon détacha à regret le regard du spectacle pyrotechnique fascinant qui embrasait le ciel autour du *Kon-Tiki*. Tout en s'affairant à calibrer les instruments, il jetait encore des coups d'œil par les hublots. Les feux Saint-Elme disparurent les premiers. Ces globes incandescents entrèrent lentement en expansion, atteignirent leur taille critique et explosèrent sans bruit, presque avec douceur.

Mais une vague luminescence nimba les surfaces

métalliques extérieures de la capsule pendant encore une heure et les liaisons radio furent perturbées par des parasites jusqu'à plus de minuit.

– Nous changeons à nouveau d'équipe, Howard. Meechal va prendre la relève.

– Vous avez fait du bon travail, David. Encore merci.

– Je vous souhaite de passer une excellente troisième journée, Howard, lui dit Buranaphorn.

– On ne voit pas le temps passer, pas vrai ? commenta Falcon, d'humeur joyeuse.

Il était détendu. Le choc électrique, la paralysie... tout cela avait eu sur lui un effet étrange, même s'il n'aurait pu l'analyser. Des images s'imposaient à son imagination et il croyait entendre parler juste à côté de lui – à l'intérieur de la capsule – mais dans une langue inconnue, comme dans un rêve où l'on voit nettement des mots imprimés sur les pages d'un livre sans pouvoir toutefois leur trouver un sens.

Il fit un effort de volonté pour se concentrer sur ses tâches. Sa mission n'était pas terminée.

Le reste de la nuit s'écoula sans incident, jusqu'au moment où il crut voir à l'est un signe annonciateur de l'aube.

Puis il lui vint à l'esprit que le jour ne se lèverait que dans une vingtaine de minutes et que cette luminescence se détachait de l'horizon pour se rapprocher de lui.

Elle s'éloignait de l'arche d'étoiles délimitant la courbe invisible de la planète et il constata qu'il s'agissait d'une bande relativement étroite aux contours bien définis, tel le faisceau d'un énorme projecteur suspendu sous les nuages. Peut-être cinquante kilomètres plus loin une deuxième barre de clarté se ruait vers lui, parallèle à la première et se déplaçant à la même vitesse. Et au-delà il y en avait une autre, et une autre encore, et finalement tout le ciel fut strié d'une succession de bandes de blancheur et de ténèbres.

Falcon s'était accoutumé à voir des merveilles, et la beauté de ce spectacle l'empêchait de l'assimiler à une menace. Mais c'était trop sidérant et inexplicable pour ne pas ébranler son calme presque inhumain. Devant un tel phénomène, tout homme se serait senti insignifiant et impuissant. *Se peut-il que non seulement la vie soit apparue sur Jupiter...*

Il avait des vertiges. Les hublots de la capsule tournoyaient devant ses yeux, aussi rapidement que ces faisceaux de blancheur dans l'immense étendue nuageuse nocturne visible au-delà.

Mais également l'intelligence... ?

Cette pensée devait littéralement livrer un combat pour s'imposer à son esprit. Que savait son subconscient, avec tant de ferveur et de jalousie qu'il voulait le garder pour lui seul ?

Une forme de vie supérieure qui ne réagit que maintenant à ma présence...

– Nous le voyons, nous aussi, dit Buranaphorn d'une voix qui traduisait elle aussi de la crainte et du respect. Nous ignorons de quoi il s'agit et nous allons contacter Ganymède.

Le phénomène s'estompait. Les bandes lumineuses qui arrivaient de l'horizon lointain perdaient de leur intensité, comme si leur source d'énergie s'épuisait. Cinq minutes plus tard tout était terminé. Le dernier rai de clarté vacilla à la bordure ouest du ciel et s'évanouit. Sa disparition emplit Falcon de soulagement. La vision avait été si hypnotique, si troublante, que la contempler plus longtemps eût fortement ébranlé son esprit. Il venait de subir un traumatisme bien plus violent qu'il ne voulait l'admettre. Il pouvait comprendre les phénomènes à l'origine d'une tempête électromagnétique, mais *ceci* dépassait sa compréhension.

Le Contrôle de mission restait muet. Falcon savait que les ordinateurs de Ganymède exploraient leurs banques de données, que des hommes et des machines consacraient toute leur attention au problème. Entre-temps, des demandes de renseignements avaient été adressées à la Terre, mais ils devraient attendre une heure avant de recevoir un simple accusé de réception.

Et que signifiait son malaise croissant, cette sensation d'insatisfaction qui tentait de forcer son esprit pour s'y concentrer, telle de l'énergie accumulée en prévision d'une nouvelle déflagration incommensurable ?

Comme s'il savait quelque chose qu'il refusait d'admettre.

Puis Olaf Brenner le contacta depuis le Contrôle de mission.

– Salut, *Kon-Tiki*. Nous venons de trouver la solution de l'énigme – si l'on peut dire – mais nous avons des difficultés à croire cette explication.

L'exobiologiste paraissait à la fois soulagé et déprimé, en proie à une crise intellectuelle.

– Les clartés que vous avez vues sont dues à de la bioluminescence, une lumière comparable à celle produite par certains micro-organismes des mers tropicales de la Terre – identique par sa manifestation, en tout cas – ici dans l'atmosphère de ce monde et non dans un océan. L'important, c'est que le principe reste le même.

– C'était trop régulier, trop artificiel, protesta Falcon, sans grande conviction. Et trop grand... des centaines de kilomètres de large.

– Bien plus encore. Vous n'en avez observé qu'une infime partie. L'ensemble mesurait près de cinq mille kilomètres de diamètre et ressemblait à une roue en rotation. Vous n'avez aperçu que ses rayons qui tournaient à environ un kilomètre par seconde.

– *Par seconde ?* s'exclama Falcon. Rien de vivant ne pourrait se déplacer aussi vite !

– Bien sûr que non. Laissez-moi vous expliquer.

Ce que vous avez vu a été déclenché par l'onde de choc de l'éruption qui se propageait à la vitesse du son.

– Je ne vois pas le rapport avec cette forme étrange.

– C'est le plus surprenant. Il s'agit d'un phénomène très rare qui, à une échelle mille fois moindre, a été signalé à plusieurs reprises dans le golfe Persique et l'océan Indien. Ecoutez ce que nous avons trouvé dans le journal de bord du *Patna*, un bâtiment de la British Indian Company qui traversait le golfe Persique en mai 1880 : "A 23 h 30, nous avons vu une énorme roue lumineuse en rotation dont les rayons venaient effleurer notre navire. Ces derniers devaient mesurer de deux à trois cents mètres de longueur... Chaque roue comportait seize de ces rayons..." Et voici un autre témoignage daté du 23 mai 1906, dans le golfe d'Oman : "La luminescence intense s'est rapidement approchée de nous en projetant vers l'ouest des faisceaux lumineux nettement délimités qui balayaient la mer très vite, comme les projecteurs d'un vaisseau de guerre... Nous avons vu se former sur bâbord une gigantesque roue de feu dont les rayons s'éloignaient à perte de vue. Cette roue a tournoyé de deux à trois minutes..."

Brenner s'interrompit.

– Eh bien, il est inutile de vous lire la suite. Ganymède a répertorié environ cinq cents cas de ce genre. L'ordinateur nous les aurait tous communiqués, si nous n'avions pas réclamé une pause.

– C'est bon, vous m'avez convaincu... mais j'avoue que tout cela me dépasse.

– Je ne peux vous en faire le reproche. L'explication complète n'a été trouvée que vers la fin du XXe siècle. Ces phénomènes sont provoqués par des séismes sous-marins. Ils se manifestent dans des eaux peu profondes où les ondes de choc sont réfléchies sous forme de barres stationnaires ou de faisceaux en rotation qui ont reçu le nom de “Roues de Poséidon”. On a pu démontrer le bien-fondé de cette théorie en provoquant des explosions au fond des mers pendant qu'un satellite photographiait les résultats.

– Je ne m'étonne plus que les marins aient été pour la plupart superstitieux, commenta Falcon.

Ces exemples terrestres étaient très pertinents. La secousse due à la déflagration de la Source Bêta s'était propagée dans toutes les directions... dans les gaz comprimés des couches inférieures de l'atmosphère et le noyau solide de la planète. Les ondes de choc s'étaient rencontrées et entrecroisées, en s'annulant ici pour se renforcer là. Tout Jupiter avait dû entrer en résonance comme une cloche.

Mais l'explication ne réduisait en rien le caractère merveilleux de ce qu'il venait de voir et il n'oublierait jamais les traits de lumière miroitants qui avaient traversé à une vitesse folle les profondeurs inaccessibles de l'atmosphère jovienne. Sur ce monde, *tout* était possible et nul n'aurait pu prédire ce que leur réservait l'avenir. Et il lui restait encore une journée complète à passer en ce lieu.

Il n'était pas simplement sur une planète étrange mais dans un royaume magique aux confins du mythe et de la réalité.

*

Blake se glissait entre des canalisations, à l'intérieur d'un passage trop étroit pour des êtres humains, un boyau où nul n'était censé s'aventurer après que les soudeurs, les plombiers et les électriciens avaient terminé leur travail... des hommes qui devaient simplement laisser derrière eux un espace suffisant pour permettre à un pauvre bougre de s'y faufiler avec une clé ou des cisailles s'il fallait un jour procéder à une réparation.

Il y était venu au péril de sa vie, car il pourchassait un fauve blessé.

Linda, Ellen, quel que fût le nom qu'elle se donnait à présent, était bien plus intelligente et rapide que lui. Il le savait. Il avait été trop souvent le témoin de sa "chance" extraordinaire pour ne pas deviner quelles modifications avaient été apportées à son cerveau et à ses nerfs, sans jamais toutefois en parler. Peut-être pourrait-elle le voir dans l'obscurité et le flairer comme un couguar.

Mais il fallait l'arrêter. Elle était trop dangereuse pour être laissée en liberté et sous-estimée. Si elle lui avait déclaré que la mission d'Howard Falcon échouerait, elle avait dû tout faire pour cela. Il n'avait pu se résoudre à la dénoncer au commandant, aller annoncer à cet homme qu'elle était à bord et se laver les mains de ce qu'ils feraient d'elle. Trop de choses se produisaient, et bien trop vite. Il devait régler lui-même ce problème.

Deux facteurs penchaient en sa faveur. Son goût pervers du sabotage faisait de lui un expert de la furtivité et elle ne devait pas s'attendre à le voir. N'était-elle pas sortie de sa cachette pour l'avertir de rester à l'écart alors qu'il la croyait à trois planètes de distance ?

Quant à ses yeux hagards et à son corps décharné, ils indiquaient qu'elle était malade mais pas nécessairement moins redoutable.

Il progressa lentement dans un passage presque impraticable et arriva à proximité du réduit d'entretien d'un bloc propulseur auxiliaire. Il avait visité les autres cachettes mentionnées sur la liste des lieux où elle pouvait se dissimuler. Tous s'étaient avérés trop faciles d'accès pour qu'elle courût le risque de les choisir.

Par une simple fissure entre deux ponts de câbles électriques, il jeta un coup d'œil dans un espace faiblement éclairé par la luminescence verdâtre de deux diodes. Rien ne bougeait. Il tendit l'oreille et n'entendit que les gémissements, les bourdonnements et les craquements du vaisseau en plus des sifflements de sa respiration et des battements de son cœur. Bien qu'à peine audibles, ces sons l'assourdissaient comme un vent d'ouragan et le ressac d'une tempête.

Il s'avança de quelques centimètres et se pencha dans le réduit où il s'était attendu à la découvrir.

Le cri de la démente fut le seul avertissement. Elle bondit hors des ombres profondes, toutes griffes dehors, hurlant comme une harpie. Elle lui eût déchiqueté la gorge s'il n'avait été informé de ses intentions par son cri. Il disposa d'une fraction de seconde pour voir ses yeux embrasés, ses crocs luisants, alors qu'il se contorsionnait pour se tourner...

...et saisir ses poignets. Les sondes digitales déployées sous les ongles de la jeune femme tailladèrent ses bras, aussi tranchantes que des lames de rasoir, mais il n'en fit pas cas. Ses chevilles toujours coincées dans l'étroit passage lui offraient le point d'appui dont il avait besoin, et...

D'un mouvement saccadé de son cou le phoque léopard dépèce sa proie dont le sang gicle de toutes parts...

Sur Sparta, l'effet fut moins grand-guignolesque. Elle bascula la tête en bas et se plia comme une poupée de chiffon pour percuter la cloison les fesses les premières et les jambes écartées. Son haleine fétide fut expulsée de sa bouche en même temps qu'un grognement et elle leva son bras libre avec faiblesse, mais le poing gauche de Blake atteignait déjà son menton. La tête de la femme fut projetée en arrière et ses yeux se révulsèrent.

Le sang de l'homme partait à la dérive dans le réduit exigu, de petites bulles noires sous la clarté verdâtre des diodes, de plus en plus nombreuses. Il referma ses bras sur le corps décharné et souillé de Sparta et se mit à pleurer. Alors qu'il sanglotait, sa main valide chercha à tâtons l'écoutille d'accès à la coursive de maintenance.

Il avait entretenu l'espoir de ne pas la livrer aux autorités. Il voulait obtenir d'elle la vérité et, dans la mesure du possible, l'aider à échapper à la justice.

Mais il était désormais trop tard. Il se vidait de son sang et elle agonisait dans ses bras.

24

L'aube véritable se leva enfin, accompagnée par un brusque changement des conditions météorologiques. Le *Kon-Tiki* se retrouvait au cœur d'une tempête. Les flocons de cire tombaient si dru que la visibilité se réduisait à néant et Falcon s'inquiétait de leur poids qui risquait de lester le ballon en s'accumulant sur son enveloppe. Puis il remarqua que ceux qui se posaient à l'extérieur du hublot disparaissaient presque aussitôt. La chaleur dégagée par le *Kon-Tiki* entraînait leur évaporation immédiate.

S'il avait été sur la Terre, il aurait également dû songer aux risques d'une collision. Mais il n'existait ici aucun danger de cette sorte. Il dérivait à des centaines de kilomètres au-dessus des montagnes de Jupiter, s'il y avait des monts à la surface de la planète. Quant aux îles flottantes d'écume, un éventuel impact avec l'une d'elles ne serait sans doute pas plus violent que s'il percutait une énorme bulle de savon.

La prudence l'incita malgré tout à jeter un coup d'œil au radar qui balayait l'horizon. Ce qu'il y vit le surprit, des douzaines de tops d'échos brillants disséminés en proue, éloignés les uns des autres et en suspension dans l'espace. Falcon se rappela l'expression que les pionniers de l'aviation avaient utilisée pour se référer à un des risques de leur métier, "des nuages farcis de rocher", une bonne description de ce qui paraissait se trouver sur son chemin. Ce qu'il découvrait sur l'écran le déconcertait, même s'il savait que rien de bien solide n'aurait pu flotter dans une telle atmosphère.

La partie consciente de son esprit tentait de classifier l'étrange apparition – un phénomène météorologique qui se produisait à plus de 200 kilomètres – mais une émotion plus primitive envahissait sa poitrine.

– Savez-vous de quoi il s'agit, Contrôle de mission ?

Il fut surpris par la tension de sa voix.

– Désolé, Howard, mais nous l'ignorons. Nous ne recevons que votre signal radar.

Au moins pouvaient-ils observer le ciel et Buranaphorn l'informa qu'il émergerait de la zone de mauvais temps dans une demi-heure.

Sans avertissement, un violent vent contraire s'empara du *Kon-Tiki* et l'emporta à angle droit de sa trajectoire. A présent, le ballon tirait la capsule dans les airs comme une ancre flottante, presque à l'horizontale, et Falcon dut mettre à contribution toute son habileté et ses réflexes pour l'empêcher de s'emmêler dans ses suspentes et se retourner.

Quelques minutes plus tard il filait vers le nord à plus de 600 kilomètres par heure.

La bourrasque cessa aussi brusquement qu'elle avait débuté. Le *Kon-Tiki* se déplaçait toujours très vite, mais dans un courant aussi paisible que celui d'un jet-stream. La fin de la tempête de neige lui permit de voir la surprise que Jupiter lui avait réservée.

Le *Kon-Tiki* se retrouvait dans un tourbillon gigantesque d'au moins un millier de kilomètres de diamètre. Le ballon était emporté le long d'un mur circulaire de nuages. Au-dessus le soleil brillait dans un ciel dégagé et en contrebas le trou transperçait l'atmosphère jusqu'à un sol brumeux et parcouru d'éclairs.

La lenteur de la descente ne mettait pas l'appareil en danger immédiat mais Falcon augmenta la puissance de la torche à fusion pour chauffer le gaz contenu dans l'enveloppe et se stabiliser à une altitude constante. Ce fut seulement après cette manœuvre qu'il cessa d'observer le spectacle fantastique pour s'intéresser aux tops d'échos énigmatiques vus sur l'écran du radar. Ils n'avaient pas disparu.

Le plus proche provenait d'un point situé à une quarantaine de kilomètres. Ils se disséminaient sur le pourtour du tourbillon, emportés par les masses de gaz en mouvement comme le *Kon-Tiki*. Il regarda par le hublot avec son œil télescopique et un nuage pommelé emplit son champ de vision.

Il n'était pas facile à discerner, à peine un peu plus sombre que les gaz qui tournoyaient en arrière-plan. Falcon l'observa plus d'une minute avant de comprendre qu'il l'avait déjà vu. Il braqua aussitôt sur lui les instruments optiques de la capsule afin que le Contrôle de mission pût également le voir.

La fois précédente, cette chose survolait en rasemottes des montagnes d'écume dérivant dans le ciel et il l'avait prise par erreur pour un arbre géant aux troncs multiples. Il pouvait à présent procéder à une estimation plus précise de sa taille et même lui donner un nom plus approprié. Car cela ressemblait moins à une plante qu'à une méduse, presque identique à celles qui se laissaient emporter par les remous des courants des océans terrestres. Des créatures qui devaient leur nom à la ressemblance que les naturalistes du passé avaient trouvée entre leurs tentacules et les serpents entremêlés d'une tête de Gorgone.

Celle-ci mesurait près de deux kilomètres de

diamètre et possédait des vingtaines d'appendices de plusieurs centaines de mètres de long qui ondulaient avec un synchronisme parfait. Chaque oscillation durait plus d'une minute... comme si la créature se propulsait à la rame dans le ciel.

Chaque top d'écho était renvoyé par une de ces méduses. Falcon régla son œil et son télescope sur une demi-douzaine d'entre elles. Il ne put déceler aucune variation évidente de taille ou de forme. Toutes appartenaient à la même espèce. Il se demanda simplement pourquoi ces créatures se laissaient paresseusement dériver dans ce tourbillon démesuré. Se nourrissaient-elles de "plancton" céleste aspiré dans le maelström comme le *Kon-Tiki* ?

– Contrôle de mission, je m'étonne du silence du Pr Brenner. Serait-il retourné se coucher ?

– Il est toujours à son poste mais il dort comme un bébé, répondit Buranaphorn.

– Réveillez-le.

– Par tous... s'exclama Brenner une seconde plus tard. Howard, cette chose est cent mille fois plus volumineuse que la plus grosse des baleines ! Même si ce n'est qu'un sac de gaz, il doit peser un million de tonnes ! Je ne peux faire la moindre supposition sur son métabolisme. Pour assurer sa flottabilité, ce machin doit dégager des mégawatts de chaleur.

– L'hypothèse d'une simple poche de gaz est à écarter. Elle reflète trop bien les ondes du radar.

– Vous devez vous en rapprocher.

L'hystérie faussait la voix de l'exobiologiste.

– C'est faisable.

Il pouvait se déplacer en modifiant son altitude pour tirer avantage des vitesses relatives du vent, mais il s'en abstint. Quelque chose s'était emparé de son être et le paralysait, comme lors de la tempête électromagnétique.

– Falcon, il faut immédiatement...

Buranaphorn interrompit Brenner sur un ton autoritaire :

– Je préfère que nous restions où nous sommes, Howard.

– Bien reçu, Contrôle de vol. On ne bouge pas.

Falcon était soulagé, et amusé par l'emploi de la première personne du pluriel. Le millier de kilomètres qui séparait le *Garuda* de la méduse faisait une sacrée différence.

Le scientifique ne prit pas la peine de présenter ses excuses au directeur de vol pour avoir voulu usurper ses prérogatives.

*

Sparta ouvrit les yeux. Dans son sommeil elle avait *écouté* l'échange de paroles entre le *Garuda* et le ballon vulnérable qui tournoyait dans les nuages de Jupiter, si loin en contrebas, mais nulle lueur de compréhension n'apparaissait sur son visage émacié.

– *Aiingg Zzhhhee...*

Et du sable obstruait sa gorge.

– Quoi ?

Trois hommes baissaient les yeux sur elle : deux jeunes et un plus âgé. Elle ne les reconnut pas. Elle essaya à nouveau d'utiliser sa vision télescopique et crut que sa tête allait exploser. Si elle avait pu voir leurs yeux en gros plan, relever leurs empreintes rétiniennes, elle aurait pu les identifier... Mais pourquoi son œil droit refusait-il de fonctionner ? La focale restait fixe, normale. Sa vision n'était pas supérieure à celle d'une femme ordinaire.

– Je ne vois plus, murmura-t-elle.

Un des hommes les plus jeunes agita la main devant son visage puis leva trois doigts.

– Les discernez-vous ? Combien y en a-t-il ?

– Trois.

– Ouvrez les deux yeux.

Sans doute était-ce un médecin. Il couvrit son œil droit avec sa paume.

– Et maintenant ?

– Quatre. Mais je suis aveugle.

Il déplaça sa main sur l'autre œil.

– A présent ?

– Toujours quatre.

– Vous voyez très bien, pourquoi dites-vous le contraire ?

Il écarta sa main.

– Les images sont-elles déformées ? Voyez-vous des ombres, des choses anormales ?

Elle détourna la tête, sans prendre la peine de répondre. Cet imbécile ne pouvait comprendre et mieux valait ne rien lui expliquer.

– Ellen, nous devons vous parler, dit le plus âgé des trois.

Pourquoi l'appelait-il ainsi ? Ce n'était pas son nom.

Elle testa discrètement la solidité de ses liens et fut surprise par leur résistance. On l'avait immobilisée sur une surface confortable, un lit, en passant de larges lanières autour de ses chevilles, ses poignets et son ventre. Des tubes pénétraient dans ses bras et elle percevait la présence d'autres tuyaux et câbles reliés à son crâne. Elle avait perdu son sens de la *vision*...

Mais pas celui de l'*ouïe*...

*

Depuis plus d'une heure, alors que le *Kon-Tiki* tournoyait dans la tornade démesurée, Falcon effectuait des essais pour tenter d'améliorer le contraste et le gain des circuits vidéo afin d'enregistrer une image à la définition acceptable de la méduse la plus proche. Il se demandait si son aspect pommelé ne lui servait pas de camouflage. Comme de nombreux animaux terrestres, peut-être essayait-elle de se fondre dans le milieu où elle évoluait. De tels subterfuges étaient utilisés tant par les prédateurs que par leurs proies en puissance.

Dans laquelle de ces catégories convenait-il de classer la méduse ? Falcon n'espérait pas trouver une réponse à cette question au cours du bref laps de temps qui lui était encore imparti mais il fut fixé sur ce point peu avant midi.

En formation, comme une escadrille d'antiques chasseurs à réaction, cinq mantes traversèrent la paroi de brume du tourbillon et fondirent vers la masse grisâtre de la méduse. Falcon comprit aussitôt leurs intentions et sut qu'il avait eu tort de les croire inoffensives.

Tout se déroula si lentement qu'il eut l'impression d'assister à la projection d'une vid au ralenti. Les prédateurs avançaient en ondulant sans dépasser cinquante kilomètres par heure. Ils parurent mettre un temps infini pour atteindre leur proie qui se déplaçait dans le tourbillon avec encore plus de lenteur. Bien qu'énormes, les mantes étaient minuscules par rapport à l'autre créature. Et quand elles s'abattirent sur son dos, l'homme les compara à des mouettes qui se seraient posées sur une baleine.

La méduse pouvait-elle se défendre ? Elle serait impuissante tant que les raies resteraient hors de portée de ses tentacules. Et rien n'indiquait qu'elle avait seulement perçu leur présence.

Ses assaillants n'étaient peut-être pour elle que des parasites insignifiants, comme des puces pour un chien.

Non, tout démontrait qu'elle voulait s'en débarrasser.

Avec une lenteur angoissante, elle entreprit de basculer sur elle-même tel un navire qui chavire. Dix minutes s'écoulèrent. Elle s'était inclinée de quarante-cinq degrés et perdait rapidement de l'altitude.

Falcon fut pris de pitié pour la créature agressée

de toutes parts. Sa vision lui rappelait des souvenirs pénibles, sa chute était presque une parodie grotesque de celle du *Queen*.

– Ne vous apitoyez pas trop sur son sort, dit Brenner qui semblait lire ses pensées. L'intelligence ne peut se développer que chez les prédateurs... peu importe qu'ils soient terrestres, marins ou aériens. Ces créatures que vous appelez des mantes sont bien plus proches de nous que ce ballon de baudruche.

Falcon fut tenté de rétorquer au scientifique qu'il ne partageait pas son point de vue, mais qui aurait pu s'apitoyer *vraiment* sur le sort d'un monstre cent mille fois plus gros qu'une baleine ? Et il ne voulait pas contredire l'exobiologiste, qui devait être épuisé pour laisser ainsi ses émotions prendre le pas sur son détachement scientifique.

Falcon cessa de penser à l'état d'esprit de Brenner – et au sien – car la tactique de la méduse commençait à donner des résultats. Dérangées par sa lente rotation, les mantes s'écartaient de son dos en battant des ailes, tels des vautours chassés en plein milieu d'un festin de charogne. Elles préféraient la position horizontale, à moins que leur réaction n'eût une autre cause.

Elles ne s'étaient guère éloignées et continuaient de voleter à quelques mètres du monstre dont le renversement se poursuivait *quand il y eut un éclair de lumière aveuglante...*

...ponctué par un craquement d'électricité statique à la radio. Falcon ressentit la secousse comme une montée de bile, à l'emplacement autrefois occupé par son estomac. Il utilisa sa vision rapprochée pour regarder un prédateur basculer sur le dos et tomber en laissant derrière lui une traînée d'épaisse fumée noire ! La ressemblance avec un chasseur en flammes abattu au cours d'un combat aérien le laissa pantois.

Les autres mantes effectuèrent un piqué pour

s'éloigner de la méduse et acquirent de la rapidité en perdant de l'altitude. Elles disparurent bientôt dans le mur de nuages d'où elles avaient jailli peu auparavant.

La méduse venait d'interrompre sa chute et se tournait pour retrouver une assiette horizontale. Peu après, elle flottait à nouveau dans le bon sens comme si rien ne s'était passé.

– Magnifique ! siffla Brenner dans le com quand il recouvra sa voix. Elle a des défenses électriques, au même titre que les gymnotes et les raies. Et ses décharges atteignent au moins un million de volts !

Il fit une pause, puis ajouta sur un ton autoritaire :

– Alors, Falcon, remarquez-vous des organes particuliers qui font penser à des électrodes ?

– Non, mais... je discerne quelque chose de bizarre. Voyez-vous ceci ? Faites repasser l'enregistrement... ce n'était pas visible, tout à l'heure.

Il se référait à une large bande qui venait d'apparaître sur le côté de la méduse, un damier à la régularité sidérante. Chaque carré était occupé par un ensemble complexe de tirets horizontaux disposés à égale distance l'un de l'autre, en lignes et en colonnes à la régularité parfaite.

– Vous avez raison, dit Brenner qui paraissait fortement impressionné. C'est nouveau. Qu'en pensez-vous ?

Buranaphorn ne lui laissa pas le temps de répondre.

– Je présume que vous allez nous dire que ça ressemble à une batterie d'antennes pour ondes métriques, pas vrai ? fit-il en riant. Tout ingénieur qui n'aurait pas une réputation de biologiste à préserver arriverait immédiatement à cette conclusion.

– Voilà qui explique la puissance de l'écho, commenta Falcon.

– C'est possible. Mais pourquoi *maintenant* ?

demanda Brenner. Pour quelle raison ces machins viennent-ils d'apparaître ?

– A cause de la décharge, peut-être ? avança Buranaphorn.

– Qui sait ? dit Falcon qui réfléchit un instant avant d'ajouter : A moins qu'elle ne nous écoute.

– Sur ces fréquences ? rétorqua Buranaphorn qui manqua rire à nouveau. Si ce sont bien des antennes, leurs dimensions indiquent qu'elles sont effectivement métriques ou décamétriques.

– Peut-être sont-elles accordées sur les fréquences des perturbations électromagnétiques de la planète ? proposa Brenner avec enthousiasme. La nature n'a doté aucun animal terrestre de telles facultés, même si certains ont des sens différents des nôtres, mais il est vrai que Jupiter est baigné par autant d'ondes électromagnétiques que notre monde l'est de lumière solaire.

– Ce n'est pas à exclure, reconnut Buranaphorn. La méduse peut se nourrir de cette énergie. Peut-être est-ce une fleur aérienne.

– Toutes ces hypothèses sont fascinantes, commenta Brenner d'une voix à nouveau autoritaire. Mais nous avons une question bien plus importante à régler. Je parle de l'application de la Première Directive.

Pendant un long moment il n'y eut que des parasites sur le canal de communication entre le *Garuda* et le *Kon-Tiki*. Même Buranaphorn restait muet.

Ce fut Falcon qui reprit la parole, au prix d'un effort.

– Exposez vos arguments.

– Avant de venir ici, commença Brenner avec une gaieté qui sonnait faux, j'aurais juré qu'une créature capable de se doter d'une antenne de radio devait posséder une intelligence supérieure. A présent, je suis moins catégorique. C'est peut-être le résultat d'un processus d'évolution naturel. Si on réfléchit bien, ce n'est pas plus extraordinaire qu'un œil.

– Alors, pourquoi invoquez-vous la Première Directive, professeur Brenner ? demanda Buranaphorn.

– La prudence s'impose malgré tout et nous devons présumer que cette créature est intelligente, même si nous n'en sommes pas convaincus.

Nous, se dit Falcon qui cherchait à placer sous contrôle les étranges émotions qui l'envahissaient...

– Il faut donc mettre en application toutes ses clauses, conclut Brenner.

Une responsabilité à laquelle il n'avait jamais songé incombait désormais à Howard Falcon. Pendant les quelques heures qui lui restaient à passer en ce lieu, il pourrait devenir le premier ambassadeur de l'humanité auprès d'une espèce extraterrestre.

Il trouvait étrange de ne pas en être surpris. En fait, cela l'amusait à tel point qu'il regrettait presque que les chirurgiens ne lui aient pas rendu la capacité de rire.

*

A bord du *Garuda*, Buranaphorn adressa un regard scrutateur à Brenner.

– Désolé de vous avoir réveillé.

Pour des chercheurs, la Première Directive constituait un sérieux handicap, même si nul ne doutait des intentions de ceux qui l'avaient promulguée. Après un siècle de discussions, les humains avaient finalement tiré des leçons des erreurs commises sur leur planète natale... tout au moins l'espérait-on. Ce n'était pas uniquement pour des considérations d'ordre moral qu'ils avaient décidé de ne pas les répéter dans tout le reste du système solaire, mais aussi par intérêt. N'était-ce pas une des raisons de la présence de cet envoyé de Voxpop ? Il devait s'assurer qu'ils ne transgresseraient pas ces principes.

Le rappeler aux membres de l'expédition eût été superflu. Traiter une intelligence peut-être supérieure comme les colons d'Australie et d'Amérique du Nord avaient traité les autochtones de ces continents, comme les Anglais avaient traité les Indiens, comme presque tout le monde avait traité les tribus d'Afrique... eh bien, cela conduisait inévitablement au désastre.

Buranaphorn insista.

– Je suis sérieux, professeur. Ne pensez-vous pas que vous devriez aller vous reposer dans votre cabine ?

La Première Directive imposait de *garder ses distances*. S'abstenir de toute approche. Ne pas essayer d'établir un contact. Laisser aux extraterrestres le temps d'étudier les hommes... pendant une durée non précisée dont décideraient les explorateurs concernés.

– Quel que soit le statut de cette chose, ce n'est pas après la tombée de la nuit que nous la verrons mieux.

Brenner lui adressa un étrange regard.

– Je ne pourrais pas dormir. Savez-vous depuis combien de temps j'attends cet instant ?

– Comme vous voudrez, professeur.

Il en fait partie, pensa Buranaphorn. *Et dire qu'il y a seulement une heure je ne m'en doutais pas.* Ce scientifique paraissait pourtant avoir les pieds sur terre. N'avait-il pas répété constamment qu'ils trouveraient sans doute des germes, là en bas... mais rien de plus ?

Cette mission avait attiré de nombreux individus qui avaient placé tous leurs espoirs dans les nuages de Jupiter : des techniciens mais aussi des bigots comparables à ceux qui s'étaient fait appeler des "scientifiques créationnistes" au XXe siècle. Meechal Buranaphorn, cet ex-pilote de fusée ingénieur en aéronautique, était bouddhiste. Il ne laissait pas pour autant la religion influencer outre mesure son existence. Il n'écrasait pas d'insectes et ne mangeait pas de viande – sauf celle d'élevage, naturellement – mais certains de ces types... ils paraissaient attendre une réincarnation instantanée. Il dut faire un effort de volonté pour se concentrer sur leur mission.

Au moins les deux gros bras du Bureau spatial avaient-ils vidé les lieux. D'après leur conduite, ils cherchaient à provoquer un incident. Mais peut-être avaient-ils eu d'excellentes raisons de venir à bord. Qui aurait supposé... Il appela la passerelle.

– Quelles nouvelles avons-nous de notre passagère clandestine ?

Ce fut Rajagopal qui répondit :

– Nous ne sommes au courant de rien.

– Allons, dites-moi quelque chose, Raj.

L'officier en second possédait cette morgue exaspérante qui, pour Buranaphorn, était le propre de toutes les Indiennes. Surtout celles qui détenaient de l'autorité.

Mais elle finit par céder.

– Cette femme est dans la clinique, avec ce Redfield et nos visiteurs du Bureau spatial.

– Et le capitaine, il prend ça comment ?

Chowdhury décida d'intervenir.

– Veuillez faire votre travail et nous laisser exécuter le nôtre, monsieur Buranaphorn. Ne vous laissez pas distraire par des détails secondaires. Si nous sommes ici, c'est pour mener à bien notre mission.

Merci de me le rappeler, connard, rétorqua Buranaphorn. Mais en pensée seulement.

*

Dans la minuscule clinique, Sparta était à nouveau inconsciente.

– Je ne l'ai pas frappée très fort, affirma Blake, peut-être pour la centième fois.

Le médecin blond – descendant d'une vieille famille de Singapour d'origine hollandaise – ne prit pas la peine de répondre. Il avait déjà expliqué longuement que les vaisseaux sanguins intercrâniens de sa patiente étaient fragilisés par le Striaphan, une drogue trouvée en quantités importantes sur elle et dont elle avait dû faire un emploi intensif et prolongé. Dans ces conditions, le moindre choc suffisait pour provoquer un hématome subdural.

Il n'était pas rare de percuter un obstacle tête la première, en apesanteur. L'équipement nanochirurgical de la clinique eût permis de procéder à une intervention qui n'eût pas duré plus de deux heures, si cette femme avait eu une constitution un peu plus robuste. Mais elle souffrait de malnutrition et d'une pneumonie... des problèmes médicaux au demeurant bénins mais qui se posaient rarement dans l'espace. Combinés au traumatisme et au caillot sanguin, il en résultait un cas dont l'issue risquait d'être fatale.

Le médecin se disait que sa tâche eût été facilitée s'il avait pu se débarrasser de ces casse-pieds. La clinique, un simple réduit aménagé dans la zone de loisir, était déjà bien assez exiguë sans qu'il dût la partager avec Redfield qui se lamentait et cet officier du Bureau spatial corpulent et grisonnant. Et d'où diable avait-il jailli en brandissant son insigne et en se prévalant de l'autorité que le Conseil des Mondes lui avait conférée ?

– Restez ici, docteur Ullrich, ordonna le militaire. M. Redfield et moi serons rapidement de retour.

– Je ne peux rien faire d'autre pour elle tant...

– Ne sortez pas d'ici.

– Mais je n'ai pas pris mon repas...

L'écoutille se referma sur sa protestation plaintive.

Lorsqu'ils furent dans la coursive, le commandant se tourna vers son assistant, un homme blond et musclé.

– Du nouveau, Vik ?
– Rien.

Le lieutenant montait la garde, l'étourdisseur au poing.

Le commandant lorgna Blake.

– Elle est à bord du *Garuda* depuis votre appareillage de Ganymède. Etes-vous certain qu'elle n'a pas installé une bombe dans le *Kon-Tiki* ?

– Impossible, l'excédent de masse aurait révélé sa présence.

– Elle a réussi à dissimuler la sienne.

– Le *Garuda* était assez gros pour le lui permettre. Mais le *Kon-Tiki* a été pesé plusieurs fois avant le lancement. Au gramme près. Je m'en suis assuré.

– Ouais, je sais déjà que vous vous êtes rendu insupportable. Un générateur d'impulsions, alors... un engin miniaturisé non explosif assez puissant pour griller tous les circuits, comparable à celui qu'ils ont utilisé contre elle sur Mars.

– Elle vit en marge de la société depuis près de deux ans, hors de tout système organisé. Comment aurait-elle pu se procurer une arme aussi perfectionnée et coûteuse ?

– Elle a réussi à monter à bord de cet appareil et à s'y dissimuler...

– J'ignore comment elle a procédé, mais cela ne réclame pas autant de moyens.

– Ouais. Aurait-elle pu endommager la structure du *Kon-Tiki* ?

– Il a fonctionné parfaitement depuis son largage et tous ses systèmes – boucliers thermiques, parachutes de freinage, ballon, module de fusion, propulseurs, unités de pressurisation, instruments de bord et de télécommunications – tout cela a été testé avant la séparation.

– Les logiciels, alors ?

– Les diagnostics n'ont révélé aucune anomalie.

– Il ne reste pourtant que cela... les programmes.

Blake hocha la tête, à contrecœur.

– Vous avez sans doute raison. Mais pour être fixés, nous devrons obtenir ses aveux.

– Ecoutez, Redfield, je ne veux pas me débarrasser de vous mais ce médecin a l'estomac dans les talons. Pourriez-vous faire un saut aux cuisines ?

Blake alla pour émettre des objections... pourquoi Vik ne s'en chargeait-il pas ? Mais la réponse était évidente. Le lieutenant avait une arme, et peut-être devrait-il s'en servir. Il s'éloigna en direction du réfectoire.

Le commandant regagna la clinique.

– On va vous apporter un en-cas, annonça-t-il à Ullrich. Répétez-moi tout ce que vous savez sur cette drogue.

– Les ordinateurs précisent qu'il s'agit d'une protéine de liaison des nucléotides de guanine...

– En termes qu'un simple flic puisse comprendre.

L'homme rougit.

– Un neuropeptide – un produit chimique du cerveau – associé au cortex visuel. Utilisation limitée dans le traitement de certaines formes de désordres de la lecture. Le dosage prescrit est d'un millionième de ce qu'elle a dû absorber.

– Quel est le résultat ?

– Les rats ont apparemment des hallucinations. Auditives et visuelles. Et un comportement bizarre.

– Une sorte de schizophrénie ?

– La schizophrénie est le propre de l'homme, pas des rats.

– Vous marquez un point, docteur. Continuez.

– Le cortex visuel gauche de cette femme était fragile. Le poing de Redfield a percuté sa mâchoire et repoussé le cerveau au fond de la boîte crânienne. La perméabilité préexistante de la membrane cellulaire peut en partie expliquer qu'elle se croie aveugle... même si l'acuité de sa vision est normale.

Sparta ouvrit les yeux à cet instant. Ullrich la

regarda, surpris de ne pas s'intéresser un peu plus au sort de sa patiente.

– L'important, c'est que ses jours ne sont plus en danger. Sa pneumonie est en bonne voie de guérison.

– Pouvez-vous parler, Linda ? demanda le commandant.

Il y avait dans sa voix un étrange mélange d'inquiétude et d'autorité.

Le médecin objecta, presque par réflexe :

– Ce n'est pas...

– Parler, murmura-t-elle avant de regarder l'autre homme en fronçant les sourcils. Dangereux.

– Ne vous inquiétez pas, vous n'avez pas à vous méfier de lui, déclara le commandant sans faire cas de l'expression déconcertée et offensée d'Ullrich. Qu'avez-vous fait au *Kon-Tiki*, et pourquoi ?

Leurs yeux se rivèrent.

– Vous le savez déjà.

– Vous estimez qu'Howard Falcon a pris votre place d'émissaire auprès de qui nous savons ?

– C'est le statut que les prophètes lui ont donné.

– Et vous avez voulu le priver de cet honneur ? Par jalousie ?

– Jalousie ?

Elle tenta de sourire et le résultat fut catastrophique.

– Je ne tiens pas plus que vous à ce que le Libre Esprit établisse le premier contact.

Elle leva le regard sur le plafond métallique.

– J'ai eu fort à faire, au cours de ces deux dernières années.

– Je m'en doute.

– Je sais qui vous êtes, commandant. Qui vous êtes vraiment.

– Mais Howard Falcon est un homme innocent.

– Homme n'est pas le terme que j'aurais employé.

– Il est aussi humain que vous.

– Je ne suis plus humaine, affirma-t-elle avec véhémence.

– Vous vous trompez. Montrez-lui les scanners.

Il s'était tourné vers Ullrich, qui fit apparaître les images du cerveau de la femme sur une vidéo-plaque et désigna l'hématome.

– Cette zone a été presque entièrement reconstituée par des nano-organismes ciblés...

– Merci, docteur, l'interrompit le militaire. Linda, si vous pouvez voir plus près ou plus loin que nous, ce n'est pas à cause de ce qu'ils ont fait à vos yeux mais à votre cortex visuel.

– Au fait, je dois préciser que ces capacités ont disparu, dit-elle. Ma matière grise a grillé.

– Ce noyau de matière cérébrale est intact, ajouta le commandant en désignant une zone d'ombre dans le cerveau antérieur. De même que celui-ci. Et cet autre.

– Je peux encore calculer une trajectoire.

– Qu'avez-vous fait à l'ordinateur de bord du *Kon-Tiki* ?

– Et *écouter*.

Elle ferma les yeux. Pendant une seconde – qui parut durer une éternité – elle resta totalement immobile. Puis elle rouvrit les paupières et déclara :

– Peut-être auriez-vous pu me convaincre... si nous avions disposé d'un peu plus de temps.

– Que voulez-vous dire ?

– Ne perdez pas des moments précieux avec moi. On a besoin de vous au Contrôle de mission.

Il comprit.

– Ils se sont donc décidés.

25

Le ciel s'assombrissait mais, occupé à observer le nuage vivant, Falcon n'en fit pas cas. Le tourbillon avait emporté le *Kon-Tiki* à une vingtaine de kilomètres de cette créature.

– Si vous vous en rapprochez encore, Howard, effectuez une manœuvre de dégagement, ordonna Buranaphorn. Le rayon d'action de ses défenses électriques doit être réduit, mais je ne tiens pas à ce que vous serviez de cobaye pour tester cette hypothèse.

– Les prochains explorateurs, dit Falcon d'une voix rauque.

– Vous pourriez répéter ?

– Laissons cet honneur à ceux qui viendront ici après moi.

Une partie de son cerveau suivait le déroulement des événements avec clarté mais une autre avait des difficultés à exprimer ses pensées.

– Il ne reste qu'à leur souhaiter bonne chance.

– On s'est bien compris, fit le Contrôle de mission.

Il régnait une semi-pénombre à l'intérieur de la capsule, ce qui était étrange car le soleil ne se coucherait que dans plusieurs heures. Falcon regarda l'écran du radar, ce qu'il faisait machinalement à quelques minutes d'intervalle. Ce qu'il vit et ses sens confirmèrent qu'il n'y avait que lui et la méduse dans un rayon de cent kilomètres.

Brusquement, il fut assourdi par le grondement qui avait jailli de la nuit jovienne... ces battements palpitants qui s'accéléraient pour s'interrompre en plein milieu d'un crescendo. Toute la capsule vibra tel un pois posé sur une peau de tambour.

Falcon prit simultanément conscience de deux choses, pendant le brusque silence qui suivit. Cette fois, le son n'était pas émis à des milliers de kilomètres et ne lui parvenait pas sur des fréquences radio. Il se propageait dans l'atmosphère, autour de lui.

La deuxième pensée fut plus troublante. Il avait oublié – un fait inexcusable, mais il avait tant de sujets de préoccupation – qu'au-dessus de lui le ballon du *Kon-Tiki* cachait la majeure partie du ciel. Argenté pour empêcher la dissipation de la chaleur, ce grand sac ne faisait pas écran qu'à la vision mais aussi aux ondes du radar.

Ils avaient longuement réfléchi à cet inconvénient avant de se résoudre à accepter ce qui n'était après tout qu'une concession mineure, sans véritable importance... jusqu'à présent.

Falcon vit une barrière de tentacules gigantesques s'abaisser autour du ballon.

– N'oubliez pas la Première Directive ! La Première Directive !

Le hurlement de Brenner sema une impensable confusion dans son esprit... comme si ces mots avaient le pouvoir de détourner son attention, de subjuguer sa volonté. Pendant un instant, il crut que ce rappel à l'ordre provenait de son subconscient, si net qu'il ne pouvait être différencié de ses pensées.

Mais non... il reconnaissait la voix qui hurlait par le com :

– Ne l'effrayez pas !

Ne pas l'*effrayer* ? Avant qu'il n'eût trouvé une réplique appropriée, le battement assourdissant reprit et couvrit tout le reste.

On juge la valeur d'un pilote d'essai non à son comportement face à des urgences prévisibles mais lorsqu'il est confronté à des situations que nul n'aurait pu prévoir. Il doit alors prendre des mesures à un niveau autre que celui du conscient, avoir des réactions impossibles à conditionner mais relevant d'une capacité de décision au plan cellulaire. Avant de savoir ce qu'il faisait, Falcon avait déjà terminé. Il venait de tirer la corde de déchirure.

Corde de déchirure... un terme archaïque datant des balbutiements de l'aérostation, cette époque où une véritable corde permettait d'ouvrir l'enveloppe du ballon. Il s'agissait à présent d'un simple interrupteur qui commandait l'ouverture d'un groupe de volets situés dans la partie supérieure de l'aérostat. Le gaz chaud s'échappa aussitôt. Privé de force ascensionnelle, l'aérostat fut entraîné vers le bas par une gravité deux fois et demie plus importante que celle de la Terre.

Il vit les grands tentacules s'éloigner au-dessus de lui. Il n'eut que le temps de remarquer qu'ils étaient couverts de grosses vessies sans doute chargées d'assurer leur flottabilité et qu'ils s'achevaient par des multitudes de palpes semblables aux racines d'une plante.

Il s'attendait à être frappé par la foudre. Rien ne se produisit.

Brenner hurlait toujours :

– Qu'avez-vous fait, Falcon ? Etes-vous conscient que vous avez dû l'effrayer ?

– Désolé, mais je suis occupé.

Il baissa le volume. Sa vitesse descendante se réduisait car il atteignait des strates atmosphériques plus denses où l'enveloppe dégonflée faisait office de parachute. Après avoir perdu environ trois mille mètres d'altitude, il décida de refermer les volets. Le temps de rendre à l'appareil sa force ascensionnelle et de le stabiliser, il était deux mille mètres plus bas et dangereusement proche de la ligne de non-retour.

Il regarda avec crainte par le hublot supérieur. Il ne s'attendait pas à voir autre chose que le ballon, mais le tourbillon l'entraînait latéralement, ce qui lui permettait d'apercevoir une partie de la méduse... bien plus proche qu'il ne l'eût supposé. Et elle se rapprochait, à une rapidité sidérante.

Buranaphorn l'appelait, angoissé.

– Howard, nous avons relevé votre vitesse de chute...

– Je n'ai rien, l'interrompit Falcon. Mais ce monstre me poursuit et je ne peux pas m'aventurer plus bas.

Ce n'était pas tout à fait exact. La pression n'écraserait le *Kon-Tiki* qu'à une altitude inférieure de deux cents kilomètres, mais ce serait un voyage sans retour dont Falcon raterait la majeure partie.

A son grand soulagement, il constata que la méduse se stabilisait un millier de mètres au-dessus de lui. Peut-être avait-elle décidé de faire preuve de plus de prudence pour approcher de cet intrus ou trouvait-elle la température de ces strates inférieures trop élevée. Elle dépassait en effet cinquante degrés centigrades et Falcon se demandait pendant combien de temps le *Kon-Tiki* pourrait maintenir dans son habitacle des conditions de vie supportables.

Brenner s'inquiétait toujours, pour la méduse.

– Ne faites rien qui puisse l'effrayer ! Elle n'est que curieuse !

Falcon remarqua une certaine raideur de son cou et de sa mâchoire, comme si sa gorge se serrait. Ce qui manquait à la voix de Brenner n'était pas de la persuasion mais plutôt un accent de sincérité. Falcon se souvint d'un débat télévisé entre un avocat et un astronaute. Lorsque tout ce qu'impliquait la Première Directive avait été précisé, l'homme qui aurait peut-être un jour à l'appliquer s'était exclamé avec incrédulité :

– Vous voulez dire que si j'étais en présence d'un extraterrestre hostile je devrais attendre bien sagement de me faire dévorer ?

Et le légiste de répondre sans seulement sourire :

– Voilà qui résume parfaitement la situation.

Falcon se rappelait que ses maîtres – ou plutôt ses médecins – avaient été dans tous leurs états en le découvrant devant la vid. Ils croyaient avoir censuré cette émission. Il avait trouvé l'incident amusant, à l'époque.

Ce qu'il voyait à présent le bouleversait bien plus que les tentatives de l'exobiologiste pour lui imposer ses volontés. La méduse flottait toujours un millier de mètres plus haut, mais un de ses tentacules s'était impensablement étiré...

...et il continuait de s'allonger en direction du *Kon-Tiki* en s'effilant ! Il avait vu à la vid des tornades descendre de gros nuages noirs pour dévaster les plaines de l'Amérique du Nord, un souvenir évoqué par le serpent qui se tordait dans le ciel pour venir le saisir.

– Vous voyez ça, Contrôle de mission ?

– Affirmatif, répondit Buranaphorn, tendu.

– Je me retrouve à court d'options, car si je ne lui fais pas peur je lui infligerai des crampes d'estomac. Je doute en effet que le *Kon-Tiki* soit très digeste, si elle décide de le gober.

L'exobiologiste intervint, d'une voix au débit rapide et frénétique.

– Ecoutez-moi, Howard. Vous semblez oublier que vous devez respecter la...

Falcon coupa la liaison pour interrompre le sermon de Brenner... une décision prise au niveau de l'inconscient comme celle de tirer la corde de déchirure et dictée par son instinct de conservation.

Un homme moins instruit, plus primitif, eût exprimé son opinion de façon grossière : la Première Directive pouvait aller se faire voir.

Et ce même homme moins instruit, plus primitif, eût peut-être remarqué une chose qu'il était trop évolué et modifié pour percevoir : chaque fois que Brenner prononçait les mots « Première Directive » des pulsations de lumière blanche envahissaient son crâne et le poussaient à rechercher – comment dire ? – une unicité de l'être. Des pulsions dominées par l'injonction moins romantique d'obéir aveuglément à cet homme.

Il n'en eut pas conscience, mais le simple fait de ne plus entendre Brenner atténua immédiatement les symptômes.

– Je branche le séquenceur de mise à feu, annonça-t-il.

Il savait pourtant que ceux du *Garuda* ne le recevaient plus et que s'il n'échappait pas à l'attraction de Jupiter nul n'apprendrait jamais ce qu'il avait fait.

*

La porte de la clinique était ouverte. Le commandant avait disparu et le lieutenant ne montait plus la garde. Le médecin du bord était parti, lui aussi. Blake s'immobilisa sur le seuil, les bras chargés de sacs de nourriture.

– Que s'est-il passé ?

Elle ne lui prêtait pas attention. Elle *écoutait*.

Après avoir poussé un soupir, elle déclara :

– La liaison est coupée. Gellunaire a dû s'emparer de lui.

– Qui ?

– La méduse.

– En es-tu certaine ?

Elle dirigea vers lui ses yeux privés d'éclat.

– Quoi qu'il advienne, il est condamné. J'ai trafiqué la séquence de mise à feu pour qu'elle lui soit fatale. Je le regrette, à présent.

– Linda, Linda, qu'es-tu devenue ?

Il essuya les larmes qui coulaient sur ses joues et se propulsa en arrière, dans la coursive.

Finalement seule, elle tira sur les sangles qui immobilisaient ses poignets.

*

Falcon avait vingt-sept minutes d'avance sur l'horaire prévu mais il calcula – ou espéra – qu'il disposait des réserves de carburant nécessaires pour modifier par la suite sa trajectoire orbitale.

Il ne voyait plus la méduse. Elle se trouvait à la verticale du ballon mais son tentacule étiré devait être proche.

En tant que source de chaleur, la centrale à fusion fonctionnait parfaitement, mais cinq minutes seraient nécessaires aux microprocesseurs pour procéder aux contrôles et aux réglages qui lui permettraient de fournir sa puissance maximale aux statoréacteurs. Deux de ces minutes s'étaient déjà écoulées. Le dispositif de mise à feu était amorcé. L'ordinateur n'avait pas rejeté la manœuvre en estimant les corrections orbitales irréalisables. Les capots des réacteurs s'ouvrirent pour engloutir à la demande des tonnes d'hydrogène et d'hélium dans l'atmosphère. Les conditions étaient presque optimales et le moment de vérité approchait. Ce foutu machin fonctionnerait-il ?

Il était impossible de tester l'efficacité d'un tel système dans un milieu comme celui de Jupiter sans procéder à des essais. Il s'agissait d'une première.

Quelque chose secoua le *Kon-Tiki*, presque avec douceur. Falcon tenta de ne pas y penser.

Les paramètres avaient été calculés pour une mise à feu des réacteurs dans une atmosphère correspondant à celle qu'on trouvait dix kilomètres plus haut, là où la densité était quatre fois moindre et la température inférieure de trente degrés.

Dommage.

Sur quelle distance pourrait-il plonger sans perdre toutes ses chances de s'en tirer ? Si tout fonctionnait comme prévu, la poussée des réacteurs le propulserait vers Jupiter – autrement dit vers le bas –, en étant renforcée par deux G et demi de gravité. Aurait-il le temps de redresser son appareil ?

Une grosse main tapota le ballon avec lourdeur. Au bout de ses suspentes, la capsule dansa comme un de ces vieux jouets redevenus à la mode, les Yo-Yo. Falcon redoubla d'efforts pour ne pas y prêter attention.

Sans succès. Il n'était pas à exclure que Brenner eût raison. La méduse était peut-être animée de bonnes intentions. Il aurait pu tenter de s'adresser à elle par radio. Elle captait de telles ondes, pas vrai ? Mais pour lui dire quoi ? "Gentille bébête", "Couché, Fido !" ou encore "Conduisez-moi à votre chef" ?

L'ordinateur signalait que le rapport tritium-deutérium était optimal. Le moment était venu de tirer un feu d'artifice de cent millions de degrés.

L'extrémité effilée du tentacule de la méduse glissait en ondoyant sur l'enveloppe du ballon, à seulement soixante mètres de la capsule. L'appendice avait le diamètre d'une trompe d'éléphant et, d'après la délicatesse de son exploration, il devait être au moins aussi sensible. Falcon constata qu'il s'achevait par de petits palpes.

Brenner eût trouvé cela fascinant.

Ce moment en valait un autre... et sans doute aurait-il intérêt à agir au plus vite. Falcon jeta un coup d'œil au panneau de commande, constata que tout fonctionnait normalement et lança le compte à rebours.

Quatre

Il fit sauter le capuchon de sécurité...

Trois

Abaissa l'interrupteur de validation...

Deux

Maintint le levier de l'homme mort abaissé avec la main gauche...

Un

Et utilisa la droite pour presser le bouton de délestage.

Rien... puis...

Une brève explosion et une perte de poids simultanée.

*

Une demi-minute après que Falcon eut cessé d'émettre, un fracas de parasites jaillit des haut-parleurs de la salle de contrôle et brouilla momentanément les systèmes de poursuite automatiques.

Une centaine de points brillants s'embrasèrent dans les nuages de Jupiter, où ils dessinèrent des anneaux concentriques qui avaient approximativement pour centre la dernière position connue du *Kon-Tiki*.

Pour l'oreille humaine ce n'était qu'un bruit de fond sans signification, mais les appareils chargés de les analyser arrivaient à d'autres conclusions. Chaque source émettait des signaux modulés de plusieurs milliers de watts... en direction du *Garuda* !

Quatre techniciens crièrent et débouclèrent leurs harnais pour s'écarter de leurs consoles. Buranaphorn leva la tête et se figea en voyant la gueule d'un pistolet devant ses yeux.

Au même instant, sur la passerelle, Rajagopal se tourna vers le capitaine Chowdhury pour lui annoncer :

– Vous êtes relevé de votre commandement. Obéissez-moi et tout sera bien.

Trois contrôleurs au repos se propulsèrent dans la salle de contrôle par l'écoutille inférieure en criant pour se faire entendre malgré les crépitements des parasites :

– Tout sera bien !

Un homme armé d'un pistolet intercepta le commandant dans la coursive centrale.

– Ne faites pas un geste, monsieur, et tout sera bien.

Le *Garuda* était aux mains des mutins.

*

Pendant que le *Kon-Tiki* tombait en chute libre, proue la première. Dans les hauteurs, le ballon largué remontait rapidement en emportant avec lui le tentacule de la méduse. Mais Falcon n'eut pas le temps de voir si l'enveloppe percutait la créature jovienne car les réacteurs se mirent à feu au même instant et il eut alors d'autres sujets de préoccupation.

Une colonne rugissante d'hydrohélium surchauffé jaillissait des tuyères et propulsait le *Kon-Tiki* vers Jupiter. Ce *n'*était *pas* le but qu'il se proposait d'atteindre et, s'il ne modifiait pas le vecteur pour se placer en vol horizontal au cours des cinq prochaines secondes, la pression écraserait la capsule.

Avec une lenteur angoissante, des secondes qui parurent durer une éternité, il réussit à redresser le nez de son appareil. L'accélération se poursuivait et si Falcon avait encore possédé le système circulatoire d'un être humain, sa tête eût explosé. Il ne regarda derrière lui qu'une seule fois et entrevit la méduse à des kilomètres de distance. Le ballon abandonné avait de toute évidence échappé à sa prise, car il ne voyait plus sa bulle argentée.

Il fut parcouru d'un frisson. Il redevenait le maître de sa destinée. Il ne dérivait plus au gré des vents mais pilotait une colonne de feu atomique en direction des étoiles, désormais convaincu que les réacteurs fonctionneraient parfaitement et lui feraient gagner de la rapidité et de l'altitude jusqu'au moment où le *Kon-Tiki* atteindrait presque la vitesse de libération orbitale. Ensuite, une brève poussée de ses fusées de type classique lui ferait recouvrer la liberté de l'espace.

Arrivé au milieu de son ascension, il regarda au sud et vit sur l'horizon la grande tache rouge énigmatique, un trou permanent dans les strates de nuages, un puits assez vaste pour engloutir deux globes terrestres. Il admira sa beauté mystérieuse jusqu'au moment où les bêlements de l'ordinateur du bord l'informèrent que la commutation des réacteurs aux fusées se produirait dans seulement soixante secondes. A contrecœur, il détacha le regard de la planète.

– Une autre fois, murmura-t-il.

Au même instant il rebrancha le com sur la fréquence du *Garuda*.

– Quoi ? demanda le directeur de vol. Qu'avez-vous dit, Falcon ?

– Sans importance. M'avez-vous accroché ?

– Affirmatif, dit sèchement Buranaphorn. Mais quand nous remettrons ça, évitez de faire bande à part.

– C'est promis. Dites à Brenner que si j'ai effrayé cet extraterrestre j'en suis sincèrement désolé. Mais je ne pense pas l'avoir traumatisé outre mesure.

Le Contrôle de mission resta muet si longtemps qu'il crut à une panne des systèmes de télécommunications.

– Me recevez-vous ?

– Nous allons nous mettre à l'ouvrage pour vous ramener jusqu'à nous, déclara Buranaphorn. Attendez les nouvelles coordonnées d'acquisition.

– Bien reçu. Avez-vous retransmis mon message à Brenner ?

– C'est chose faite.

Cette fois, le directeur de vol n'hésita qu'un très court instant avant d'ajouter :

– Ce n'est pas ce qui changera quoi que ce soit à votre approche finale, Howard, mais il vaut mieux que vous sachiez que le *Garuda* est désormais placé sous loi martiale.

26

La mutinerie fut réprimée en moins de trois minutes. Les membres de l'équipage et les techniciens qui se regroupèrent dans le centre de contrôle et sur la passerelle du *Garuda* en criant "Tout sera bien" se turent dès qu'ils virent leurs ex-collègues dégainer des étourdisseurs.

Seules deux décharges furent tirées contre les prophètes qui menacèrent les envoyés du Bureau spatial. Le commandant était dans la coursive, le lieutenant à l'intérieur du poste de commandement, et tous deux s'avérèrent plus rapides que leurs adversaires.

Une victoire éclair. Mais qui leur posait un problème, en plus du hurlement radio qui empêchait d'avoir des pensées cohérentes, car on ne trouvait pas à bord du *Garuda* assez de cabines où enfermer treize prisonniers. Ils furent regroupés contre le plafond de la salle de contrôle, des individus qui se tortillaient tels des vers, pieds et poings liés par des lanières en plastique derrière le filet destiné à les empêcher de dériver vers les postes de travail des techniciens. Ces derniers ne leur prêtaient pas attention. Ils devaient se concentrer sur leur tâche.

*

L'apesanteur et l'épuisement la faisaient tituber comme si elle était ivre alors qu'elle suivait la coursive centrale. Le rugissement assourdissant en provenance de Jupiter s'interrompit aussi brusquement qu'il avait débuté à l'instant où elle atteignait l'écoutille. Blake lui barra le passage.

– Linda, tu...

Quoi qu'il eût l'intention de lui dire, il changea d'avis.

– Tu aurais dû rester dans ton lit.

– Je n'en mourrai pas.

Elle regarda derrière lui la salle bondée de monde, la ménagerie humaine captive au ras du plafond.

– Brenner, je le savais. Mais Rajagopal en fait aussi partie ?

– La moitié de ceux qui ont embarqué à bord du *Garuda*. C'est pour cela qu'ils croyaient pouvoir s'en rendre maîtres sans livrer bataille. Le temps de comprendre qu'ils auraient à se servir de leurs armes, il était trop tard.

Elle le dévisagea, méfiante.

– Qui es-tu, Blake ?

– Une Salamandre, désormais. Nous sommes huit, à bord. Plus le commandant et Vik. Ecoute, Linda, je suis désolé... mais ce n'est pas encore terminé.

Il tendit la main vers la femme, qui s'écarta.

– Pourquoi ne suis-je pas dans ce filet avec eux ?

Il blêmit.

– Pour quelle raison ?

– J'ai assassiné Falcon.

Le mélange de peur et d'espoir qu'il lisait sur son visage lui fit penser à l'expression qu'avaient dû avoir les saints et les sorcières conduits au bûcher.

– Tu as vu juste, j'ai trafiqué les logiciels. J'ai modifié la séquence de mise à feu pour que le *Kon-Tiki* soit propulsé droit vers Jupiter.

A cet instant une voix jaillit des haut-parleurs au sein du brouhaha ininterrompu qui régnait dans la salle.

– Quoi ? cria Buranaphorn. Qu'avez-vous dit, Falcon ?

– *Sans importance. M'avez-vous accroché ?*

– Affirmatif, répondit Buranaphorn. Mais quand nous remettrons ça, évitez de faire bande à part.

– Il est en vie ! s'exclama Blake en regardant Sparta. Que pouvons-nous faire pour lui ?

Elle n'était qu'un spectre livide dans la coursive qui s'ouvrait en contrebas.

– Quelle heure est-il ?

Il agrippa l'encadrement de l'écoutille pour se pencher à l'intérieur de la salle et regarder l'horloge la plus proche.

– R moins quatre minutes quarante.

Une palette extraordinaire d'émotions transfigura la jeune femme : surprise, soulagement, angoisse et gêne.

– Alors, il est hors de danger. Je ne savais pas.

Sur ces mots, elle se détourna et enfouit son visage entre ses paumes, pour dissimuler les larmes qui ruisselaient sur ses joues.

*

Vingt-quatre heures plus tard le cutter du Bureau spatial appareilla avec son équipage et ses passagers – involontaires pour la plupart – à destination de Base Ganymède. Howard Falcon n'adressa pas la parole à Sparta, Blake ou le commandant au cours de cette brève traversée. Il les rencontrait pour la première fois et ne savait rien d'eux.

Ils empruntèrent le manchon de liaison pour atteindre le sas de sécurité. Une fois à l'intérieur de la cale de débarquement, le pilote du *Kon-Tiki* fut guidé par un agent du Bureau spatial dans un salon où l'attendait une vieille connaissance.

*

Pour Brandt Webster, c'était la fin d'une attente interminable et angoissante.

– Ce qui s'est produit est extraordinaire, Howard. Je suis sincèrement heureux que vous soyez sain et sauf.

Il trouvait Falcon en pleine forme, pour quelqu'un qui venait de vivre une pareille aventure.

– Nous tirerons toute cette affaire au clair très rapidement, vous pouvez me croire.

– Je ne me sens pas concerné. Rien de tout cela n'a entravé le déroulement de ma mission.

Webster tenta une approche différente.

– Vous êtes un héros. Dans bien des domaines.

– Ce ne sera pas la première fois que je ferai la une des médias. A présent, je dois vous faire mon rapport.

– Rien ne presse ! Accordez le temps à un vieil ami de vous féliciter.

Falcon le fixait, impassible. Finalement, il lui dit :

– Pardonnez-moi.

Et Webster tenta d'y puiser de l'encouragement.

– Vous avez apporté l'aventure à tant de gens. Moins d'un homme sur un million ira un jour dans l'espace, mais grâce à vous toute l'espèce humaine a pu voyager jusqu'aux géantes extérieures. C'est formidable !

– Je suis heureux d'avoir pu faciliter votre tâche.

Webster était son ami et il ne pouvait se sentir offensé par ses paroles, mais leur causticité le surprit.

– Je n'ai pas honte d'occuper mes fonctions.

– Pourquoi en seriez-vous gêné ? Nouvelles connaissances, nouvelles ressources... c'est parfait. Je dirais même nécessaire.

Les propos de Falcon n'étaient pas qu'ironiques, ils contenaient de l'amertume.

– Les hommes ont besoin de nouveauté et d'émotions fortes, répondit posément Webster. Voyager dans l'espace est devenu une chose banale pour la plupart d'entre nous, mais vous venez de redonner à l'exploration de notre système son statut de grande aventure. Il nous faudra du temps, beaucoup de temps, pour comprendre ce qui s'est passé là-bas.

– La méduse connaissait mes points faibles.

– Si vous le dites.

– Comment est-ce possible, selon vous ?

– Je n'en ai pas la moindre idée, Howard.

Falcon resta muet et immobile un long moment.

– Sans importance, dit-il finalement.

Le soulagement de l'autre homme fut visible.

– Avez-vous décidé de votre prochaine destination ? Saturne, Uranus, Neptune ?...

– Saturne me tente, répondit Howard sur un ton pouvant laisser supposer qu'il se moquait de l'attitude papelarde de son interlocuteur. Mais on n'aura pas vraiment besoin de moi, là-bas. La gravité est comparable à celle de la Terre... pas deux fois et demie plus importante comme celle de Jupiter. Des humains pourront s'en charger.

Des humains, pensa Webster. *Il se dissocie de notre espèce. C'est la première fois. Et depuis combien de temps n'a-t-il pas employé le terme "nous" ? Il change, il s'isole...*

– Eh bien, fit-il à haute voix en gagnant le hublot qui donnait sur le paysage craquelé et gelé de la plus grosse lune de Jupiter, nous devrons subir une conférence de presse avant de passer à votre rapport. Au fait, il sera inutile de mentionner les événements qui se sont déroulés à bord du *Garuda*. Nous n'avons rien révélé aux médias.

Falcon ne fit aucun commentaire.

– Tous attendent de pouvoir vous féliciter, Howard. Vous verrez, la plupart de vos amis sont là.

Il venait d'accentuer le mot "amis", mais Falcon ne réagissait pas. Le masque de cuir de son visage devenait de plus en plus énigmatique.

Il s'écarta de Webster, déverrouilla son chariot porteur et utilisa ses vérins hydrauliques pour se redresser. Il mesurait ainsi deux mètres cinquante. Les psychologues avaient pensé qu'augmenter sa taille était une excellente idée, que cela compenserait un peu ce qu'il avait perdu quand le *Queen* s'était écrasé au sol... mais Falcon n'avait jamais donné l'impression d'avoir remarqué la différence.

Il attendit que Webster lui eût ouvert la porte – une prévenance inutile – puis il effectua un quart de tour sur ses pneus ballons et sortit sans bruit en roulant à trente kilomètres par heure. Il ne faisait pas étalage de sa rapidité et de sa précision; utiliser toutes ses possibilités était devenu pour lui machinal.

Une meute hurlante de journalistes se massait à l'extérieur. Derrière les filets chargés de les maintenir à distance, ces hommes et ces femmes brandissaient des microphones et des caméras photogrammiques vers le masque lui tenant lieu de visage.

Mais Howard Falcon resta imperturbable. Celui qui avait été autrefois un humain – et passait toujours pour tel lors d'une liaison audio – ne ressentait que la douce satisfaction du devoir accompli... et, pour la première fois depuis bien des années, quelque chose qui s'apparentait à la paix de l'esprit. A bord du cutter qui le ramenait de Jupiter il s'était endormi et n'avait fait aucun cauchemar.

A son éveil, il savait pourquoi il avait si souvent rêvé du superchimp rencontré à bord du *Queen Elizabeth*. Ni homme ni bête, cette créature était comme lui perdue entre deux mondes. Ce que ce chimp était à un humain, Falcon l'était à une machine restant à perfectionner.

Il comprenait enfin quel rôle lui était dévolu. Lui seul pouvait se déplacer sans protection sur la Lune, Mercure et une douzaine d'autres planètes. Le module de survie enchâssé dans le cylindre d'aluminite de titane qui remplaçait son corps fonctionnait aussi bien dans l'espace que sous l'eau. Une gravité dix fois plus importante que celle de la Terre ne représentait pour lui qu'un inconvénient mineur et l'apesanteur constituait un milieu idéal.

Le fossé se creusait entre Falcon et l'espèce humaine, leurs liens de parenté devenaient de plus en plus ténus. Les hommes, ces masses fragiles de carbone qui devaient respirer de l'air et étaient vulnérables aux radiations, n'avaient pas leur place hors d'une atmosphère. Sans doute auraient-ils dû se cantonner à leurs habitats naturels : la Terre, la Lune et Mars.

Un jour, l'espace appartiendrait aux machines et non aux humains. Il n'était ni l'un ni l'autre. Conscient de sa destinée, il tirait une sinistre fierté de son unicité... de la solitude inévitable du premier immortel, cet être situé entre deux ordres de création.

La suite d'instructions compliquées programmée dans son cerveau et devant être déclenchée lorsqu'il entendrait prononcer les mots “Première Directive” avait fait long feu. Si les espoirs de ceux qui s'étaient donné la peine de le reconstituer avaient été déçus, ce n'était pas à cause d'une panne mécanique et encore moins parce qu'il avait cessé d'être humain mais au contraire parce qu'il possédait toujours, dans une crevasse profonde et essentielle de son esprit, trop d'humanité pour faire ce que nul homme n'aurait pu accepter : sacrifier sa vie sans raison valable.

Falcon l'ignorait. Il ne pouvait savoir que son instinct de conservation – renforcé par une surtension électrique – venait de réduire à néant tous les espoirs d'une secte religieuse qui avait vu le jour des millénaires plus tôt. Il savait seulement qu'il avait été élu.

Pour être un ambassadeur... entre le passé et le

futur, les êtres de carbone et ceux de céramique et de métal qui leur succéderaient un jour. Il avait l'absolue conviction que ces deux espèces auraient grand besoin de lui, au cours des siècles troublés que leur réservait l'avenir.

ÉPILOGUE

– Un autre ?

– Ma foi, ce n'est pas de refus... vous êtes très aimable...

Le Pr J.Q.R. Forster tendit son verre sous le goulot de la bouteille de Laphroaig et le commandant versa l'alcool ambré sur les cubes de glace. Derrière eux, les bûches de chêne brûlaient en dégageant une chaleur intense dans la cheminée de la bibliothèque de Granite Lodge. Au-delà des hautes fenêtres le soleil de ce début d'hiver se couchait.

– La séquence de mise à feu pour le retour devait être déclenchée automatiquement en fonction du temps écoulé depuis le largage du *Kon-Tiki*, précisa le commandant en posant la bouteille sur le plateau d'argent. Si le compte à rebours avait continué, le programme modifié par Troy aurait envoyé la capsule s'écraser sur Jupiter. Mais Falcon a arrêté manuellement le séquenceur une demi-heure avant le début de cette manœuvre, afin d'échapper à la méduse.

– Qui lui a involontairement sauvé la vie !

Les sourcils de Forster s'étaient incurvés sur son front... il adorait de telles ironies du destin.

– Et qui a permis par la même occasion à Troy de rester en liberté, car elle se serait autrement rendue coupable d'un meurtre.

Le scientifique haussa les épaules, dans l'embarras.

– Elle aurait pu plaider la folie temporaire.

– Ce n'est pas un sujet qu'elle tient à aborder.

Le commandant s'installa dans son fauteuil, pour penser à leur retour de Jupiter. Il ne voulait pas communiquer certaines informations à l'autre homme... des détails qui lui reviendraient à l'esprit pendant bien des années.

*

– *Vous ne pouvez pas me laver aussi facilement d'une accusation de meurtre,* avait lancé Linda pour la centième fois, les yeux privés d'éclat par une profonde lassitude. J'ai tué Holly Singh, Jack Noble et l'homme orange. D'autres aussi, peut-être. Quand j'ai pressé la détente, j'étais consciente de la gravité de mes actes.

Ils étaient à bord d'un des appareils les plus rapides du système solaire, mais il leur faudrait malgré tout trois semaines pour rallier la Terre. Un délai suffisant pour lui permettre de recouvrer sa santé physique, et d'avoir un trop grand nombre de telles discussions.

Pour le commandant, Linda restait une énigme.

– Vous sentez-vous obligée d'expier pour pouvoir retrouver la paix de l'esprit ?

– Si vous souhaitez savoir si je peux avancer *une seule* raison valable justifiant les meurtres que j'ai commis, la réponse est non. Je n'en vois aucune... bien que tous ces gens aient tenté de m'éliminer. Et qu'ils ont peut-être tué mes parents, en dépit de vos affirmations.

– Tous étaient des meurtriers et ils voulaient réduire l'humanité en esclavage. Le véritable problème, c'est que certains d'entre eux ont survécu et qu'ils n'ont pas renoncé à leurs objectifs.

– Cela ne peut justifier des meurtres perpétrés de sang-froid.

De sang-*froid*, vraiment ? Elle l'avait senti bouillir dans ses veines.

– Eh bien, je constate qu'il est difficile de vous faire entendre raison. Je crains que vous ne soyez mal placée pour déterminer si vous aviez ou non pleinement conscience de l'importance de vos actes. Une mise en observation psychiatrique est tout ce que vos allégations pourront vous valoir.

– Mes allégations ?

Il feignit de ne pas avoir entendu.

– Et après un séjour d'une durée indéterminée dans un établissement où l'on soigne les malades mentaux – et je présume que vous savez par quels moyens, ce qu'ils font avec des nanopuces programmées et le reste –, si des éléments matériels viennent corroborer vos dires, vous irez finir vos jours dans un pénitencier. Mais si vous tenez absolument à...

– Vous savez que je dis la vérité.

– Nul n'a signalé la mort de ces gens, pas même leur disparition.

– Les a-t-on *revus* ? Certains d'entre eux étaient des célébrités. Lord Kingman. Holly Singh.

– Non, mais Jack Noble a déjà pris la poudre d'escampette, comme on disait autrefois. Bien sûr, il avait d'excellentes raisons de disparaître.

Il haussa les épaules.

– Des individus s'envolent dans la nature et restent introuvables pendant des années, simplement parce qu'ils veulent se couper de leur entourage. *Vous* l'avez fait, Linda. Plus d'une fois.

Elle tressaillit en entendant prononcer son nom.

– Mais admettons qu'ils soient morts et que vous les ayez tués... Kingman excepté, bien sûr. Voulez-vous un coup de main ? Souhaitez-vous que je vous aide à assumer vos responsabilités, que je prenne des mesures pour vous faire expier vos péchés ?

– Et *vous*, que voulez-vous ?

Elle déglutit, s'attendant à gober l'hameçon avec l'appât.

– Que vous nous aidiez.

Les confesseurs jésuites aux propos cauteleux, les oncles et cousins de ses ancêtres canadiens français auraient été fiers de lui – n'étaient-ils pas aussi habiles pour jongler avec les sophismes des cloîtres qu'avec les contre-vérités qu'ils débitaient aux Indiens dans le but de les convertir ? – mais à une différence près : le commandant en avait honte.

– Nous sommes confrontés à un problème autrement important que vos cas de conscience ridicules. Quelque chose qui dépasse peut-être l'*Homo sapiens*.

– Ce n'est pas ce qui peut m'apporter la paix de l'âme.

– C'est vous que ça regarde. Vous avez éliminé des prophètes, mais votre travail laissait à désirer. Où diable avez-vous entendu dire qu'il était possible d'atteindre avec une arme de poing une série de cibles situées à cinq cents mètres de distance ?

Il bouillait de colère, elle lui inspirait du mépris.

– Nous avons fait échouer leurs projets sur Jupiter, et sans *votre* aide, mais nous ne nous sommes pas débarrassés d'eux pour autant. Laird, ou Lequeu, peu importe le nom qu'il se donne à présent, est toujours en liberté.

– Il ne peut plus rien. Les messagers des nuages ont parlé.

Les yeux du commandant brillèrent.

– Vous prétendriez-vous capable d'interpréter cette révélation ? De *me* la traduire, à moi qui ai reçu la Connaissance ?

– Vous ignorez la teneur de leurs propos. N'essayez pas de me prendre pour une idiote.

– Les méduses avaient quelque chose à nous dire.

– C'est exact.

– Quoi ? Que le Pancréateur va venir nous chercher ?

– Je ne sais pas, fit-elle d'une voix rauque, en baissant les yeux. Je ne possède plus les organes qui permettent d'entendre.

– S'ils sont en route, nous risquons d'être confrontés au plus vieux des problèmes, Linda. Là en bas, dans l'abattoir, les moutons pourraient se dresser contre les chèvres.

Son sourire était morne.

– J'ai toujours préféré ces dernières aux moutons, et je risque de me retrouver du mauvais côté de la barrière.

– Vous m'humiliez. Vous n'en avez pas le droit.

Il s'emporta.

– C'est vous qui vous avilissez en refusant de lutter pour permettre aux hommes d'être informés de la teneur de cette prétendue révélation ! Vous n'avez pas le droit de garder cela pour vous, pas plus que Laird et ses faux prophètes.

Elle baissa la tête – une habitude d'acquisition récente – avant de relever les yeux sur lui, toujours avec un air de défi. Malgré ses arguments de jésuite il n'avait pu ébranler ses convictions.

*

Mais c'était un détail que le commandant n'avait pas l'intention de préciser.

Il se surprit à fixer les braises des bûches de chêne qui s'effondraient dans l'âtre et releva les yeux sur le professeur enthousiaste.

– Mon histoire est finie, je le crains.

– Ahh... à mon tour, dit Forster.

Il se pencha en avant dans son fauteuil et le cuir craqua. Un sourire joyeux incurva les traits de son visage à la jeunesse troublante.

– J'ai analysé les données que vous m'avez transmises.

– C'est ce que j'ai cru comprendre.

Le professeur ne put s'empêcher de lui faire un cours.

– Il convient de se rappeler que la Méduse – la tête de la Gorgone – est un très vieux symbole. Le bouclier et le gardien de la sagesse.

– Oui, je l'ai déjà entendu dire.

– Déchiffrer l'enregistrement des sons diffusés par les cercles de méduses a été aisé... et facilité par les logiciels d'analyse du programme de recherche de vie extraterrestre. Et les travaux dont je vous avais donné la primeur, à vous et à M. Redfield, m'ont permis de déterminer qu'il s'agissait de phonèmes propres au langage de la Culture X.

– Si vous en veniez au fait, professeur...

– Et ils signifient...

Forster fit une pause puis chantonna presque :

– *Ils sont arrivés.*

– Ils sont *arrivés* ?

– Absolument. Telle est la teneur du message. Ils sont arrivés.

Cet homme se moquait-il de lui ?

– Désolé, mais je ne peux vous croire. L'émission était directionnelle et canalisée vers le *Garuda*. Pourquoi diable ces créatures auraient-elles...

– Annoncé aux nouveaux arrivants qu'ils étaient arrivés ? termina Forster à sa place, en riant. Voilà une excellente question. D'autant plus que ces méduses ne correspondent guère à nos définitions des créatures intelligentes, dans tous les sens que nous donnons à ce terme... elles feraient plutôt penser à des perroquets bien dressés, ne trouvez-vous pas ? Je crois qu'elles ont réagi à un conditionnement implanté en elles il y a très longtemps, un réflexe encodé dans ce qui doit leur tenir lieu de gènes.

– Mais pourquoi en direction du Contrôle de mission ?

– Je doute fort que le *Garuda* ait été la cible de cette émission radio. Je suis convaincu que les méduses visaient un autre point de l'espace.

– Forster...

– Grâce à vos bons offices, commandant, une date définitive a été fixée pour mon étude d'Amalthée.

Il regarda le fond de son verre à nouveau vide.

– Des glaçons ? demanda le militaire.

Il se pencha pour prendre les pinces d'argent et saisir des cubes de glace dans le seau. Il les lâcha dans le verre de Forster puis tendit le bras vers la bouteille.

– Amalthée, avez-vous dit...

*

Le soleil qui se couchait à l'ouest avait aspiré les couleurs des collines boisées vers la berge opposée. Des ampoules encastrées dans le muret de pierre qui surplombait le fleuve éclairaient le sol de leur clarté jaunâtre. Blake et Sparta suivaient ce chemin jonché de feuilles mortes qui bruissaient sous leurs bottes, poussés par l'haleine glacée de l'hiver qui descendait la vallée depuis les hauteurs de l'intérieur des terres. Tous deux étaient chaudement vêtus et gardaient les mains dans les poches, isolés l'un de l'autre.

Blake leva les yeux sur la demeure. Une lumière brillait dans la dépense. Le personnel s'apprêtait à préparer leur dîner.

– C'est la fenêtre que j'ai fait voler en éclats, cette nuit-là.

– Tu n'as donc que ce sujet de conversation ? demanda-t-elle avec irritation.

– Je m'en souviens avec autant de précision que de tous les autres événements de ma vie. J'ai cru pendant des semaines que tu m'avais trahi... alors que tu n'étais même pas présente.

Blake avait tenté de la persuader qu'elle n'était pas coupable de l'assassinat de Singh et de ses complices, qu'il s'agissait de faux souvenirs implantés dans son esprit par le commandant pour des raisons personnelles... peut-être parce qu'il refusait d'admettre que le Libre Esprit avait pu une fois de plus lui échapper. Blake n'avait pas ménagé ses efforts pour la convaincre : "J'ignore ses motivations. C'est peut-être *lui* qui les a éliminés, je ne sais pas. Mais dans le cas contraire, tu dois reconnaître que tu n'étais pas dans ton état normal. Seigneur, quand je pense à la quantité de Béatitude qui saturait ton organisme..."

Mais elle avait balayé cet argument avant même qu'il n'eût fini de l'exposer. "En admettant qu'ils puissent réécrire le passé, ils n'ont pas eu la possibilité d'employer sur moi cette technique. Ils ne savaient même pas où j'étais." Et Blake s'était vu contraint de renoncer.

A présent elle restait muette, coupée de l'inquiétude de Blake autant que de sa chaleur.

Ils avançaient sans bruit et n'entendaient que les bruissements des feuilles mortes quand une ombre solitaire sortit des bois une douzaine de mètres devant eux.

Ils gardaient leurs sens en éveil mais n'avaient aucune crainte. Ils savaient qu'aucun visiteur non autorisé n'aurait pu pénétrer dans la propriété. Ils s'apprêtaient à croiser l'inconnu...

... lorsqu'il murmura :

– Linda.

Elle frissonna. La froidure avait pénétré sous sa parka en même temps que ce nom. Elle eut un moment d'hésitation.

– Est-ce...

Elle n'osait en dire plus. Elle reconnaissait la silhouette et la voix, mais le vent emportait les odeurs et elle n'avait plus la capacité de voir dans les ténèbres.

– Oui, ma chérie, répondit l'homme. Pardonne-moi.

– Ohh...

Elle se précipita dans ses bras, se colla contre lui, s'agrippa à son corps comme si elle se sentait choir.

Sidéré, Blake posa la première question qui lui vint à l'esprit, bien qu'elle fût absurde.

– Où diable étiez-vous, docteur Nagy ?

Jozsef Nagy le regarda par-dessus l'épaule de sa fille.

– Jamais très loin de vous, monsieur Redfield.

– Heu... vous pouvez m'appeler Blake, professeur.

– Il est vrai que bien des années se sont écoulées depuis que je vous voyais dans les salles de classe. Appelez-moi Jozsef, Blake.

– Entendu.

Mais il ne pourrait trouver de sitôt le courage de s'adresser au personnage qui avait le plus marqué son enfance en utilisant son prénom.

– Linda, Linda, murmurait Nagy à sa fille qui avait éclaté en sanglots. Nous t'avons si mal traitée.

– Où est maman ? Est-ce que...

Ses paroles étaient étouffées par les replis du manteau de laine de son père dans lequel elle enfouissait son visage.

– Elle va très bien. Tu la verras bientôt.

– Je vous ai crus morts, tous les deux.

– Nous avions peur... peur de tout te dire.

Il adressa un signe de tête à Blake, qui crut relever de la gêne dans ce mouvement.

– Nous vous devons à tous deux nos plus plates excuses.

– Elle s'est vraiment inquiétée pour vous, confirma Blake.

Il se trouva stupide. Nagy n'était pas un enfant fugueur dont la disparition avait affolé sa maman.

Quant à Ellen... Linda... ce qu'elle avait connu dépassait de beaucoup la simple inquiétude.

– Je sais, lui répondit Nagy. Nous avions pour cela des raisons qui nous paraissaient valables, à l'époque. Nous étions dans l'erreur.

Sa fille avait cessé de sangloter. Elle se détendit et il lâcha ses épaules pour fouiller dans sa poche et y prendre un mouchoir. Elle l'accepta, avec reconnaissance.

– J'essaierai de tout vous expliquer, avec l'aide de Kit, ajouta Nagy. Mais peut-être devrions-nous rentrer, à présent ?

Il s'était adressé à Sparta, qui hocha la tête sans répondre.

Ils repartirent lentement vers le haut de la colline, en direction de la demeure. Blake disposa d'un instant de réflexion et ce fut sur un ton autoritaire et en contenant sa colère qu'il déclara :

– Il serait préférable de nous fournir quelques éclaircissements sans plus attendre, monsieur... avant que le commandant ne s'en mêle.

– Nous sommes en guerre, Blake. Pendant des années, ma fille a servi d'otage à nos adversaires. Puis nous avons compris qu'elle constituait la meilleure de nos armes.

Il hésita, comme s'il devait faire un effort, mais ce fut d'une voix claire qu'il ajouta :

– Nous n'avons pu renoncer à nos habitudes de parents et d'enseignants et nous nous sommes fixé pour but de vous protéger en intervenant dans vos existences. Il nous fallait pour cela rester dans l'ombre. Vous nous avez posé des problèmes dès le début, Blake... et finalement nous avons dû renoncer à vous contrôler.

– Votre fille est devenue une adulte, elle aussi.

Nagy baissa la tête, et Blake sut de qui Ellen... Linda... avait hérité son habitude d'exprimer ainsi sa gêne.

Elle s'écarta de quelques centimètres de son père.

– J'ai tué tous ces gens, fit-elle d'une voix sans timbre.

– Si le Striaphan a fait de toi son esclave, c'est parce que nous avions refusé de t'informer de ce que nous savions. Et ta résistance avait été affaiblie par les drogues que nous t'administrions pour favoriser tes songes.

– Les expériences du commandant, précisa Blake.

– Il se contentait d'exécuter mes ordres. J'ai honte de l'avouer, mais je l'ai forcé à continuer malgré ses objections. J'espérais hâter ton rétablissement, ma chérie, mais au lieu de cela j'ai...

Il s'interrompit et regarda sa fille avec appréhension. Elle venait de s'écarter de lui.

– Tu obéissais à un conditionnement dont nous connaissions l'existence mais pas les mécanismes. Tout ce que tu as fait, tant en Angleterre qu'en orbite autour de Jupiter, c'était à ton corps défendant. Tu devais éliminer tous ceux qui se dressaient sur ton chemin, y compris ceux qui avaient programmé en toi ces directives.

– Tu ne peux effacer mon sentiment de culpabilité.

– Je n'aurais pas cette prétention. Mais je te demande de faire le pas suivant.

– Que veux-tu de moi ?

– Que tu finisses par admettre que tu es pleinement humaine.

Elle était épuisée et blessée, mais elle refusait de pleurer à nouveau.

– C'est à moi d'en juger.

– Certes. Je désire seulement que tu attendes pour te prononcer d'avoir écouté tout ce que nous avons à te dire. Moi, Kit... et vous aussi, Blake.

Ils marchèrent en silence vers la maison de pierre massive aux fenêtres semblables à des joyaux. Au bout de quelques minutes ils se rapprochèrent et Linda tendit sa main vers celle de son père. Il y avait à nouveau un peu de chaleur dans son regard, une lueur bien plus profonde que celle des reflets des vitraux.

*

On frappa à la porte de la bibliothèque et le commandant alla l'entrouvrir, sur le maître d'hôtel.

– Le dîner est prêt à être servi, monsieur. Quatre couverts, comme vous l'avez demandé.

– Mettez les plats au chaud, nous n'en avons plus pour longtemps.

– Bien, monsieur.

Le jeune homme blond referma le lourd battant derrière lui.

Le militaire désigna le plateau des boissons.

– Professeur ?

– Non, merci, j'ai assez bu, répondit Forster. Je peux bien vous l'avouer, à présent. J'avais entretenu l'espoir que Troy et son ami m'accompagneraient lors de ce voyage.

– Votre étude d'Amalthée ?

– Ils ont tous deux des capacités qui... eh bien, qui pourraient compléter les miennes.

Le commandant le fixa et eut des difficultés à dissimuler son amusement. Que ce petit professeur eût reconnu qu'il pourrait peut-être faire mieux en bénéficiant de l'aide de tierces personnes était une première.

– Où sont-ils, au fait ? Je me faisais une joie de les revoir.

Le militaire gagna une des hautes fenêtres qui surplombaient la pelouse plongée dans l'obscurité. Il regarda le groupe d'ombres qui approchaient de la demeure.

– Accordez-leur quelques instants. Ils vont arriver.

POSTFACE

par Arthur C. Clarke

Un des avantages, lorsqu'on vit sur l'équateur (ou presque, à seulement 800 kilomètres), c'est que la Lune et les planètes passent à la verticale et qu'il est possible de les voir avec plus de netteté que sous d'autres latitudes. Ce fait m'a incité à acquérir au fil de ces trente dernières années des télescopes toujours plus puissants, du classique Questar de 3 pouces 1/2 à un 8 pouces et finalement un Celestron de 14 pouces. (Désolé d'employer des unités de mesure anglaises n'ayant désormais plus cours, mais tout laisse supposer que nous ne pourrons pas nous en débarrasser pour les petits appareils d'optique... même si les centimètres les font paraître plus impressionnants.)

La Lune, avec son paysage incomparable et toujours changeant, est mon sujet d'observation préféré et je ne me lasse jamais de la montrer à mes visiteurs. Le 14 pouces est équipé d'un viseur binoculaire et ils ont l'impression de regarder notre satellite par le hublot d'un vaisseau spatial, et non de le lorgner à travers une lunette. Il faut avoir constaté la différence pour pouvoir l'apprécier, et une telle expérience est inévitablement accompagnée de petites exclamations de stupéfaction.

Après la Lune, Saturne et Jupiter rivalisent pour la deuxième place au palmarès des attractions célestes. Avec ses anneaux magnifiques, Saturne est unique et d'une beauté à couper le souffle... mais la planète elle-même est uniforme et manque quelque peu d'attraits.

La sphère démesurée de Jupiter est autrement intéressante. Les ceintures nuageuses parallèles de l'équateur de ce monde et tant de détails fugitifs font qu'on pourrait consacrer toute son existence à essayer d'élucider ses mystères. Pendant plus d'un siècle Jupiter a été un terrain de chasse giboyeux pour des multitudes d'astronomes amateurs passionnés*.

Mais le simple fait de la regarder au télescope ne peut rendre justice à une planète dont la surface est cent fois plus grande que celle de notre monde. En imaginant une expérience saugrenue, si on pelait la Terre comme une orange et qu'on épinglait sa peau tel un trophée sur Jupiter, elle serait comparable à l'Inde sur un globe terrestre. Le subcontinent indien n'a pas des dimensions négligeables, mais Jupiter est à la Terre ce que la Terre est à l'Inde...

Malheureusement pour d'éventuels colons capables de supporter une gravité deux fois et demie plus importante que celle de notre planète, Jupiter n'est pas solide... ou simplement liquide. Ce n'est qu'une sphère de gaz, tout au moins sur des milliers de kilomètres en direction du lointain noyau central. (Pour plus de détails, voir *2061 : Odyssée Trois...*)

Les astronomes l'ont suspecté depuis longtemps, alors qu'ils dessinaient méticuleusement ses paysages nuageux en constante métamorphose. Ils ne trouvaient qu'une caractéristique quasi permanente à cette planète : la célèbre grande tache rouge à qui il arrivait même de disparaître à l'occasion.

* L'un d'eux m'inspire une sympathie particulière : l'ingénieur britannique P.B. Molesworth (1867-1908). Voilà quelques années, j'ai visité les vestiges de son observatoire de Trincomalee, sur la côte est de Sri Lanka. Malgré sa mort prématurée, les observations astronomiques qu'il a effectuées à ses moments de loisir sont si importantes qu'on a donné son nom à un splendide cratère de Mars mesurant 175 kilomètres de diamètre.

Jupiter est un monde sans géographie, un lieu qui convient aux météorologistes mais pas aux cartographes.

Ainsi que j'ai eu l'occasion de l'écrire dans *Astounding Days : A Science-fictional Autobiography*, ma fascination pour Jupiter remonte au tout premier magazine de science-fiction qu'il m'a été donné de voir : le numéro de novembre 1928 d'*Amazing Stories* d'Hugo Gernsback, une revue qui avait été lancée deux ans plus tôt. On voyait sur sa couverture une magnifique illustration de Frank R. Paul qu'on pourrait considérer comme une preuve de l'existence de la préconnaissance.

Une demi-douzaine de Terriens s'avancent sur un des satellites de la géante gazeuse. Ils sortent d'un vaisseau spatial en forme de silo à grains à première vue bien exigu pour un si long voyage. L'énorme globe orangé de Jupiter domine le ciel, qu'il partage avec deux des lunes intérieures en transit. Je crains que Paul ne se soit autorisé une tricherie car Jupiter est entièrement illuminé bien que le Soleil soit pratiquement *derrière* lui !

Je suis cependant mal placé pour émettre des critiques car il m'a fallu plus de cinquante ans pour relever cette erreur... sans doute délibérée. Si mes souvenirs sont exacts, il s'agit de l'illustration d'une histoire de Gawain Edwards, de son vrai nom G. Edward Pendray. Ed Pendray, un des pionniers de l'étude des fusées en Amérique, a publié *The Coming Age of Rocket Power* en 1947 mais sa contribution la plus importante en ce domaine a sans doute été d'aider Mme Goddard à éditer en trois gros volumes les carnets de son mari. Lorsque cet homme a pu voir les gros plans du système jovien transmis par *Voyager*, je me demande s'il s'est rappelé l'illustration de Paul.

Le plus sidérant au sujet de cette peinture datant de 1928, c'est qu'on y voit avec une précision inouïe des détails à l'époque inconnus des observateurs.

Ce n'est qu'en 1979, quand les sondes *Voyager* sont passées à proximité de Jupiter et de ses lunes, qu'il a été possible d'observer les boucles et les parafes compliqués que dessinent les vents joviens. Cependant, Paul les avait représentés un demi-siècle plus tôt avec une exactitude surnaturelle.

Bien des années plus tard j'ai eu le privilège de travailler avec le doyen des artistes de l'espace, Chesley Bonestell, pour le livre *Beyond Jupiter* où était présenté en avant-première le "grand tour" du système solaire externe qui, espérait-on à l'époque, permettrait de tirer parti d'une configuration favorable de *toutes* les planètes situées entre Jupiter et Pluton qui ne se présente que tous les 179 ans. Nous ignorions alors que les sondes *Voyager* aux ambitions bien plus modestes permettraient pratiquement d'atteindre tous les objectifs du "grand tour", tout au moins jusqu'à Neptune. En comparant les illustrations de Chesley aux photographies rapprochées de Jupiter, je suis surpris de constater que si Frank Paul ne possédait pas la technique de son collègue il a réalisé un bien meilleur travail en représentant ce monde tel qu'il est *vraiment*.

Cette géante gazeuse est si éloignée du Soleil – cinq fois plus que la Terre – que la température doit y être inférieure d'environ cent degrés centigrades à celle du plus rigoureux des hivers de l'Antarctique. Mais cela ne s'applique qu'aux strates nuageuses supérieures, car les astronomes savent depuis longtemps que ce monde irradie bien plus de chaleur qu'il n'en reçoit du Soleil. Trop petit pour qu'il s'y produise une fusion thermonucléaire (on l'a appelé "une étoile ratée"), Jupiter doit posséder des sources caloriques internes. Il en découle qu'à une certaine profondeur sous les nuages la température doit correspondre à celle d'une belle journée sur la Terre. La pression pose des problèmes plus sérieux, mais comme l'a démontré l'exploration de nos propres océans, la vie existe même sous des tonnes au centimètre carré.

Dans le livre et les séries télévisées Cosmos, Carl Sagan a émis des spéculations sur les formes de vie qui pourraient se développer dans les milieux gazeux (principalement d'hydrogène et de méthane) de l'atmosphère jovienne. Mes "Méduses" doivent beaucoup à Carl, mais je n'ai aucun scrupule à les lui emprunter étant donné que je l'ai présenté à mon agent littéraire, Scott Meredith, voilà un quart de siècle et que ce qui en a résulté leur a été pour le moins profitable...

Pour de plus amples informations sur la faune (ou la flore) aérienne de Jupiter, je vous renvoie à *2010 : Odyssée Deux* et *2061 : Odyssée Trois*. La sonde *Galilée* aurait déjà déterminé s'il existe de la vie sur la plus grande des planètes – dans le cadre du projet le plus ambitieux de la NASA – si la catastrophe de *Challenger* n'avait pas retardé son envoi de près d'une décennie. En attendant de recevoir ses images, regardez attentivement celles de *Voyager*. Voyez-vous ces étranges ovales blanchâtres enclos dans de fines membranes ? Ne vous font-ils pas penser à des amibes observées sous un microscope ? Le fait que ces choses mesurent quelques milliers de kilomètres de long n'est pas un argument que l'on peut retenir, car après tout la taille est relative.

Je conclurai par une note bibliographique. "Rencontre avec Méduse" est un des rares récits que j'ai écrits dans un but spécifique. (Je fais généralement cela parce que je ne puis m'en empêcher, même si je m'efforce de me défaire de cette fâcheuse habitude.) On doit "Méduse" au fait que je manquais de mots pour boucler mon dernier recueil d'histoires courtes (*Le Vent venu du soleil*, 1972). Je suis heureux de pouvoir préciser que ce récit a remporté le prix Nebula des Science Fiction Writers of America pour la meilleure nouvelle de l'année... ainsi qu'un bonus spécial de *Playboy* dans la même catégorie.

J'ai mentionné mon association avec cet estimable magazine, qui a publié un grand nombre de mes articles scientifiques, quand j'ai fait l'objet d'une critique peu sévère à New Delhi il y a peu. J'avais été chargé de prononcer une allocution à l'occasion du Memorial Nehru le 13 novembre 1986, et le Premier ministre Rajiv Gandhi a conclu sa réponse en ces termes : "Finalement, je tiens à affirmer au Dr Clarke que si *Playboy* est interdit dans notre pays, ce n'est pas à cause de quoi que ce soit qu'il a pu y écrire."

Il n'y a certainement rien dans la nouvelle intitulée "Rencontre avec Méduse" à même de faire rougir les plus pudiques des lecteurs.

J'attends avec impatience de voir ce que Paul Preuss va faire pour y remédier.

Arthur C. CLARKE
Colombo, le 7 novembre 1988

PLANCHES TECHNIQUES D.A.O.

Dans les pages suivantes sont regroupés les plans – effectués en D.A.O. – de quelques réalisations techniques décrites dans *Base Vénus*.

Pages 302 à 306 : *Kon-Tiki* : sonde jovienne habitée.
– Vue d'ensemble; projection; capsule avec soute avant ouverte et mâts déployés; vue en coupe du bouclier thermique; vues de côté, face et dessus.

Pages 307 à 311 : Snark : hélicoptère d'attaque à rotors jumelés.
– Vue d'ensemble; projection; vue en rotation; armement; vues de côté, dessus, face.

Pages 312 à 316 : Falcon : projet de reconstitution biomécanique.
– Vue d'ensemble; position debout; position assise vue de face; position assise vue de dos; vues de côté, face, dessus.

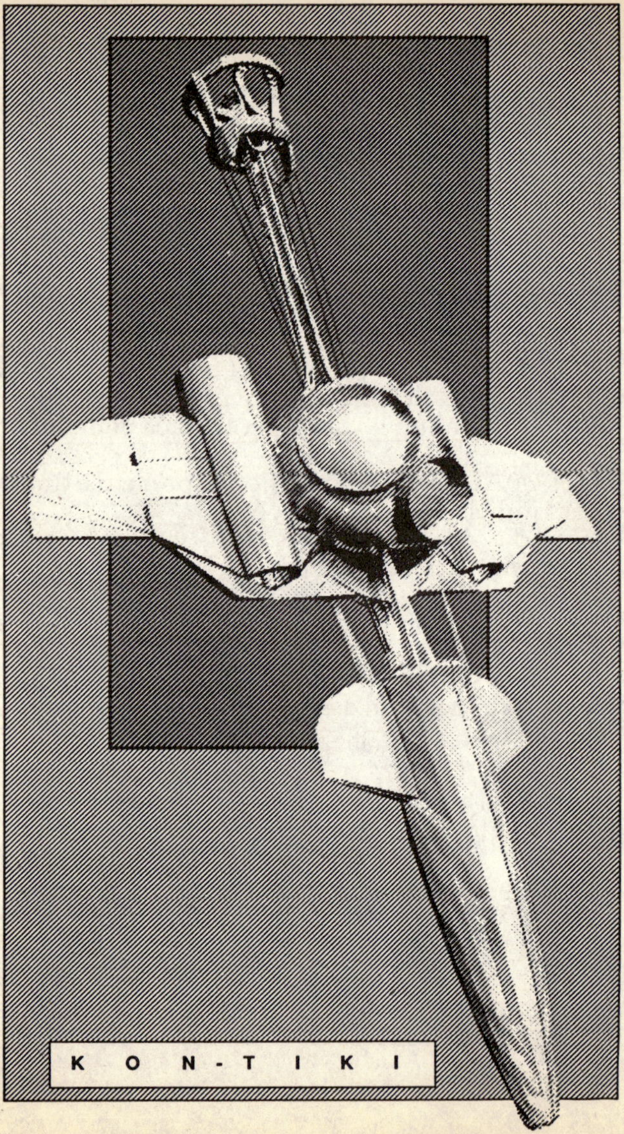
K O N - T I K I

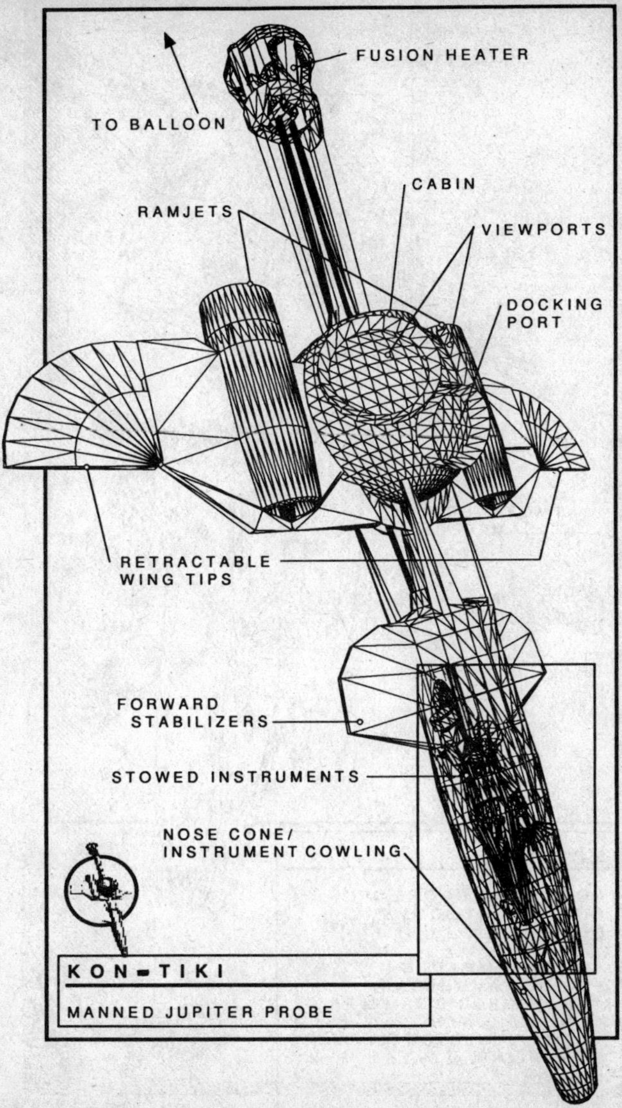
FUSION HEATER
TO BALLOON
CABIN
RAMJETS
VIEWPORTS
DOCKING
PORT
RETRACTABLE
WING TIPS
FORWARD
STABILIZERS
STOWED INSTRUMENTS
NOSE CONE/
INSTRUMENT COWLING
KON-TIKI
MANNED JUPITER PROBE

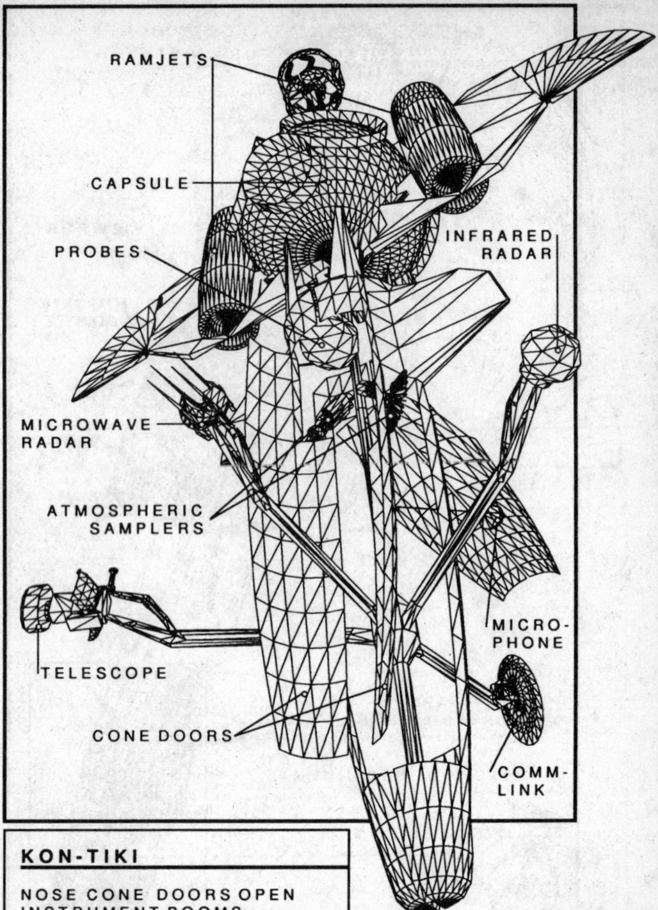

KON-TIKI

NOSE CONE DOORS OPEN
INSTRUMENT BOOMS DEPLOYED

- INFRARED RADAR
- MICROWAVE RADAR
- ATMOSPHERIC SAMPLERS
- MICROPHONES
- VIBRATIONLESS TELESCOPE
- COMMLINK

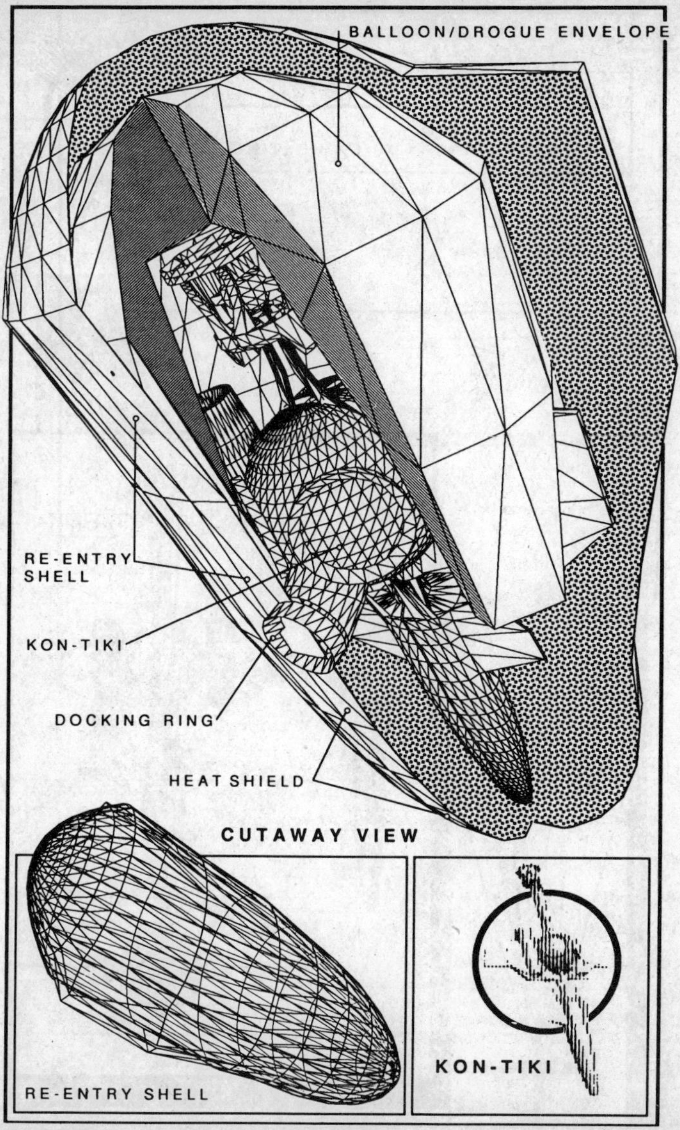
BALLOON/DROGUE ENVELOPE
RE-ENTRY SHELL
KON-TIKI
DOCKING RING
HEAT SHIELD
CUTAWAY VIEW
RE-ENTRY SHELL
KON-TIKI

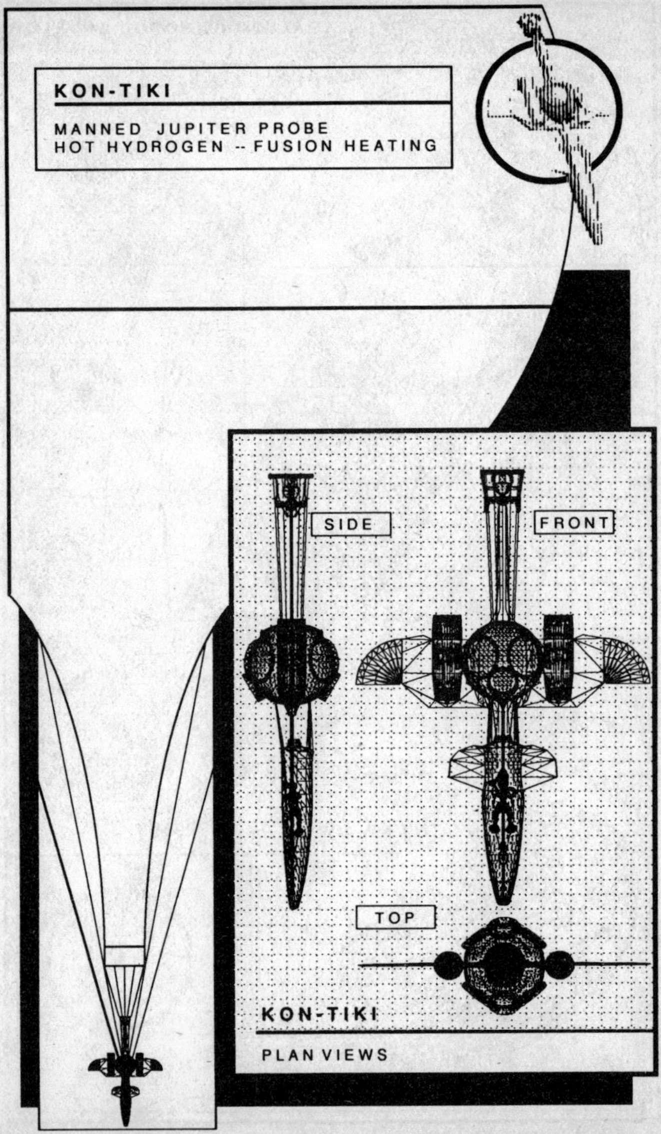
KON-TIKI
MANNED JUPITER PROBE
HOT HYDROGEN -- FUSION HEATING
SIDE
FRONT
TOP
KON-TIKI
PLAN VIEWS

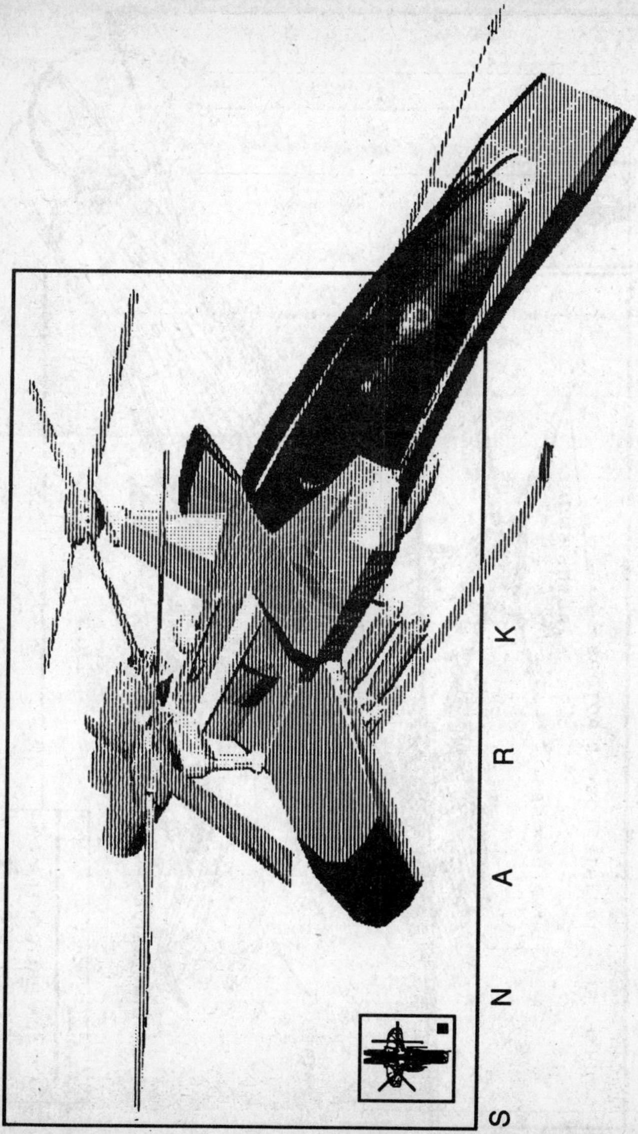
SNARK

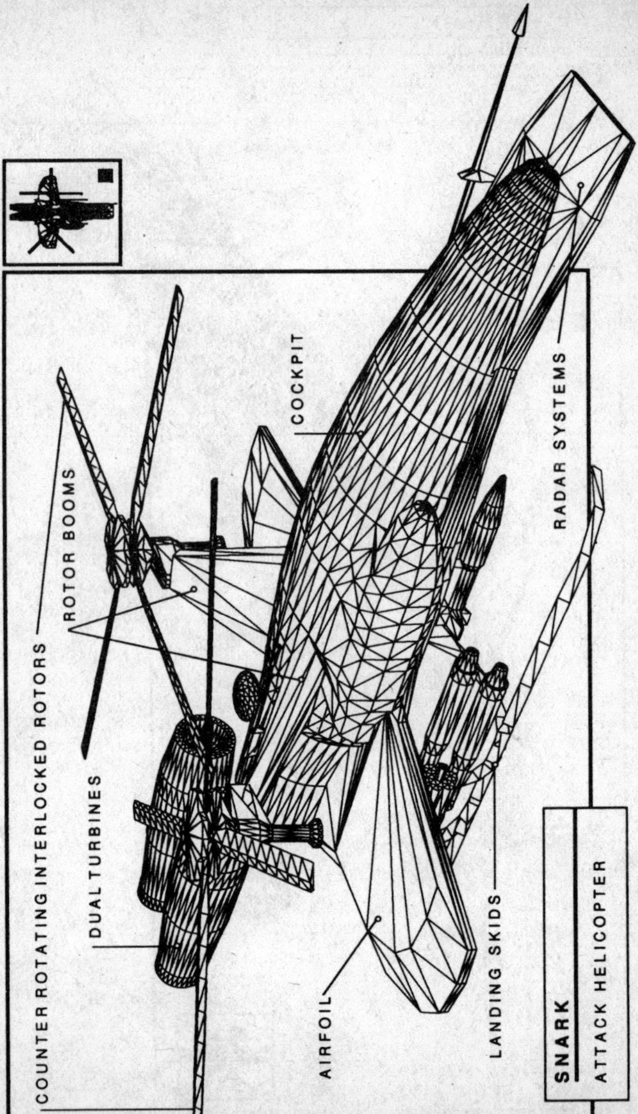
COUNTER ROTATING INTERLOCKED ROTORS
ROTOR BOOMS
DUAL TURBINES
COCKPIT
AIRFOIL
LANDING SKIDS
RADAR SYSTEMS
SNARK
ATTACK HELICOPTER

SNARK

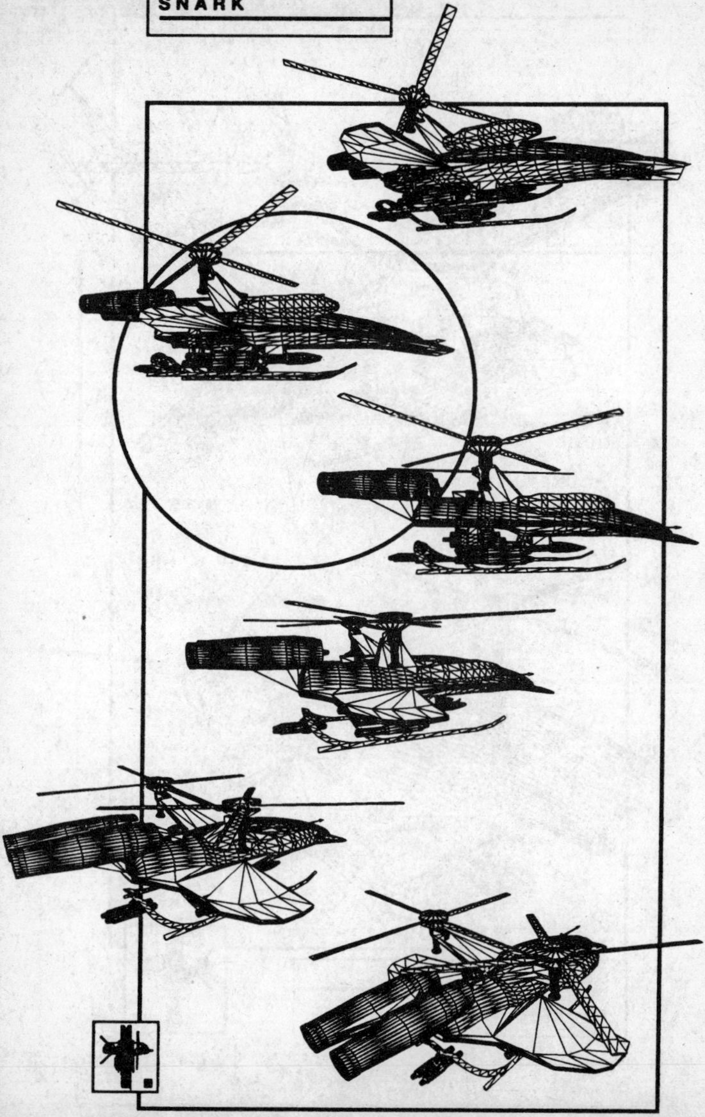

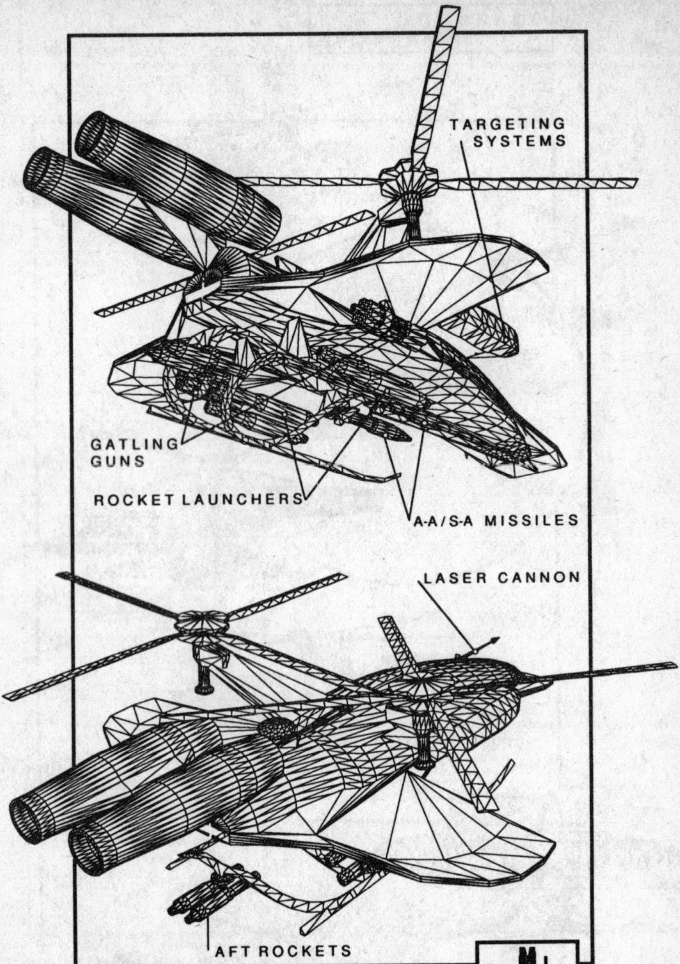

SNARK

WEAPONS SYSTEMS

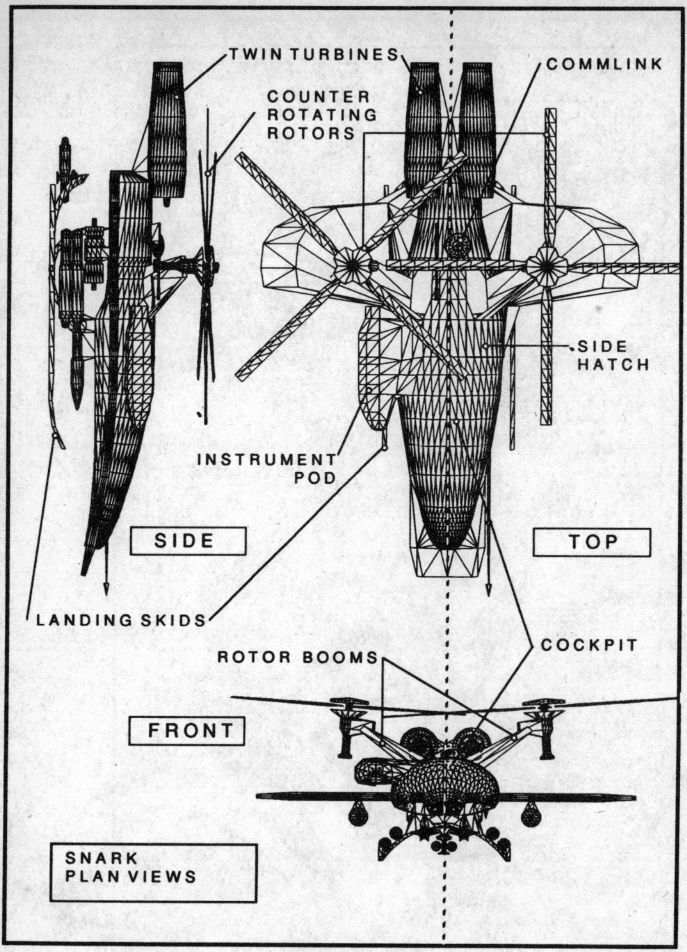

SNARK

TWIN ROTOR
ATTACK HELICOPTER

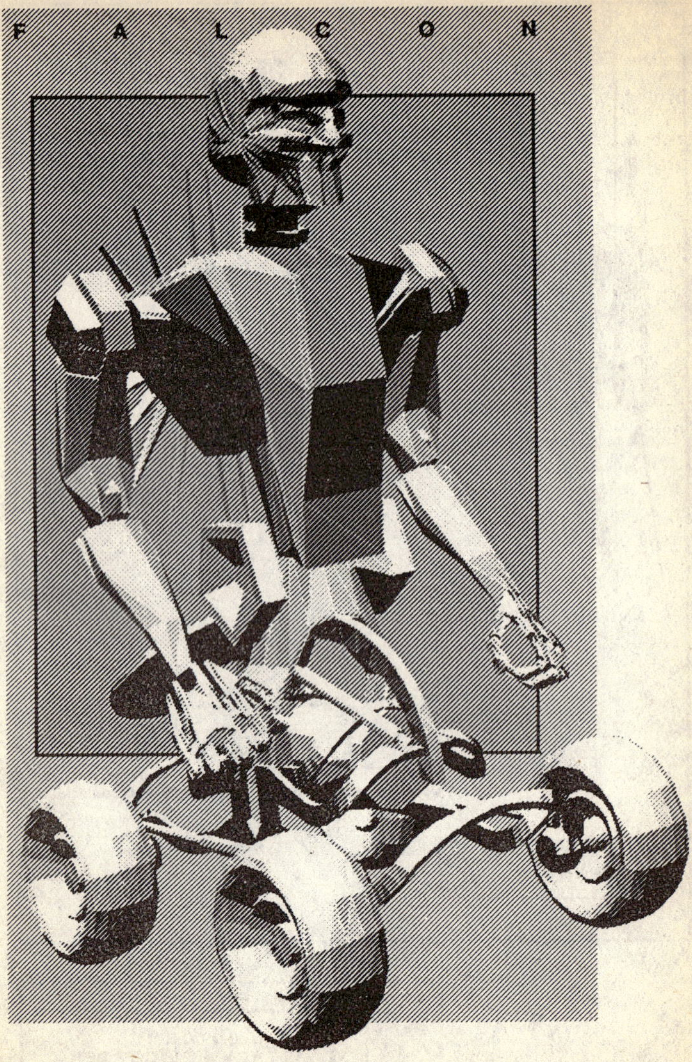
F A L C O N

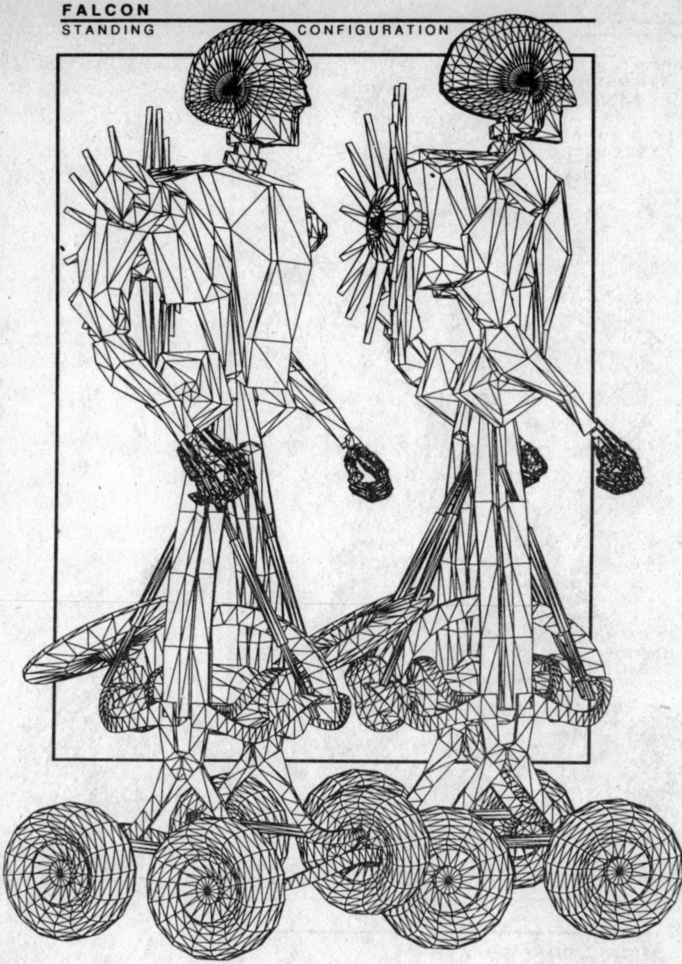
FALCON
STANDING CONFIGURATION

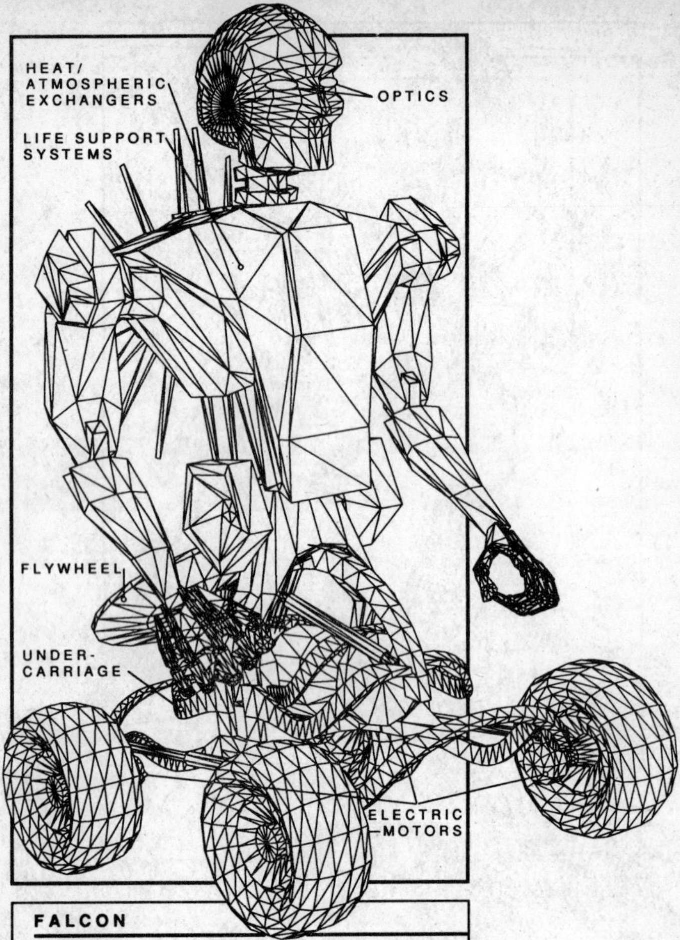

FALCON

SITTING CONFIGURATION

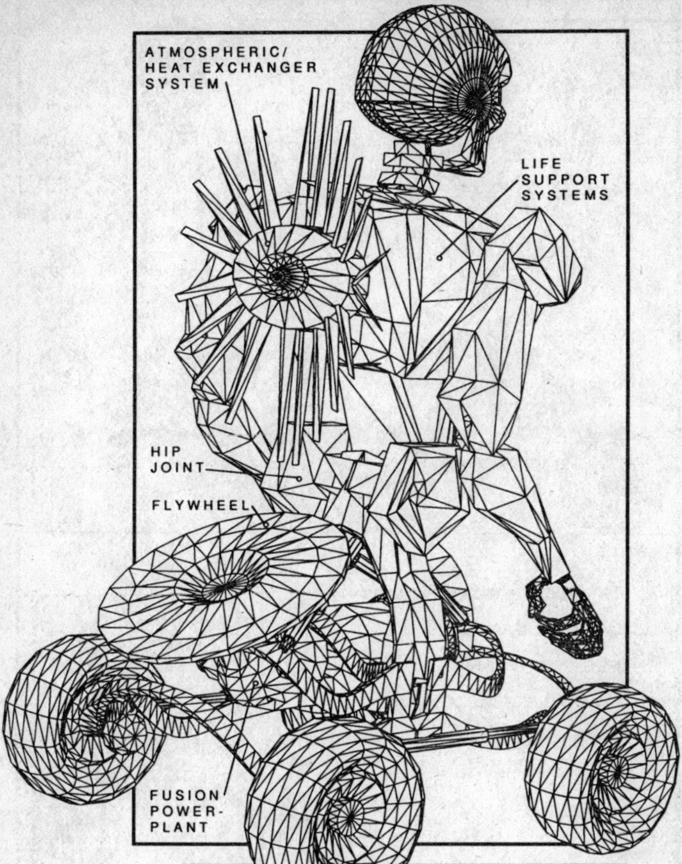

FALCON

SITTING CONFIGURATION

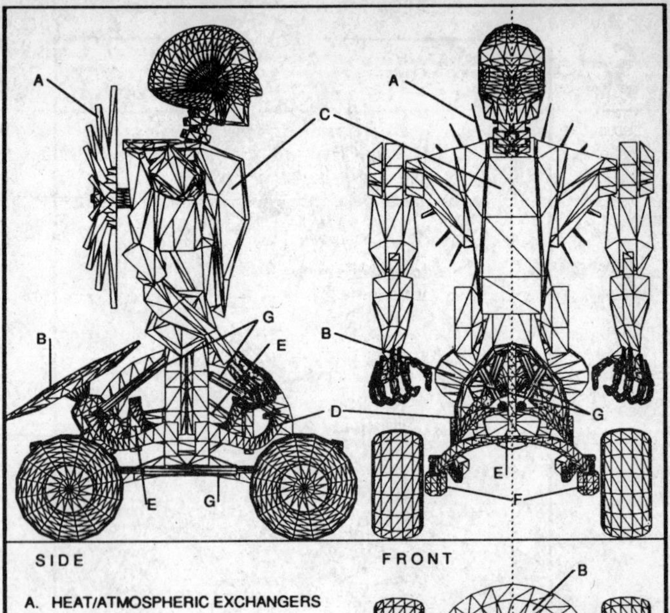

FALCON

BIO-MECHANICAL
RECONSTRUCTION
PROJECT

Science-fiction

extrait du catalogue

Depuis 1970, cette collection est leader du genre en France. Tous les grands de la S-F sont présents : Asimov, Van Vogt, Clarke, Dick, Vance, Simak mais également de jeunes auteurs qui seront les écrivains de premier plan de demain : Tim Powers, David Brin... Elle publie aujourd'hui des titres Fantasy, genre en plein redéploiement aux Etats-Unis.

ANDERSON Poul	**La patrouille du temps** 1409/**3**
ASIMOV Isaac	**Les cavernes d'acier** 404/**4**
	Les robots 453/**3**
	Face aux feux du soleil 468/**3**
	Un défilé de robots 542/**3**
	Cailloux dans le ciel 552/**3**
	La voie martienne 870/**3**
	Les robots de l'aube 1602/**3** & 1603/**3** Inédit
	Le voyage fantastique 1635/**3**
	Les robots et l'empire 1996/**4** & 1997/**4** Inédit
	Espace vital 2055/**3**
	Asimov parallèle 2277/**4** Inédit
	Le robot qui rêvait 2388/**6** Inédit
	La cité des robots 2573/**6** Inédit
	Cyborg (La cité des robots 2) 2875/**6**
	Refuge (La cité des robots 3) 2975/**6**
	Le renégat (Robots et extra-terrestres) 3094/**6** Inédit
	L'intrus (Robots et extra-terrestres) 3185/**6** Inédit
BALLARD J.G.	**La forêt de cristal** 2652/**3**
	Le monde englouti 2667/**3**
	Salut l'Amérique ! 2704/**3**
	La plage ultime 2859/**3**
	La région du désastre 2953/**3** Inédit
BLAYLOCK James	**Le dernier denier** 2860/**5** Inédit
	Homunculus 3052/**4** Inédit
BOGDANOFF Igor et Grishka	**La machine fantôme** 1921/**3**
BRIN David	**Marée stellaire** 1981/**5** Inédit
	Le facteur 2261/**5** Inédit
CANAL Richard	**Swap-Swap** 2836/**3** Inédit
CARD Orson Scott	**Abyss** 2657/**4** Inédit
CARROLL Jonathan	**Le pays du fou rire** 2450/**4** Inédit
	Ombres complices 2718/**3** Inédit
CHERRYH C.J.	**Chasseurs de monde** 1280/**4**
	Les adieux du soleil 1354/**3**
	Les Seigneurs de l'hydre 1420/**4**
	Chanur 1475/**4**
	L'Opéra de l'espace 1563/**3**
	L'épopée de Chanur 2104/**3**
	La vengeance de Chanur 2289/**4** Inédit
	Le retour de Chanur 2609/**7** Inédit
	Les légions de l'enfer 2814/**5** Inédit

CHERRYH C. J. *(suite)* **Cyteen** *2935/***6** *& 2936/***6** Inédit
Volte-face *3144/***5**
CLARKE Arthur C. **2001 : l'odyssée de l'espace** *349/***2**
2010 : odyssée deux *1721/***3**
2061 : odyssée trois *3075/***3**
Terre, planète impériale *904/***4**
Les fontaines du paradis *1304/***3**
Rama II *3204/***7** Inédit
Base Vénus :
- **Point de rupture** *2668/***4** Inédit
- **Maelström** *2679/***4** Inédit
- **Cache-cache** *3006/***4** Inédit
- **Méduse** *3224/***4** Inédit

CURVAL Philippe **Le ressac de l'espace** *595/***3**
La face cachée du désir *3024/***3**
DE HAVEN Tom **D'un monde l'autre** *3186/***5** Inédit
DICK Philip K. **Loterie solaire** *547/***2**
Dr Bloodmoney *563/***4**
Le maître du Haut Château *567/***4**
Les clans de la lune alphane *879/***3**
Les machines à illusions *1067/***3**
L'homme doré *1291/***3**
Le dieu venu du Centaure *1379/***3**
Blade Runner *1768/***3**
DICKSON Gordon R. **Le dragon et le georges** *3208/***4** Inédit
DONALDSON Stephen R. **Thomas l'Incrédule - L'éternité rompue** *2406/***6** Inédit
FARMER Philip José **Les amants étrangers** *537/***3**
L'univers à l'envers *581/***2**
Des rapports étranges *712/***3**
La nuit de la lumière *885/***3**
Le soleil obscur *1257/***4**
FOSTER Alan Dean **AlienS** *2105/***4**
Futur immédiat - Los Angeles, 1991 *2505/***3** Inédit
FRÉMION Yves **Rêves de sable, châteaux de sang** *2054/***3** Inédit
GIBSON William **Neuromancien** *2325/***4**
Mona Lisa s'éclate *2735/***4** Inédit
Gravé sur chrome *2940/***3**
GODWIN Parke **En attendant le bus galactique** *2938/***4** Inédit
HABER Karen **Le super-mutant** *3187/***4** Inédit
HALDEMAN Joe **La guerre éternelle** *1769/***3**
Immortalité à vendre *3097/***5** Inédit
HAMILTON Edmond **Les rois des étoiles** *432/***4**
HARRISON Harry **Le rat en acier inox** *3242/***3** (Juin 92)
HEINLEIN Robert A. **Une porte sur l'été** *510/***3**
Etoiles, garde à vous *562/***4**
Double étoile *589/***2**
Vendredi *1782/***5**
Job : une comédie de justice *2135/***5** Inédit
Le chat passe-muraille *2248/***6** Inédit
Au-delà du crépuscule *2591/***7** Inédit

HOWARD Robert E.	**Conan** 1754/**3**
	Conan le Cimmérien 1825/**3**
	Conan le flibustier 1891/**3**
	Conan le vagabond 1935/**3**
	Conan l'aventurier 2036/**3**
	Conan le guerrier 2120/**3**
	Conan l'usurpateur 2224/**3**
	Conan le conquérant 2468/**3**
JETER K. W.	**Machines infernales** 2518/**4** Inédit
	Horizon vertical 2798/**4** Inédit
KEYES Daniel	**Des fleurs pour Algernon** 427/**3**
KING Stephen	*La tour sombre :*
	- Le pistolero 2950/**3** Inédit
	- Les trois cartes 3037/**7** Inédit
	- Terres perdues 3243/**7** Inédit (Juin 92)
KLEIN Gérard	*La saga d'Argyre :*
	- Le rêve des forêts 2164/**3**
	- Les voiliers du soleil 2247/**2**
	- Le long voyage 2324/**2**
KRESS Nancy	**Le prince de l'aube** 3166/**4** Inédit
LEE Tanith	*La sage d'Uasti :*
	- Vazkor 1616/**3**
	- La déesse voilée 1690/**4** Inédit
	- La quête de la Sorcière Blanche 2042/**4** Inédit
	Terre de lierre 2469/**3** Inédit
LÉOURIER Christian	**Mille fois mille fleuves...** 2223/**2** Inédit
	Les racines de l'oubli 2405/**2** Inédit
	La loi du monde 2736/**3** Inédit
	Les masques du réel 2976/**3** Inédit
LEVIN Ira	**Un bonheur insoutenable** 434/**4**
	Les femmes de Stepford 649/**2**
LOVECRAFT Howard P.	**L'affaire Charles Dexter Ward** 410/**2**
MAC AVOY R. A.	**Le troisième aigle** 2835/**4** Inédit
MARTIN George R.R.	**L'agonie de la lumière** 2692/**5**
MERRITT Abraham	**Les habitants du mirage** 557/**3**
	La nef d'Ishtar 574/**3**
	Le gouffre de la lune 618/**4**
	Un visage dans l'abîme 886/**4**
MOORE Catherine L.	**Shambleau** 415/**4**
MORRIS Janet E.	**La grande Fornicatrice de Silistra** 1245/**3**
MORROW James	**L'arbre à rêves** 2653/**4**
	Notre mère qui êtes aux cieux 3131/**5** Inédit
NOLAN et JOHNSON	**L'âge de cristal** 3129/**3**
NORMAN John	**Le tarnier de Gor** 3168/**4**
	Le banni de Gor 3229/**4**
OTTUM Bob	**Pardon, vous n'avez pas vu ma planète ?** 568/**3**
PARIS Alain	**Daïren** 2484/**3** Inédit
POHL Frederik	**Les Annales des Heechees** 2632/**4** Inédit
POWERS Tim	**Les voies d'Anubis** 2011/**5**
	Sur des mers plus ignorées... 2371/**4** Inédit
	Le Palais du Déviant 2610/**4**
	Le poids de son regard 2874/**6** Inédit

3224

Achevé d'imprimer en Europe (France)
par Brodard et Taupin à la Flèche (Sarthe)
le 9 avril 1992. 1985F-5
Dépôt légal avril 1992. ISBN 2-277-23224-6

Éditions J'ai lu
27, rue Cassette, 75006 Paris
Diffusion France et étranger : Flammarion